KB260793

아라비안 나이트
ARABIANNIGHTS

이세진 편역 / 김태란 그림

비봉출판사

　　서양에 소개된 동양의 문학작품들 가운데 이 <아라
비안 나이트>처럼 커다란 반향을 불러 일으킨 작품은 유
례를 찾아볼 수 없다. 그리고 그 반향은 분명히 이 이야기
들이 '재미있기 때문에' 비롯되었을 것이다.

　　그러나 <아라비안 나이트>의 재미는 단순한 이국 정
서나 관능에 대한 탐닉에만 호소하고 있는 것이 아니다.
이야기들은 상상력의 보고에서 끌어온 듯 환상적인 색채
를 지니고 있으면서도 현실적인 감각을 잃고 있지 않다.
마신이 나타나 불가능한 소원을 이루어 주기도 하지만 동
시에 인간을 너무 믿지 말라는 냉정한 충고가 담겨 있는
책이 바로 <아라비안 나이트>라고 할 수 있다.

　　더구나 이 놀라운 이야기들은 완벽한 무대장치에서
등장하고 있다. 여자에 대한 불신에 빠져 버린 샤 리아르
왕과 지혜로운 여인 세헤라자데의 이야기가 바로 그 무대
장치 역할을 하는 것이다. 마치 조각천을 이어서 만든 그
림을 더욱 돋보이게 감싸 주는 테두리와도 같은 이러한

구성 방식은 <아라비안 나이트>의 발생 시기가 14세기 이전임을 생각할 때 매우 교묘하고 세련된 것이라 할 수 있다. 이처럼 <아라비안 나이트>는 내용적인 측면에서나, 형식적인 측면에서나 재미있게 읽을 수 있는 작품이다.

그럼에도 <아라비안 나이트>를 통독한다는 것은 몹시 힘든 일이다. 우선 그 분량이 방대하고, 엇비슷한 내용이 중첩되기도 한다. 더구나 하룻밤을 단위로 하여 연재되는 방식을 취하고 있기 때문에 이야기의 통일성이 파괴되어 독서의 흐름을 방해받을 수도 있다. 그렇다고 해서 원래 이 책이 가지고 있는 관능적이고 원색적인 정서를 말살하거나 구성방식을 제거하는 것은 어처구니없는 일일 것이다. 그래서 이 책에서는 우선 그 내용상 독창성을 충분히 확보하고 있는 대표적인 이야기들을 실었고, 구성의 형태는 살리되 이야기 하나 하나의 완결성에 초점을 맞추어 재구성해 보았다.

그러므로 책의 제목은 영역자 리차드 버턴이 지적한 원제목 <천 하루 밤의 이야기>을 그대로 쓰는 것이 적당하지 못하다고 생각했다. 더구나 이 책은 버턴 판에 수록되지 않았으나 잘 알려진 이야기 <알리 바바와 40인의 도적>, <알라딘과 마법의 램프> 등도 수록하고 있다. 그래서 보다 독자들에게 친근한 제목인 <아라비안 나이트>를 그대로 사용하고 있음을 밝혀 둔다.

차례

2권 차례

3권 차례

아라비안 나이트

1

서장

인정 많으시고 만인에게 자비를 베푸시는 알라의 이름으로!

알라를 찬양하라! 그는 선을 행하시며 우주를 창조하신 분이시니 곧 삼계(三界)의 주(主)가 되심이라. 또한 사도(使徒)들의 왕이 되시는 우리 주 모하메드 위에 은총과 축복을 내리소서.

조상들의 기록과 말은 진정 이 시대의 지표와 모범이 되어 왔으니, 이 시대 사람들은 다른 민족에게 일어난 일들을 보며 경솔한 언행을 삼가리라. 그들은 조상들의 연대기를 숙독하며, 앞서 일어났던 모든 일을 읽음으로써 지켜야 할 것과 삼가야 할 것을 알게 되리라.

그러므로 과거의 역사를 통해 우리에게 경고를 주시는 그를 찬양할지어다! 선조들의 유산이 <아라비안 나이트>라는 이야기를 통하여 우리에게 상속됨을 감사할지니, 여기에는 유명한 전설과 기담(奇談)이 한데 모여 있음이라.

우리에게 이 모든 이야기를 주신 전지(全知) 전능(全能)한 알라에게 감사를 돌릴지어다.

샤 리아르 왕과
그 아우의 이야기

옛날 인도와 중국이 자리잡은 대륙에 바누 사산이라는 위대한 왕이 살고 있었다. 그에게는 두 아들이 있었는데, 왕이 죽었을 때 첫째 아들은 이미 어엿한 한 사람의 사나이로 성장해 있었으나, 둘째 아들은 아직 어렸다.

두 왕자는 모두 뛰어난 기사(騎士)였으나, 특히 첫째 왕자의 용맹함과 말을 다루는 빼어난 솜씨는 따를 자가 없었다. 그래서 아버지가 세상을 떠나자 장남이 왕위를 물려받았던 것이다. 젊은 왕은 공정하게 왕국을 다스렸기 때문에 모든 백성들로부터 사랑과 존경을 받았다.

　　이 새로운 왕의 이름은 샤 리아르였다. 샤 리아르는 왕위에 오르자 곧 자신의 아우 샤 자만을 사마르칸트의 왕으로 임명했다. 이후 몇 년 동안 두 왕은 각기 자기 영지에 머물면서 선정을 베풀었기 때문에 그들의 백성들은 대단히 행복한 나날을 보냈다.

　　이와 같은 태평성대는 이십 년간 계속되었다. 그런데 바로 그 이십 년째 되던 해에 샤 리아르 왕은 아우를 죽기 전에 한 번 더 만나보고 싶다는 간절한 마음을 품게 되었다.

　　그래서 왕은 대신을 불러 아우를 만나러 가도 괜찮을지 의논했다. 그러나 대신은 왕이 직접 아우를 만나러 갈 것이 아니라 초청의 글을 써서 많은 선물과 함께 칙사에게 전달하도록 하는 편이 좋겠다고 권고하였다. 그래서 왕은 즉시 황금과 보석으로 된 안장을 놓은 말과 노예, 아름다운 시녀들과 풍만한 가슴을 가진 처녀들, 눈부시고 값비싼 옷감 등을 선물로 준비하라고 명령을 내렸다.

　　그리고 나서 왕은 샤 자만 왕에게 보낼 편지를 손수 써내려 갔다. 자기가 얼마나 그를 보고 싶어하는지 그리운 마음을 털어놓은 후, 다음과 같은 말로 편지를 맺었다.

　　'사랑하는 아우야, 그렇기 때문에 네가 방문해서 내게 큰 영예와 기쁨을 안겨 주기 바란다. 여행의 편의를 위해 나의 대신을 보내는 바이다. 죽기 전에 너를 만나는 것이 내 유일한 소원이다. 내 청을 거절한다면 나는 그 슬픔을 견디지 못할 것 같구나. 평안이 너와 함께 하기를!'

샤 리아르 왕은 편지를 봉해서 대신에게 건네 주며 최선을 다해 임무를 다해 줄 것과 가능한 한 빨리 돌아올 것을 당부했다.

"왕의 분부대로 하겠습니다."

대신은 이렇게 대답했다. 그는 지체하지 않고 만반의 준비를 갖추었다. 이 일에 꼬박 사흘이 걸렸으므로 대신은 나흘째 되는 날 새벽에 왕에게 하직인사를 올리고 떠났다. 그는 언덕과 사막, 상쾌한 초원을 아랑곳하지 않고 밤낮없이 여행을 계속했다.

당연한 일이었지만, 샤 리아르 왕의 속국을 거칠 때마다 그곳의 영주가 온갖 진귀하고 멋진 선물을 바치며 환영했기 때문에, 대신은 공식적으로 귀빈을 영접하는 기간인 사흘은 묵고 가야만 했다. 나흘째 되는 날 출발을 하더라도 대신의 여행을 돕기 위해 하루 종일 호위가 따라 붙었다.

대신은 사마르칸트의 샤 자만 궁에 가까워지자마자 고관 중에 한 사람을 선발대로 보내어 자신의 도착을 알리게 했다. 사자(使者)는 왕 앞에서 자기를 소개하고 땅에 입을 맞춘 뒤 이 소식을 전했다. 왕은 즉시 자기 휘하의 영주와 귀족들을 보내어 그의 성에서부터 하룻길 지점까지 마중을 나가게 했다. 고관들은 존경을 다해 대신을 맞이했고, 궁성까지 호위의 행렬을 이루었다.

대신은 도시까지 들어와서 그대로 왕궁으로 향했다. 그는 땅에 입을 맞추고 왕의 건강과 행복과 승리를 기원했다. 그리고 나서 형인 샤 리아르 왕이 얼마나 아우를 보고싶어 하는지 아뢰고 형의 편지를 전달했다. 샤 자만 왕은 얼른 편지를 읽어 내려갔고, 형의 심정을 충분히 깨달았다.

"형님의 소망을 거절할 수는 없다. 하지만 우선 형님의 대신에게 사흘 동안의 영예로운 대접을 해야지. 손님 대접도 않고 떠날 수는 없는 노릇이다."

샤 자만 왕은 궁 안에서 적당한 거처를 대신에게 배정해 주었다. 그리고 일행을 위해서는 천막을 치고 충분한 고기와 마실 것을 베풀었다. 나흘째 되는 날 왕은 몸소 여행을 준비하기 시작했다.

왕은 형에게 걸맞을 만한 호화로운 선물들을 모으고, 자신이 없는 동안 국무를 대리하도록 재상에게 지시를 내렸다. 그는 도성 안에다 천막을 치고 말에게 먹일 사료와 짐, 부하와 호위병들에 둘러싸여 야영을 했다. 날이 밝는 대로 형의 나라로 출발하기 위해서였다.

그러나 한밤중에 샤 자만 왕은 형에게 주고 싶었던

선물 하나를 깜박 잊고 챙기지 않았다는 데 생각이 미쳤다. 그는 홀로 궁으로 돌아가 자기 방으로 들어갔다.

바로 그때였다. 왕이 본 것은 왕비가 검둥이 요리사를 껴안고 다름 아닌 자기 침상에서 잠들어 있는 불쾌한 모습이었다. 요리사는 부엌의 기름과 때에 절어 있었다. 샤 자만 왕은 갑자기 세상이 암흑에 휩싸인 듯 느껴졌다.

"내가 아직 도성을 떠나지도 않았는데 이 모양이니, 형님의 궁전에 머무는 동안에 이 창녀가 또 무슨 일을 벌일지 모르겠구나!"

왕은 그의 초승달 같은 검을 뽑아 들고 두 사람을 단숨에 네 동강 내 버렸다. 그리고 시체는 그대로 침상에 내버려 두고 아무도 눈치채지 못하게 천막으로 돌아갔다. 샤 자만 왕은 지체없이 출발 명령을 내려 긴 여행길에 올랐다. 그러나 아내의 배신을 도저히 머리 속에서 떨쳐 버릴 수 없었고, 몇 번이나 스스로 반문하지 않을 수 없었다.

"어떻게 왕비가 나한테 이럴 수 있단 말인가? 어쩌자고 제 목숨을 내놓는 짓까지 저지를 수 있을까?"

결국 샤 자만 왕은 미칠 듯한 번민에 사로잡히고 말았다. 왕의 낯빛은 누렇게 뜨고 몸은 눈에 띄게 쇠약해져 곧 죽을 사람처럼 되어 버렸다. 그 때문에 대신은 물이 풍부한 곳에서 왕을 돌보기 위해 여정을 조정해야만 했다.

마침내 샤 자만 왕이 형의 수도에 입성하게 되었을

때 그는 우선 전령을 보내어 자신의 도착을 알리게 했다. 샤 리아르 왕은 여러 영주들과 귀족들, 대신들을 총동원하여 동생을 맞으러 나왔다. 동생과 인사를 나눈 왕은 기쁜 마음을 가누지 못했고, 온 도시를 아름답게 장식하여 환영의 뜻을 표시하라는 명령을 내렸다.

그러나 동시에 샤 리아르 왕은 동생의 안색이 좋지 못한 것을 그냥 지나칠 수가 없었다. 그래서 그는 무슨 일이 있었는지 물었다.

"길고 고된 여행 때문인가 봅니다. 기후나 물이 바뀐 탓이니 조금 쉬기만 하면 낫겠지요. 그보다는 사랑하는 형님과 저를 다시 만나게 해 주신 알라께 감사할 따름입니다!"

그리고 나서 두 왕은 만인이 그들에게 경의를 표하는 성 안으로 들어갔다. 샤 리아르 왕은 정원이 내려다보이는 궁전을 아우에게 주어 묵게 했다.

그러나 시일이 지나도 샤 자만의 건강상태는 조금도 호전되지 않았다. 샤 리아르 왕은 고향을 떠나온 향수병 때문이려니 짐작했다. 그래서 하고 싶은 대로 하게끔 내버려 두고 아무 것도 묻지 않았지만, 마침내 어느 날 이렇게 입을 열지 않을 수가 없었다.

"아우야, 너는 점점 더 쇠약해져 가는 것 같구나. 낯빛도 되려 창백해져만 가니 웬일이냐?"

"형님, 사실 저는 마음의 병을 앓고 있습니다."

샤 자만은 이렇게 대답하였으나 아내의 부정에 대해서는 아무 말도 하지 않았다. 샤 리아르 왕은 이름난 박사와 의사들을 불러다 있는 힘을 다해 아우를 치료하게 했다. 이러한 치료가 한 달이나 계속되었다. 그러나 샤 자만은 아내의 배신만을 마음에 두고 있었기 때문에 약 따위는 아무 효과도 보지 못했다. 오히려 점점 더 의기소침해질 뿐, 어떤 의사도 그의 상태를 호전시킬 수는 없었다.

어느 날 샤 리아르 왕이 이렇게 말했다.

"멀리까지 나가서 사냥이라도 할까 하는데 어떠냐? 같이 간다면 기분전환이 되지 않겠느냐?"

그러나 샤 자만은 고개를 저으며 사양했다.

"저는 그럴 기분이 아닙니다. 그저 궁전에 가만히 머물도록 허락해 주십시오. 몸 상태도 그다지 좋지 않으니까요."

그래서 샤 자만은 그날 밤을 혼자 궁전에서 보내게 되었다. 형이 사냥 여행을 떠나고 난 다음 날 아침, 샤 자만은 방에서 나와 정원이 내려다보이는 살창문 앞에 앉았다. 그는 그 창가에서 잠시 쉬면서 비탄에 잠겼다. 아직도 긴 한숨을 내쉬며 아내의 일을 곱씹지 않을 수 없었던 것이다.

샤 자만이 이처럼 스스로를 갉아먹고 있을 바로 그

때였다. 정원으로 통하는 비밀의 문이 열리더니 스무 명의 여자 노예들이 왕비를 모시고 나타났다. 샤 리아르의 아내 이자 그의 형수인 왕비는 눈부신 미인으로, 마치 시원한 물줄기를 찾아 헤매는 한 마리 영양처럼 사뿐히 움직였다.

샤 자만은 창가에서 얼른 물러났다. 그리고 자신은 그 무리들을 지켜볼 수 있지만, 저쪽에서는 창가 바로 옆 까지 오더라도 자신을 보지 못하게끔 몸을 숨겼다. 한편 그 여인들은 점점 더 가까이 다가오더니 이윽고 정원 한 가운데 있는 연못의 분수대에서 걸음을 멈추었다.

갑자기 여인들이 옷을 훌훌 벗기 시작했다. 그제서야 샤 자만은 그들 중 열 명만이 여자이고 나머지 열 명은 백 인 남자 노예들이라는 것을 알아차렸다. 그 열 명의 여자 들은 모두 형의 후궁들이었다. 그들은 서로 짝을 지어 흩 어지고 왕비 혼자만 남았다. 왕비는 큰 소리로 외쳤다.

"지금 내게로 와요, 사이드!"

그러자 갑자기 숲에서 체격이 크고 소름끼치게 생긴 검둥이 하나가 눈알을 뒤룩거리면서 달려나왔다. 그것은 정말로 흉측한 광경이 아닐 수 없었다. 검둥이가 왕비에게 달려들어 목을 껴안자 왕비도 질세라 그를 와락 껴안았다. 검둥이는 단추구멍에 단추를 걸듯 자기 다리를 왕비의 다 리에 걸고 그녀를 땅바닥에 쓰러뜨린 뒤 맘껏 즐겼다.

다른 남녀들도 마찬가지였다. 욕정이 다할 때까지

서로 입맞추고 뒹굴기를 그칠 줄 몰랐다. 그러다 보니 어느덧 해가 저물고 있었다. 그제서야 백인 노예들이 가까스로 여자들의 몸에서 떨어지기 시작했다. 검둥이 노예도 왕비의 몸에서 일어났다. 모두 다시 여자로 변장을 하고 비밀 문을 통해서 궁전 안으로 돌아갔다. 검둥이는 나무를 타고 올라가더니 숲 속으로 자취를 감추어 버렸다.

이 놀라운 광경을 낱낱이 지켜본 샤 자만은 이렇게 혼잣말을 내뱉었다.

"알라의 이름으로 단언하건대, 내 불행이란 형님에 비하면 아무 것도 아니구나! 형님은 나보다 뛰어난 군주시건만, 자기 궁전에서 이렇게 추잡한 짓이 벌어지고 있다는 것은 생각도 못하고 계시지 않은가! 형님의 아내가 상스러운 노예 중에서도 가장 상놈과 놀아나고 있을 줄이야! 이 모든 것이 증명해 주는 것은 오직 하나, 계집이란 모두 기회만 주어졌다 하면 남편을 배신한다는 사실이다. 모든 여자들에게 알라의 저주가 있으라! 여자에게 도움을 입거나 여자에게 쥐여사는 바보 천치들에게도 신의 저주가 있으라!"

그러자 가슴속을 짓누르던 우울함이 사라지는 듯했고, 아내를 죽인 후회도 깡그리 사라졌다. 그리고 몇 번이나 이 말을 되풀이하면서 마음의 슬픔을 없앴다.

"여자의 악덕은 세상 어떤 남자에게도 미칠 수 있는

것이다!"

저녁 식사 시간이 되자 하인들이 진수성찬을 내 왔고, 샤 자만은 그 요리들을 게걸스럽게 먹어치웠다. 그 때까지는 제 아무리 맛있는 음식이라도 먹을 생각이 들지 않았었다. 하지만 이제는 맛있는 음식과 식욕을 주신 것을 알라에게 다시 감사하게 되었다. 그리고 그날 밤은 이루지 못했던 단잠을 한꺼번에 푹 잤다.

그는 이튿날 아침도 맛있게 먹었다. 이렇게 하루가 다르게 기력을 되찾았으므로 열흘 뒤 형이 돌아오게 되었을 때에는 완전히 원기를 회복했다. 샤 자만은 형을 맞기 위해 말을 타고 나왔다. 샤 리아르는 동생이 놀랄 만큼 건강해진 모습을 보고 깜짝 놀랄 수밖에 없었다.

하지만 샤 자만은 형에게 아무 것도 입밖에 내어 말하지 않았다. 그저 형을 얼싸안고 환영의 인사를 나눈 뒤 성까지 말을 달릴 뿐이었다.

나중에 궁전 안에 두 사람이 자리를 잡고 편히 앉자 하인들이 산해진미를 내 와서 함께 양껏 먹고 마셨다. 상이 치워지고 나자 두 왕은 손을 씻었다. 샤 리아르 왕이 그의 아우에게 이렇게 물었다.

"네 몸이 이렇게 좋아지다니 정말로 놀랍구나. 나는 너를 데리고 사냥을 가고 싶었다만, 네가 뭔가 언짢은 일이라도 있는 듯 안색이 좋지 못해서 그만두었다. 하지만 지금은 혈색이 제대로 돌아왔구나. 신께 감사할 일이다!
이제 아주 건강해 보인다. 난 네가 가족과 친구들이 있는
고향이 그리워서 병이 났는 줄 알았단다. 그래서 공연히
꼬치꼬치 캐묻지 않으려고 조심해 왔다만, 이젠 상관없겠
지, 얘기해 보려무나. 어째서 병이 났고, 또 어떻게 회복되
었는지 사연을 좀 들려다오.”

샤 자만은 이 말을 듣자 머리를 조아리며 한참이나
망설였다. 잠시 후 그는 고개를 들고 이렇게 대답했다.

“제가 근심과 병을 얻게 된 사연은 말씀드리겠습니
다. 하지만 제가 이렇게 회복하게 된 이유만은 말씀드리지
못하더라도 양해해 주십시오. 제발 부탁이니 제게 모든 것
을 다 털어놓으라고 강요하지는 마십시오.”

샤 리아르 왕은 이 말에 더욱 놀라지 않을 수 없었다.
그는 이렇게 말했다.

“우선 무엇 때문에 네가 그토록 괴로워하고 건강을
잃게 되었는지 말해 다오.”

샤 자만은 형의 왕국을 향해 출발하던 날 밤 이야기
부터 시작했다. 한밤중에 형에게 줄 선물을 가지러 궁으
로 돌아갔던 일, 아내의 부정을 목격하고 그 자리에서 죽
여버린 일 등을 남김없이 이야기하였다. 그리고 이렇게
덧붙였다.

“저는 그 모든 일이 슬프고 회한이 되어 병이 났던

것입니다. 하지만 제가 어떻게 건강을 되찾게 되었는지는 말할 수 없으니 용서해 주시기 바랍니다."

샤 리아르 왕은 뜻밖의 사실에 불같은 노여움으로 머리를 떨면서 내뱉았다.

"아! 여자의 음행이란 그토록 무섭구나! 아우야, 너는 아내를 죽여서 큰 액막이를 한 게다! 너라면 그런 치욕을 겪을 일이 전혀 없었으니 그토록 분노하고 슬퍼한 것도 당연하지. 알라께 맹세컨대, 만약 내가 그런 꼴을 보았나면 계집 천 명을 베고 미쳐 날뛴대도 분이 풀리지 않았을 게다! 하지만 이제는 네 짐을 가볍게 해 주신 알라께 찬양을 돌리자꾸나! 그럼 어떻게 건강을 회복하게 되었는지도 말해 다오. 그리고 왜 그렇게 그 사연을 감추려 드는지도 궁금하구나."

"오, 형님, 그것만은 말씀드릴 수 없습니다!"

"하지만 나는 꼭 들어야겠다."

"제가 입을 열면 형님께서 저 이상의 고통과 번민에 사로잡히게 됩니다. 저는 그것이 두려울 뿐입니다."

"그렇다면 더더욱 내가 들어야 할 이유가 있구나. 알라의 이름으로 내가 명한다! 너는 내게 아무 것도 숨기지 말고 털어놓거라."

할 수 없이 샤 자만은 자기가 본 것을 모두 실토했다. 그리고 마지막으로 이렇게 말하였다.

"형님의 불행과 형수님의 배신을 제 눈으로 보고 나니 제 슬픔은 상대적으로 보잘것없는 것처럼 느껴졌습니다. 그래서 다시 기운이 나고 건강해져서 먹고, 마시고, 잘 수 있게 된 것입니다. 이것이 제가 그토록 빨리 회복된 까닭입니다. 이 말에는 거짓이 없고, 온전히 참말입니다."

이 이야기를 듣고 난 샤 리아르 왕은 분노에 휩싸여 실신이라도 할 것 같이 되었다. 그러나 그는 재빨리 정신을 수습하고 이렇게 말했다.

"아우야, 네가 거짓말을 했다고는 생각하지 않지만, 내 눈으로 그 꼴을 보기 전까지는 믿지 못하겠구나."

"꼭 형님의 불행을 직접 보시겠다면, 한 번 더 사냥 여행을 떠날 채비를 하십시오. 그리고는 저와 함께 숨어서 지켜 보십시다. 그러면 진실이 무엇인지 아시게 될 것입니다."

"좋다."

왕은 이렇게 말하고 당장 새로운 여행 준비를 서두르게 했다. 그리고 성 밖에 천막을 치고 야영을 하기로 했다. 샤 리아르는 무리들과 함께 궁을 떠났지만, 노예들을 시켜 왕의 천막에는 아무도 들어가지 못하게 했다. 그리고 대신을 불러 이렇게 지시했다.

"내 자리에 앉아 있으시오. 그리고 앞으로 사흘이 지나도록 아무에게도 내가 없다는 사실을 들켜서는 아니 되오."

그리고 나서 형제는 변장을 하고 몰래 궁으로 되돌아가 밤이 마저 지나기를 기다렸다. 새벽이 밝아오자 두 사람은 정원이 내려다보이는 창가로 다가갔다. 전처럼 왕비와 노예들이 나와서 분수대로 모였다. 그곳에서 그들은 옷을 벗어 던지고 열 쌍의 남녀가 짝을 지었다. 왕비가 갑자기 목소리를 높였다.

"오, 사이드! 당신은 어디 있나요?"

흉측한 검둥이가 일말의 지체함도 없이 수목 사이에서 튀어나와 왕비를 껴안으며 이렇게 외쳤다.

"내가 바로 사드 알 딘 사우드, 잘 나가는 님이시다!"

왕비는 깔깔대고 웃더니 곧 검둥이와 함께 욕망을 채우기 시작했다. 그들은 두 시간 남짓 서로의 육체를 희롱했다. 이윽고 백인 노예들이 여자들의 가슴에서 일어나고 검둥이도 물러났다. 그들은 모두 연못에 들어가 몸을 씻더니 옷을 갖추어 입고 전처럼 헤어졌다.

샤 리아르 왕은 왕비와 후궁들의 부덕한 소행을 보고 정신이 나간 사람처럼 절규했다.

"이 더러운 세상에서 사내가 안전하게 살려면 고독하게 사는 도리밖에 없겠구나! 아, 인간세상이란 하나의 거대한 죄악일 뿐이다! 지금부터 내가 하는 말을 들어라, 아우야! 아무도 나를 말릴 수 없다!"

"저는 형님을 만류하지 않겠습니다."

　"지금 이대로 당장 일어나서 길을 떠나도록 하자. 나라를 돌보는 것보다 더 중요한 일도 있는 법이다. 알라를 찬양하면서 그의 땅을 두루 살펴보기로 하자. 우리와 같은 불행으로 고통받는 누군가를 찾을 때까지 말이다. 그러면 죽음이 삶보다 오히려 반갑게 여겨질 날이 오겠지."

　이리하여 형제는 또 다른 비밀 문으로 궁전을 빠져 나가 밤낮으로 발걸음을 재촉했다. 그렇게 해서 어떤 목장 한가운데 있는 거대한 나무까지 이르게 되었다. 목장은 해변에서 그리 멀지 않은 곳으로, 바로 옆에 신선한 물줄기가 뿜어져 나오고 있었다. 형제는 그 물을 마시고 잠시 앉아 피곤을 풀기로 했다.

　한 시간 가량 지났을 때 갑자기 하늘이 무너지는 듯 무서운 소리가 들려왔다. 바다가 파도와 함께 부서지는가 싶더니 그 사이에서 검은 기둥 하나가 나타났다. 연기에 휩싸인 그 기둥은 점점 높아져서 마치 하늘 끝에라도 닿을 듯했다. 그런데 갑자기 그 기둥이 목장 쪽으로 다가왔기 때문에 두 형제는 겁에 질렸다. 그들은 나무 꼭대기로 올라가 무슨 일이 일어나려는지 지켜보려고 했다.

　놀랍게도 연기 기둥은 엄청난 체격에 어깨가 떡 벌어진 마신(魔神)으로 변했다. 마신은 굵은 눈썹에 피부가 검고, 머리에는 수정 궤짝을 이고 있었다. 그는 깊은 물살을 헤치고 뭍으로 기어오르더니 두 왕이 숨어 있는 나무 아래에 와서 앉았다. 그 다음에는 궤짝을 내려놓고 그 안에서 일곱 개의 강철 자물쇠를 채운 함을 꺼냈다. 마신은 옆구리에 차고 있던 일곱 개의 열쇠를 써서 그 함을 열었다. 그 함에서 나온 것은 사람, 그것도 젊은 여자였다.

그 여자는 백인으로, 날씬하고 섬세한 미인이었다. 눈부신 태양이나 보름달이 무색할 정도로 빛이 나고 사람의 눈을 즐겁게 하는 용모를 갖추고 있었다. 마신은 미녀를 제 손으로 옆자리에 앉히고 얼굴을 들여다보며 말했다.

"아, 내 마음이 선택한 연인아! 고귀한 혈통을 타고 태어난 연인아! 나는 너를 혼례날 밤에 납치해 왔으니 나 외에는 너를 사랑하고 즐긴 사내가 없다. 아, 귀엽기도 하지. 나는 여기서 잠시 눈을 붙여야겠다."

마신은 곧바로 미녀의 무릎에 머리를 누이고 다리를 바다 쪽으로 뻗더니 곯아떨어졌다. 코를 고는 소리가 천둥 소리처럼 울려 퍼졌다. 얼마 지나지 않아 미녀는 고개를 들었고, 나무 꼭대기에 숨어 있던 형제를 보았다. 그녀는 마신의 머리를 살짝 무릎에서 떼어 땅 위에 내려놓았다. 그리고 일어서서 형제에게 몸짓을 해 보였다.

"두 사람 모두 이리 내려오세요. 이 마신은 조금도 무섭지 않답니다."

두 사람은 여자가 자기들을 발견한 데 소스라치게 놀라서 기어들어가는 목소리로 간신히 대답했다.

“알라 신과 당신의 자비심에 부탁합니다. 내려가는 것만은 봐 주십시오.”

“알라께서 당신들을 지켜주시길! 하지만 나는 당장 내려오라고 말했어요. 만약 내려오지 않는다면 이 마신을 깨울 수밖에 없겠군요. 이 마신이 덮치면 상상도 못할 끔찍한 꼴로 죽게 되겠지요.”

여자는 이렇게 위협하면서 연신 내려오라는 손짓을 하는 것이었다. 그래서 두 왕은 겁에 질린 채 그녀에게로 내려왔다. 그러자 여자는 두 사람 앞에 와서 말했다.

“여자를 얼마나 잘 다룰 수 있는지 솜씨를 보여 줘요. 그렇지 않으면 당장 이 마신에게 당신들을 죽이라고 하겠어요.”

“오, 아가씨. 알라의 이름으로 청하오니 제발 그런 일은 하지 않도록 해 주십시오. 우리도 이런 일을 피해온 터라 당신 주인의 분노가 두렵습니다!”

“말은 필요 없어요. 당신들이 해야만 하는 일이니까.”

그녀는 이렇게 대답하고, 기둥도 받침도 없이 하늘을 지탱하시는 신께 맹세하건대, 두 남자가 자기 요구를 무시한다면 당장 죽어서 물고기 밥이 될 거라고 으름장을 놓았다. 결국 샤 리아르 왕은 두려움에 떨며 동생에게 말했다.

“아우야, 저 여자가 원하는 대로 해 주어라.”

"형님이 먼저 하시기 전까지는 못하겠습니다."

두 사람이 한참이나 실랑이를 벌이자 여자가 나섰다.

"왜 둘이서 다투고 있나요? 남자답게 앞으로 나와서 당장 내가 하라는 대로 실행하지 않으면 마신을 깨우겠어요!"

그래서 마신에 대한 두려움 때문에 그들은 차례로 여자가 하라는 대로 몸을 섞었다. 일이 끝나자 여자가 말했다.

"잘 하셨어요!"

그리고는 여자는 웃옷 주머니에서 지갑을 꺼냈다. 그리고 다시 그 안에서 570개의 반지가 걸린 실고리를 꺼냈다.

"이게 뭔지 아시겠어요?"

"모르겠습니다."

"이건 570명의 남자들 반지예요. 내가 이 흉측하고 멍청한 마신의 머리맡에서 관계한 남자들의 수지요. 자, 두 분도 왕가의 반지를 이리 주세요."

두 왕이 반지를 빼서 여자에게 주자 그녀는 이렇게 말했다.

"이 마신이 나를 결혼 첫날밤에 데려왔다는 말은 사실이에요. 마신은 나를 함에 가두고, 그 함을 다시 궤짝에 넣어요. 그것도 모자라 일곱 개의 자물쇠를 걸어 놓은 궤짝을 바다 깊숙이 쳐박아 놓는답니다. 내가 자기 외에는 아무도 만날 수 없게, 정조와 진실을 지키게 하려는 거예요. 하지만 나는 내가 원하는 만큼의 많은 남자들과 관계를 가졌어요. 이 어리석은 마신은 운명이 틀어질 수도 있다든가, 어떤 지점에서 막혀 버릴 수도 있다는 생각을 할 줄 몰라요. 모름지기 여자란, 일단 원하기만 하면, 아무리 사내가 방해를 해도 얻고야 만다는 말이 있지요. 이 마신은 꿈에도 그런 말을 모를 거예요."

여자는 마신에게로 돌아가서 그 머리를 제 무릎에 살짝 얹어 놓았다. 두 왕은 기가 막히고 맥이 빠져서 그 모양을 말없이 바라볼 뿐이었다. 여자가 상냥하게 마지막 인사를 건넸다.

"어서 가던 길이나 가세요! 이 꼴사나운 광경은 등뒤로 하고, 어서 가 보세요!"

그래서 두 사람은 곧 그 자리를 떠났다. 그들은 서로에게 이렇게 외쳤다.

"아! 알라께서 우리를 여자의 악덕과 잔꾀에서 구해 주시기를! 여자들을 당해 낼 힘이 세상 어디에 있단 말이냐!"

"생각 좀 해 봐라." 샤 리아르가 말을 꺼냈다. "우리보다 훨씬 강한 마신을 저 뻔뻔스러운 여자가 농락하는 것을 봐라! 그런 걸 보면 저 마신의 불행이 우리보다 훨씬 크다고 할 것이다. 그러니 이제는 궁전으로 돌아갈 때가 되었다. 그리고 우리는 앞으로 결혼을 하더라도 절대

아내가 바람을 피울 수 있을 만큼 오래 살려두지를 말자. 인연을 맺은 그 자리에서 여자를 처단해 버리자꾸나.”

샤 자만은 형에게 동의했다. 두 사람은 사흘간 말을 달려 샤 리아르 왕의 천막으로 돌아갔다. 그들은 아침에 도착해서 대신들과, 영주, 태수, 시종 등을 한 자리에 모이게 했다. 샤 리아르는 자기 대신 왕 노릇을 한 대신에게 예복을 하사하고, 모두 왕궁으로 돌아가라고 명령했다.

샤 리아르는 왕좌에 돌아오자마자 수석 보좌 대신을 불러 이렇게 명령했다.

“그대에게 명하노니, 당장 나의 아내를 끌고 가서 처형하라. 결혼의 서약을 깨뜨린 계집이니라.”

대신은 왕의 명을 받들어 왕비를 처형했다. 그 다음에는 샤 리아르 왕이 손수 검을 들고 별궁으로 가서 모든 후궁들과 백인 노예들을 참살하였다. 그는 자신의 명예를 위해 처녀를 하룻밤만 데리고 자고, 이튿날 아침에는 죽여 버리겠다는 무서운 맹세를 했다. 왕은 지구상에 순결한 여자는 단 한 사람도 없으며, 있을 수도 없다고 확신하게 되었던 것이었다.

샤 자만은 형에게 고별인사를 했고, 여행에 필요한 모든 준비와 경호를 받아 고국으로 돌아갔다. 샤 리아르 왕은 아우가 떠난 그날로 자기에게 흡족할 만한 신부를 데려오라고 명령했다.

이에 따라 대신은 어떤 태수의 딸로서 미모가 빼어난 여인을 데려왔다. 그날 밤 왕은 신부의 순결을 빼앗고, 아침이 밝자마자 그녀의 목을 치라고 명령했다. 대신은 군주에 대한 두려움 때문에 시키는 대로 하지 않을 수 없었다.

그리고 3년간 샤 리아르 왕은 이 잔인한 행위를 계속했다. 즉, 매일 밤 처녀와 동침하고, 아침이면 그 여인을 시체로 만들었던 것이다. 백성들의 불평은 이만저만이 아니었다. 실제로 그들은 왕을 저주하며 알라에게 기도하기를, 제발 왕이 죽거나 보좌에서 물러나게 해 달라고 부르짖는 것이었다. 여인들은 공포에 떨었고, 어머니들은 눈물을 흘렸으며, 딸을 둔 부모들은 모두 도망가 버렸다. 결국 도시 안에 처녀의 씨가 완전히 말라 버리고 말았다.

그럼에도 불구하고 왕은 대신에게 처녀를 데려오라고 명령했다. 대신은 사방을 뒤지고 찾아 헤맸으나 찾을 수 없었다. 이제 도시 안에 처녀가 남지 않았으니 왕이 자기를 살려 둘 리가 없구나라고 생각한 대신은 비탄에 잠겨 집으로 돌아왔다.

그런데 이 대신에게는 딸이 둘 있었다. 그들의 이름은 세헤라자데와 두냐자데였다. 첫째 딸 세헤라자데는 책 읽기를 즐겼는데, 여러 가지 구전(口傳), 역대 왕에 얽힌 전설, 옛 이야기, 우화, 영웅담 등을 줄줄이 꿰고 있었다. 그녀가 옛 통치자와 백성들에 관한 역사책을 천 권이나 수집했다는 이야기도 있었다.

더구나 세헤라자데는 시를 좋아해서 많은 작품들을 암송할 수 있을 뿐 아니라 철학, 과학, 예술에서부터 실용적인 지식까지 두루 갖추고 있었다. 그녀는 명랑하고 예의 바른 데다가 지혜와 기지가 있었다. 한마디로 박식하고 잘 양육받은 아가씨였던 것이다.

그리하여, 이 운명의 날에 그녀는 아버지에게 이렇게 물었던 것이다. "왜 그리 착잡해 하십니까? 무슨 근심이 있으신 듯하군요. 시인이 근심에 대해 뭐라고 했는지 들어 보세요."

슬퍼하는 자에게 말해 주렴
한탄은 곧 사라진다고.
기쁨에 내일이 없듯이
비애도 오래 가진 못한다고.

대신은 딸의 말을 듣고, 자기가 왕 때문에 겪고 있는 곤경을 낱낱이 고백했다.

"큰일이군요. 아버님, 이렇게 여자를 죽이는 일이 언제까지 갈까요? 이 극악무도한 행위를 그만두게 할 수 있는 묘안이 있는데, 제가 그 묘안을 말씀드려도 될까요?"

"그래, 말해 보아라."

"저를 샤 리아르 왕의 신부로 보내 주세요. 저는 살아남을 수 있으니, 이는 곧 이슬람교를 믿는 모든 처녀들을 대신하는 셈이고, 그들을 왕과 아버님의 손에서 구하는 셈이 될 거예요."

"오, 신이시여!" 대신은 역정을 내며 부르짖었다. "네가 지금 제 정신이냐? 내가 너를 그런 위험에 처하게 할 것 같으냐? 어찌하여 그토록 어리석고 분별없는 소리를 지껄이느냐? 세상 물정을 모르면 스스로 불행에 뛰어드는 거나 다름없다는 사실을 알아야지!"

"그렇게 해야만 해요. 무슨 일이 일어나도 좋아요!"

대신은 또 한 번 역정을 내고 딸을 꾸짖었다.

"그런 짓을 했다간 저 황소와 나귀에게 일어났던 일과 똑같은 꼴이 될 게다. 그럴까봐 진정 두렵기 그지없구나."

"그들에게 어떤 일이 일어났었나요, 아버님?"

이리하여 대신은 이야기를 시작했다.

황소와 나귀 이야기

한 부유한 상인이 살고 있었다. 그는 막대한 재산과 하인을 소유하고 있었을 뿐 아니라 소와 낙타도 많았다.

상인은 아내와 가족들을 거느리고 시골에서 농사일을 하며 살았다.

　그런데 위대하신 알라께서는 이 상인에게 온갖 새와 짐승의 말을 알아들을 수 있는 신기한 능력을 주셨다. 그러나 이 귀한 신의 선물을 누군가에게 발설하면 당장 죽음으로 대가를 치러야 했다. 그래서 상인은 자신의 비밀을 혼자 간직하고 있었다.

　그의 외양간에는 황소와 나귀가 나란히 매여 있었다. 하루는 상인이 하인들과 앉아 있고 아이들이 그 언저리에서 뛰놀고 있는데, 황소가 나귀에게 이렇게 말하는 소리가 들리는 것이었다.

　"여보게, 친구. 자네의 복이 계속되길 빌겠네. 자네가 깔고 앉은 자리는 청소가 깨끗이 되어 있군. 사람들이 자네에겐 고운 보리와 샘물에서 길어온 맑은 물을 주더구만. 나는 지지리도 박복해서 쟁기다, 멍에다 하는 것들을 목에 걸고 날이 새기도 전에 끌려 나간다네. 새벽부터 황혼까지 땅을 가느라 아주 나가떨어질 형편이지. 나는 힘에 부치는 일을 하고, 저녁에는 부당한 대우를 받는다네. 엉덩이는 줄창 맞고, 목덜미는 벗겨지고, 다리는 뻐근하고, 눈물로 눈이 쓰라려 죽겠어. 그런데도 먹이는 더러운 건초와 콩뿐일세. 더구나 밤새 거름과 오물 속에서 잠을 자야 하지. 하지만 자네는 언제나 깨끗한 데서 쉴 수 있고,

간혹 가다 주인이 시내에 나갈 때 태워드리기만 하면 되
지. 주인은 자네를 타고 나가도 금새 돌아오시지 않나. 이
런 식이야. 나는 일하고 자네는 쉬지. 자네는 자고 나는
잘 수 없어. 내가 죽도록 굶주릴 때 자네는 원하는 대로
배불리 먹는 거야.”

황소의 말이 끝나자 이번에는 나귀가 말했다.

“어리석기는! 소는 우둔하다더니 거짓말이 아니군. 자
네는 단순 무식하기 짝이 없어! 주인을 위해 있는 힘껏 일
하는 것도 결국 다른 사람을 위해 자기를 고갈시키는 것
이고, 결국 자신을 죽게 내주는 걸세. 자넨 새벽부터 들에
나가 해가 져야만 돌아오지. 욕먹고 맞으면서 하루 종일
고된 일을 해야만 하고 말이야. 자, 내 말을 들어보게. 들
에 나가면 사람들이 자네 목에 멍에를 걸 것이 아닌가? 그
러면 그 자리에 주저앉아 꼼짝도 하지 말게. 일어나라고
때리더라도 일어났다가 금방 뻗어 버리게. 그러면 사람들
이 자네를 집으로 끌고 와서 콩을 갖다 줄 거야. 하지만
먹지 말게. 콩은 보지도 말고 여물만 먹으면서 꾀병을 부
리란 말이야. 그렇게 이삼 일만 계속해 보게. 고된 일에서
해방되어 쉬게 될 걸세.”

황소는 이 말을 듣고 나귀를 좋은 친구라고 생각하며
고마워했다.

“그래, 정말 훌륭한 조언이군. 자네는 축복을 받을 거야.”

이튿날 머슴은 황소를 끌고 나가 멍에를 지우고 평소처럼 일을 시키려고 했다. 그러나 황소는 나귀의 충고를 받아들여 게으름을 피웠다. 화가 난 머슴이 어찌나 후려쳤는지 멍에가 부서져 저절로 벗겨지고 말았다. 하지만 머슴은 그래도 가죽끈으로 황소를 후려쳤고, 황소는 자기가 여기서 죽는구나 하는 생각까지 들었다. 그럼에도 불구하고 황소는 저녁이 올 때까지 가만히 서 있거나 주저앉거나 할 뿐이었다.

머슴은 소를 다시 외양간에 넣었으나 구유에서 뒷걸음질을 칠 뿐이었다. 여느 때처럼 뒹굴거나 뛰지도 않고, 울지도 않았다. 이 기이한 행동에 머슴은 적잖게 당황했다. 그래서 콩과 겨를 섞어서 갖다 주었더니 소는 냄새만 맡아 보고 멀찍이 축 늘어져 아무 것도 먹지 않은 채 밤을 보냈다.

다음날 머슴이 구유를 보니 콩과 건초는 조금도 줄지 않았다. 더구나 황소는 사지를 쭉 뻗고 커다란 배를 불룩거리며 한없이 처량한 꼴로 누워 있었다. 머슴은 소가 걱정이 되어 이렇게 중얼거렸다.

"이런, 저 놈이 병이 난 모양이다. 그래서 어제 쟁기를 끌려고 안 했나 봐."

그래서 머슴은 상인에게 이 사실을 보고했다. 상인은 어제 황소와 나귀의 대화를 모두 들었기 때문에 어떻게

된 일인지 다 알고 있었다. 그래서 이렇게 말했다.

"저 얄미운 나귀를 끌어다가 멍에를 지워라. 저 놈이 쟁기를 끌고 황소의 일을 대신 하게 해라."

이 명령대로 머슴은 나귀를 데려다가 하루 종일 황소가 하던 일을 시켰다. 나귀는 기진맥진했지만, 머슴이 몽둥이로 두들겨 패는 데는 어쩔 수 없었다. 옆구리가 쓰라리고 목덜미는 멍에 때문에 벗겨졌다. 저녁이 되어 집으로 돌아오니 사지를 가눌 수조차 없을 지경이었다.

한편, 황소는 있는 대로 늘어져서 맛있는 사료를 먹고 있었다. 그는 줄곧 이렇게 좋은 꾀를 가르쳐 준 나귀에게 고마워하고 있는 참이었다. 물론 그 고마운 나귀가 얼마나 고생을 하고 있는지는 꿈에도 모르고 말이다. 그래서 저녁에 돌아온 나귀에게 벌떡 일어나 이렇게 외쳤다.

"자네도 기뻐해 주게! 자네 덕분에 하루 종일 편히 쉬고, 맛있는 먹이를 배불리 먹었다네."

그러나 나귀는 어찌나 혹사를 당했던지 기운도 없고 속이 쓰려서 대꾸조차 하지 않았다. 그는 황소에게 충고했던 일을 후회하며 혼잣말을 했다.

"이게 바로 남에게 좋은 충고를 해 준 결과로군. 남의 일에 끼어들기 전까지는 나도 잘 살았는데 말이야. 이젠 다른 꾀를 내서 황소가 하던 일을 다시 하게 해야겠어. 안 그랬다간 내가 죽을 판이다."

나귀가 맥없이 쟈기 자리로 돌아가는 동안에도 황소
는 여전히 감사와 축복을 그에게 퍼붓고 있었다.

"너도 그 나귀와 같은 신세가 될까봐 걱정하는 거다.
생각을 잘못 해서 목숨을 잃어서야 되겠느냐? 아무 말 말
고 얌전히 있어라. 행여라도 화를 자초할 생각은 그만 두
고. 다 너를 사랑하고 아끼기 때문에 해 주는 말이다."
대신은 이렇게 말했지만, 세헤라자데는 뜻을 굽히지
않았다.
"아버님, 저는 왕에게 시집을 가야만 해요. 아버님도
저를 말릴 수는 없습니다."
"절대로 안 된다."
"그래야만 합니다."
"잠자코 있지 않으면, 그 상인이 아내에게 했던 것처
럼 나도 너를 혼내 주겠다."
"상인이 어떻게 했는데요?" 세헤라자데가 물었다.

나귀가 자기 자리로 돌아간 지 얼마 안 되어 상인은
아내와 식구들을 데리고 발코니로 나갔다. 마침 달이 휘영
청 밝은 밤이었다. 외양간이 한눈에 들어오는 발코니에서

상인이 아이들에게 둘러싸여 앉아 있으니 나귀가 황소에게 하는 말소리가 들려오는 것이었다.

"이봐, 황소 친구! 내일은 어떻게 할 거야?"

"물론 내일도 자네의 충고를 따라야지. 그보다 더 좋을 수는 없어. 편안히 푹 쉴 수가 있으니까. 앞으로도 인간들이 여물을 가져와도 먹지 않고 꾀병을 부릴 참이야."

그러자 나귀가 고개를 가로저으며 말했다.

"그렇게 하지 말게."

"왜?"

"주인이 머슴에게 하는 말을 내가 들었기 때문에 경고해 주는 거야. '황소가 내일도 일을 않고 먹지도 않으면 도살장으로 보내 버려라. 그래서 고기는 가난한 사람들에게 나눠 주고 가죽은 탁자보를 만들어라.' 이렇게 말하더라구. 자네 목숨이 걱정되어서 해 주는 말이야. 끔찍한 일을 당하기 전에 내 말을 들어. 여물을 갖다 주거든 냉큼 먹고, 발을 구르며 소리를 질러. 영문도 모르고 백정 앞에 끌려 나가지 않도록 말이야. 평안이 자네에게 있기를 바라네!"

그러자 황소는 벌떡 일어나 긴 울음을 울며, 나귀에게 고마워했다.

"내일은 꼭 나가서 일을 하겠네."

황소는 황급히 여물을 먹어치우고, 구유를 구석구석

핥았다. 한편, 상인은 그들의 대화를 처음부터 끝까지 다 듣고 있었다.

이튿날 아침 상인과 아내는 황소가 매여 있는 외양간으로 나아갔다. 머슴이 다가가서 소를 끌어냈다. 황소는 주인을 보더니 꼬리를 힘차게 흔들며 방귀를 뀌고 펄쩍 뛰었다. 상인은 이 꼴을 보고 쓰러질 만큼 웃었다.

"뭘 그렇게 웃고 계세요?" 아내가 상인에게 물었다.

"내가 보고 들은 비밀 때문이오. 하지만 당신에겐 말할 수 없소. 말하면 내가 죽을 테니."

"그래도 들어야겠어요. 왜 그렇게 웃는지, 당신 비밀이란 게 뭔지 알아야겠다구요! 당신이 죽더라도 상관없어요!"

"새와 짐승들의 언어에 관계된 일이오. 하지만 나는 죽기 싫으니 당신에게 비밀을 말할 수 없소."

"당신은 거짓말을 하고 있는 거예요! 죽는다는 건 다 핑계지요? 당신은 날 보고 웃어 놓고 적당히 속이려는 거죠? 내게 숨기는 게 있죠? 천국의 주인께 맹세코, 당신이 다 털어놓기 전까지는 한 침대에서 잘 수 없어요! 당장 집을 나가겠어요!"

아내는 그 자리에 주저앉아 울음을 터뜨렸다.

"도대체 왜 우는 거요! 당장 울음을 그치구려!"

"왜 웃었는지 말을 해 줘요!"

"내 말은 다 참말이오. 알라께서 내게 새와 짐승의 말을 알아들을 수 있는 복을 내려 주셨지만, 나는 그 내용을 발설하면 당장 죽는다오."

"아무튼 나귀와 황소가 무슨 말을 했는지 말해 줘요. 그것 때문에 당신이 죽는다면, 죽어도 할 수 없어요!"

아내가 어찌나 졸랐던지 남편은 완전히 지쳐서 정신이 약간 나가고 말았다. 그래서 마침내 이렇게 말했다.

"그럼 당신 부모와 친척, 이웃들을 모두 불러 오구려."

아내가 사람들을 부르는 동안 상인은 변호사와 관리인을 오게 했다. 유언을 남겨 놓고 죽으려고 결심한 것이다. 그만큼 상인은 아내를 사랑하고 있었던 것이다. 아내는 원래 백부의 딸로 그와는 사촌지간이었다. 두 사람이 결혼해서 아이를 낳고 살아온 지도 120년이나 되었다. 드디어 친척과 이웃까지 다 모인 자리에서 상인은 입을 열었다.

"조금 전에 이상한 이야기를 들었습니다. 하지만 내가 그 일을 말하면 죽게 됩니다."

그러자 모두들 여자를 만류했다. "알라께서 당신과 함께 하셔서 부디 그 고집을 꺾게 되길 바래요. 당신 남편이자 아이들의 아버지가 죽는다면 어떻게 하려고 그래요?"

그러나 아내는 도무지 들으려 하지 않았다.

"비밀 이야기를 듣기 전엔 물러설 수 없어요. 남편이

죽는 한이 있어도 안 돼요!"

　모두들 이제 말리는 것도 포기했다. 상인은 일어나서 닭장 있는 곳으로 나갔다. 죽기 전에 마지막 기도를 올리기 위해 혼자 있고 싶었던 것이다. 그런데 상인은 이 닭장 안에 수탉 한 마리와 암탉 오십 마리를 기르고 있었다. 상인이 세상 사람들에게 마지막 고별 인사를 하려는 판국에 개 한 마리가 수탉과 떠드는 소리가 들리는 것이 아닌가.

　수탉은 날개를 퍼덕거리면서 이 암탉, 저 암탉의 등을 타고 다니며 놀고 있는 참이었다. 개가 먼저 수탉에게 말을 건넸다.

　"수탉 친구! 자네는 어째서 그렇게 창피한 줄을 모르나? 널 키워주신 주인이 어떤 일을 당하게 될지 모른단 말이야! 오늘 같은 날 그렇게 방정맞게 굴어야겠어?"

　"오늘이 무슨 날인데 그렇게 별나게 구는 거야?"

　"주인님이 죽을 준비를 하시는 거 몰라? 마나님이 주인님의 비밀을 털어놓아야 한다고 고집을 부리시니, 죽을 수밖에 없는 거 아냐? 그래서 우리 개들은 모두 삼가 근신을 하는 중이야. 그런 판국에 자네는 암탉들이랑 희롱이나 하고 있어? 부끄럽지도 않아?"

　"우리 주인도 바보 아냐? 그렇게 주변머리가 없어서야 어찌겠어? 마누라도 어떻게 다룰지 모른다면 죽는 게 낫지! 하지만 나는 암컷이 쉰 마리나 있어. 하나랑 놀아 주면, 다른 암컷은 애가 타지. 어느 한 쪽을 굶주리게 해 놓고 다른 한 쪽은 실컷 놀아 주는 거야! 내가 마누라들을 잘 다스리기 때문에 모두 내가 하자는 대로 따라 와. 우리 주인도 자기 딴에는 꽤나 영리한 척하지만, 겨우 여자 하나를 못 다룬다면 영리한 것도 소용없어.”

“그럼 주인님은 어떻게 하는 게 좋을까?”

“당장 자리를 박차고 일어나서 튼튼한 뽕나무 가지를 찾아 와야지. 그걸로 아내가 울고불고 할 때까지 두들겨 패야지! 마누라가 질질 짜면서 이렇게 소리를 지를 걸. ‘오, 제가 잘못했어요! 죽을 때까지 아무 것도 안 물을 게요!’라고 말이야. 그래도 한번 더 호되게 때려야 해. 여자는 그 다음부터 평생 고생시키지 않을 거야. 체벌을 그렇게 할 줄 모르다니, 주인님도 바보야, 바보!”

상인은 수탉과 개가 나누는 대화를 듣고 있다가 서둘러 일어났다. 그리고는 뽕나무 가지를 찾아 들고, 아내의 침실로 들어갔다. 그리고 아내에게 이렇게 속삭였다.

“아무도 없는 방에서 내 비밀을 가르쳐 주겠소. 그리고 아무 눈에도 띄지 않고 죽을까 하오.”

아내가 방으로 들어오자 남편은 문을 잠갔다. 갑자기 남편은 성을 버럭 내며 아내의 등이며 어깨, 옆구리, 팔다리를 후려쳤다.

“무엇 때문에 당신은 상관도 없는 일을 꼬치꼬치 캐

물어?"

　상인이 얼마나 때렸던지 아내는 거의 기절할 지경이 되었다. 그래서 당장 소리를 지르며 용서를 빌었다.

　"제가 잘못했어요! 알라께 맹세코 다시는 묻지 않을게요! 진심으로 잘못을 깨닫고 후회한다구요!"

　그러고는 남편의 손과 발에 입을 맞추었다. 남편은 그제서야 아내를 방에서 내보내 주었다. 그후 아내는 다른 집의 아내들이 그러하듯이 순종적인 여자가 되었다. 부모와 친척들의 슬픔은 이제 기쁨으로 바뀌었다. 이렇게 상인은 수탉에게서 배운 마누라 교육을 실천했기 때문에 아내와 더불어 죽을 때까지 행복한 생활을 할 수 있었던 것이다.

　"나도 너에게 그 상인과 똑같은 일을 해야겠느냐, 내 딸아?"

　대신은 상인의 이야기를 마치고 이렇게 말했다. 그러나 세헤라자데의 결심은 확고부동하였다.

　"저는 포기 못해요, 아버님. 그런 이야기로 제 결심을 무너뜨릴 수는 없으니 제발 그만 말씀하세요. 아버님이 저를 막으시면, 저는 혼자서라도 왕 앞에 나아가겠어요. 그리고 이렇게 고하겠어요. '폐하께 시집가겠다고 아버님께

말씀드렸지만, 아버님은 제가 왕비의 자격이 없다고 들어
주지 않으셨습니다.'라고 말이에요."

"기어이 그런 식으로 해야겠느냐?"

"네, 그래야만 해요."

이제 대신도 딸을 말리는 데 진저리가 났을 뿐 아니
라 그녀를 설득하는 일이 불가능하다는 것을 깨달았다.
그래서 대신은 샤 리아르 왕에게 가서 땅 위에 입을 맞추
며 경의를 표했다. 그리고 딸과 실랑이를 벌이게 된 사정
을 고하고, 그날 밤 딸을 왕 앞에 데려 오겠다고 말했다.

왕 자신도 무척 놀랄 수밖에 없었다. 왜냐하면 왕도
대신의 딸에 대해서는 특별히 생각하고 있었기 때문이다.
그래서 대신에게 이렇게 말했다.

"그대, 지극히 충실한 조언자여! 어떻게 이런 일이 일
어났단 말인가? 그대는 내가 알라 신께 맹세했던 바대로
동침한 여자는 다음날 죽이라고 명령한다는 사실을 잘 알
것이다. 그리고 그대가 이 명령에 불복한다면 그 여자 대
신 자네가 내 손에 죽게 될 거야."

"알라께서 폐하에게 영예와 장수를 더하시기를! 제
여식이 스스로 결심한 일입니다. 저로서는 아무리 말려도
듣지를 않는군요. 그 애는 오늘밤을 귀하신 폐하 곁에서
보내겠다고 고집을 피우고 있습니다."

그러자 샤 리아르 왕은 크게 기뻐하며 말했다.

"그럼 그렇게 해라. 준비를 해서 딸을 이리로 데리고 오라."

대신은 돌아가서 세헤라자데에게 왕의 명령을 그대로 알렸다. "제발 아비가 이런 말을 전하지 않을 수 있게 해 다오. 너를 잃을까 두렵구나!"

하지만 세헤라자데는 희색이 만면하여 당장 필요한 짐을 꾸리기 시작했다. 그리고는 여동생 두냐자데에게 이렇게 일러 두었다.

"내가 말하는 걸 잘 기억해 둬! 이 언니가 왕의 침실에 들어가서 얼마 안 되어 너를 불러 오게 할 거야. 네가 와서 왕과 내가 이미 부부의 인연을 맺은 뒤이면, 내게 이렇게 말을 해! '잠이 안 오는 동안 뭔가 재미난 이야기를 해 줘요, 언니'라고 말하면서 조르란 말야. 그럼 내가 우리 목숨도 건지고, 왕을 피비린내 나는 습관에서 구해낼 만한 이야기를 할 거야."

"언니가 말하는 대로 다 할게요." 두냐자데가 대답했다.

드디어 밤이 되자 대신이 세헤라자데를 왕 앞에 데리고 갔다. 왕은 세헤라자데를 보게 되자 기뻐하면서 대신에게 물었다.

"자네는 내가 원하는 걸 가져왔겠지?"

"그렇습니다, 폐하."

대신이 대답했다.

그러나 왕이 세헤라자데를 침대에 눕히고, 애무하며 정사(情事)를 벌이려고 하자 그녀는 눈물을 흘리기 시작했다. 왕은 묻지 않을 수 없었다.

"무슨 괴로운 일이 있느냐?"

"위대하신 폐하, 제겐 여동생이 하나 있습니다. 새벽이 오기 전에 그 애를 불러와 작별인사를 하고 싶어 견딜 수가 없습니다."

그래서 왕은 사람을 불러 두냐자데를 데려오게 했다. 두냐자데는 땅에 입을 맞추어 경의를 표하고 침대 발치로 물러가 앉았다. 그 다음 샤 리아르 왕은 새 신부의 순결을 빼앗았다. 곧 세 사람 모두 깊은 잠에 빠졌다.

그러나 한밤중이 되자 세헤라자데가 일어나 두냐자데에게 신호를 보냈다. 두냐자데는 일어나서 이렇게 말했다.

"언니에게 알라 신의 가호가 함께 하기를! 새벽이 올 때까지 잠도 올 것 같지 않으니 뭔가 재미있는 이야기를 좀 들려 주세요."

"나도 그랬으면 기쁘겠구나. 하지만 위대하시고 인자하신 폐하께서 허락을 하셔야지만 내가 이야기를 할 수 있단다."

마침 왕도 잠이 오지 않았기에 허락을 하였다.

"어디 한 번 해 보아라."

그러나 샤 리아르 왕의 앞날에는 세헤라자데의 이야기를 듣느라 잠을 이룰 수 없는 수많은 밤들이 기다리고 있었다. 세헤라자데는 내심 기뻐하며 앞으로 이어질 밤의 이야기 중에서 첫번째 이야기를 시작했다. 이 <아라비안 나이트>라는 책은 그녀가 했던 이야기를 모아 놓은 것이다.

여기서는 전체 이야기 중에서 특히 재미있고 유익한 것들만 뽑아서 독자들에게 소개하고 있음을 밝혀둔다.

상인과 마신의 이야기

옛날에 여러 도시에서 장사를 하는 부유한 상인이 살고 있었다. 하루는 이 상인이 빚을 받으러 어떤 도시로 말을 타고 떠날 일이 생겼다. 여행길은 무더위가 기승을 부리고 있었기 때문에 그는 말에서 내려 어떤 나무 아래 앉아 쉬었다. 상인은 가죽 부대에서 빵과 마른 대추를 꺼내 그것으로 아침 식사를 때우려고 했다.

상인은 다 먹고 난 대추 씨를 힘껏 던졌다. 그러자 놀랍게도 거대한 마신이 칼을 휘두르며 나타났다. 마신은 상인에게 다가와 버럭 소리를 질렀다.

"냉큼 일어서지 못할까! 네가 내 아들을 죽였으니

너를 한 칼에 베어 버리겠다!"

"제가 당신 아들을 죽였다니 무슨 말씀이십니까?"

"네가 대추를 먹고 씨를 던지지 않았느냐? 그 씨가 지나가던 내 아들 가슴팍에 맞았단 말이다. 그래서 내 아들은 즉사하고 말았다."

"알라 신께 맹세하건대, 만약 제가 당신 아들을 죽였다면, 그것은 전적으로 우연히 일어난 일입니다. 그게 사실이라면 용서를 구합니다."

"소용없다. 넌 죽어 줘야 겠어."

마신은 계속 억지를 썼다. 그리고 상인을 움켜잡더니 땅바닥에 내동댕이쳤다. 마신이 칼을 뽑고 그를 내리치려는 찰나였다. 상인은 눈물을 흘리면서 부르짖었다.

"제발 저의 말을 좀 들어주십시오. 저는 받아야 할 빚도 많고, 담보물로 받은 것을 비롯해 많은 재산이 있습니다. 더구나 집에는 아내와 자식이 있습니다. 집에 가서 제 소유물들을 정리할 시간을 주십시오. 새해가 시작될 때 이 자리로 돌아와 당신께 목숨을 내놓겠습니다. 알라 신께서 이 약속의 증인이 되어 주실 테니, 그때 가서 저를 당신 맘대로 하십시오."

마신은 이 약속을 받아들이고 상인을 놓아 주었다. 상인은 고향으로 돌아가 장사와 재산을 정리했다. 줄 것이 있는 사람들에게는 계산을 마치고, 가족들에게는 자초지종을 말했으며, 그들을 돌봐 줄 후견인을 정했다. 그는 이런 일처리를 하면서 그 해가 다 가도록 가족과 살았다.

마침내 약속 기한이 다 지났다. 상인은 목욕재계하고 수의를 준비해서 길을 떠났다. 죽기는 싫었지만 그리운 가족과 친지에게 작별인사를 해야 할 시간이 다가온 것이었다. 모두 가슴을 치고 통곡하며 상인을 떠나보냈다.

길을 떠난 상인이 마신을 만났던 바로 그 장소에 도착한 것은 새해 첫날이었다. 상인이 그곳에서 자신의 운명을 한탄하고 있을 때, 한 위엄있는 노인이 영양을 몰고 나타났다. 노인은 상인에게 인사를 하고 말했다.

"어째서 이런 곳에 혼자 앉아 있는가? 이곳에 나쁜 귀신들이 출몰한다는 걸 모르나?"

그래서 상인은 마신과 자기가 어떻게 알게 되었는지 설명했다. 노인은 몹시 놀라며 말했다.

"이렇게 놀라운 얘기도 들어 본 적 없지만, 당신처럼 고지식한 사람도 처음이구려. 모두가 읽을 수 있게 새겨놓을 수 있다면 장차 큰 교훈거리가 되겠어. 이보시오, 젊은이. 앞으로 당신과 그 못된 마신 사이에 무슨 일이 벌어질지 모르지만, 나는 자네를 떠나지 않으리다."

노인은 상인 옆에 앉아서 이야기 상대가 되어 주었으나 상인은 절망과 공포를 떨쳐 버릴 수 없었다. 그때 또 다른 노인이 검은 사냥개 두 마리를 끌고 왔다. 그

노인도 인사와 기도를 마치자 같은 질문을 던졌다.

"당신들은 여기서 무얼 하는 게요? 여기는 사악한 마신이 나오는 장소라오."

그래서 두 사람이 자초지종을 이야기해 주고 있는데, 세번째 노인이 등장했다. 세번째 노인은 밝은 갈색 털을 지닌 암나귀를 한 마리 끌고 나타났다. 그 노인에게도 이곳까지 오게 된 사연을 말해 주었다. 그러자 세번째 노인도 그 자리에 머물러 있겠다고 말했다.

그때 갑자기 회오리 바람이 불어 오더니 순식간에 사막 한 가운데 모래폭풍이 일었다. 그 모래가 걷히자 마신이 분노로 눈알을 번득이며 칼을 뽑아들고 나타나는 것이 아닌가. 마신은 다가와 일행 중에서 상인을 끌어내고 이렇게 외쳤다.

"똑바로 서서 내 칼을 받아라! 너는 내 영혼이나 다름없는 아들을 죽인 원수다!"

상인은 자리에 주저앉아 울었고, 세 노인들도 젊은이의 운명을 슬퍼하며 탄식했다. 이때 영양을 몰고 나타났던 첫번째 노인이 마신에게 다가가 손에 입을 맞추었다.

"오, 마물들을 다스리시는 대왕님! 만약 마신님께서 저의 이야기가 신기하다고 생각하신다면, 이 상인의 피 삼 분의 일을 제게 주시지 않겠습니까?"

"이야기를 해 보아라. 늙은이의 이야기가 정말 놀랍

다고 생각되면, 이 인간의 피 삼분의 일을 주겠다."

첫번째 노인의 이야기

마신님, 알아 주십시오. 이 영양은 사실 백부의 딸로, 저와는 피를 나눈 혈육입니다. 저는 이 여자가 아직 소녀였을 때 부부의 연을 맺어서 30년 동안이나 살을 맞대고 살았습니다.

하지만 이 여자에게서 자식을 보지 못해 첩을 하나 맞아들였습니다. 그 첩은 제게 아들을 하나 낳아 주었지요. 보름달처럼 영롱한 눈에, 눈썹은 쭉 뻗고, 사지가 멀쩡한 옥동자를 안겨 주었던 것입니다.

아들은 무럭무럭 자라서 열 다섯 살이 되었습니다. 나는 그 무렵 일 때문에 많은 물건을 싣고 다른 도시로 여행을 가야만 했습니다. 그런데 제 아내가 마술을 배워서 아들은 송아지로 만들고, 아이의 생모는 암소로 만들 줄이야 누가 알았겠습니까. 그리고는 뻔뻔스럽게도 두 사람을 소치기에게 줘 버렸던 것입니다.

시간이 꽤 흘러서 제가 돌아와 모자의 안부를 물었더니, 아내는 이렇게 대답했습니다.

"당신의 노예 계집은 죽었습니다. 그 여자가 낳은

당신 아들은 집을 나가서 행방을 모릅니다.”

그래서 나는 꼬박 일 년을 울면서 보냈습니다. 대제일(大祭日)이 다가오도록 내 눈에는 눈물이 마를 날이 없었지요. 나는 그날 소치기에게 살진 암소를 한 마리 잡자고 말했습니다. 그런데 그때 데려온 암소가 바로 아내의 마술에 걸린 내 첩이었던 것입니다.

나는 앞치마를 두르고 소매를 걷어붙인 뒤 칼로 소의 목을 치려고 했습니다. 그러자 암소가 큰 소리로 울면서 눈물을 뚝뚝 흘렸기 때문에 놀랄 수밖에 없었지요. 나는 불쌍한 생각이 들어서 소치기에게 다른 소를 끌어오라고 명령했습니다.

그랬더니 아내가 소리를 질렀습니다.

“이 소를 잡아요! 이 소보다 기름지고 훌륭한 소는 없다구요!”

그래서 다시 한 번 소를 잡으려고 했지만, 소는 여전히 눈물을 흘리며 슬프게 울음을 우는 것이었습니다. 내 손으로는 차마 그 소를 잡을 수 없었기 때문에 소치기가 대신 잡았습니다. 그런데 잡고 보니 이게 웬일입니까? 고기도, 비계도 없고 뼈와 가죽만 남아 있지 않겠습니까.

나는 그 암소를 괜히 잡았구나 생각했지만 이미 때는 늦었습니다. 그래서 죽은 암소는 소치기에게 넘겨 주고, 대신 좋은 송아지를 한 마리 끌고 오라고 했습니다.

그러자 소치기는 마술에 걸린 내 아들을 끌고 왔습니다.

송아지는 나를 보자마자 고삐를 끊고 달려와 반가워하더니 훌쩍훌쩍 울기 시작했습니다. 나는 또 불쌍한 생각이 들어서 이렇게 말했습니다.

"이 송아지는 데려 가라. 다른 암소를 데려 와."

그러나 아내가 가만 있을 리 없었습니다.

"이 송아지를 잡아요! 오늘은 복되고 거룩한 날이잖아요. 이런 날 흠없고 어린 소를 잡는 것은 당연해요. 이것보다 살진 송아지는 하나도 없다구요!"

"아까 당신 말을 듣고 잡았던 암소를 생각해 봐. 실망만 하고 아무 소용 없게 되었어. 당신 말대로 그 암소를 죽인 건 잘못이었어. 난 이번엔 당신 말을 듣지 않을 거야!"

"당신은 이 성스러운 날, 이 송아지를 잡는 것 외엔 도리가 없어요! 알라 신께 맹세코 당신이 이 송아지를 잡지 않는다면, 나는 당신 아내가 아니에요!"

이렇게 심한 말을 들으니 나로서는 칼을 들고 송아지 앞에 나설 수밖에 없더군요. 물론 아내의 사악한 음모는 짐작조차 하지 못한 채 말입니다.

하지만 나는 송아지를 보고 차마 죽일 수가 없어서 소치기에게 살짝 데려가라고 부탁했습니다. 그런데 다음 날 아침 소치기가 이렇게 말하는 것이었습니다.

"주인님, 말씀드릴 것이 있습니다. 아마 주인님도 크

게 기뻐하실 일이니 제게 좋은 상을 내리실 것입니다.”

“말해 보아라.”

“저에게는 딸이 하나 있는데, 그 애는 어렸을 때부터 우리 집에서 같이 살던 노파에게 마술을 배웠습니다. 어제 주인님이 몰고 가라고 명하신 송아지가 있었지요? 그 송아지를 데리고 집에 들어서니 제 딸이 깜짝 놀라며 얼굴을 베일로 가리더군요. 그러면서 미친 듯이 웃다가 울다가 하더니 결국 이렇게 말하는 것이었습니다. ‘아버님, 낯선 남자를 집안에 끌어들이시다니 과년한 딸의 체면이 뭐가 되겠습니까?’라고 말입니다.

그래서 저는 물었습니다. ‘낯선 남자가 어디 있단 말이냐? 그보다 너는 왜 그렇게 울고 웃는 것이냐?’ 그 애가 대답하기를, ‘진실을 말씀드리자면, 이 송아지는 주인님의 외아들이에요. 주인님의 아내가 마술을 써서 모자를 짐승으로 변하게 한 것이죠. 그래서 제가 웃었어요. 그리고 제가 운 이유는 아드님의 생모가 돌아가셨기 때문이에요. 주인님은 그녀를 알아보지 못하고 죽여 버리셨어요.’

이 말을 듣고 저는 너무나 놀랐습니다. 그래서 날이 밝자마자 모든 사실을 알려 드리려고 허겁지겁 달려온 것이랍니다.”

나는 소치기의 집으로 당장 달려갔습니다. 어찌나 기뻤던지 술은 입에도 대지도 않았는데 취한 기분이었습니다. 소치기의 딸은 내 손에 입을 맞추며 반가이 맞았습니다. 송아지도 내 앞에 다가와 응석을 부리더군요.

"네가 이 송아지에 대해 한 말이 모두 사실이냐?"

이렇게 묻자 소치기의 딸은 곧바로 대답했습니다.

"사실이고말고요. 틀림없이 주인님의 피를 이어받은 아드님이십니다."

"네가 이 아이를 못된 주술에서 풀어만 준다면, 내가 가진 재산과 가축을 뭐든지 네게 주겠다."

"주인님." 소치기의 딸이 미소를 지으며 이렇게 말했습니다. "저는 그런 것은 원치 않습니다. 두 가지 조건만 들어 주시면 족합니다. 첫째는 저를 이 아드님의 아내로 삼아 주시는 것이고, 둘째는 제가 주인님의 아내에게 마술을 걸어 가두어 버려야 한다는 것입니다. 그렇게 하지 않으면 저 또한 그 분의 원한을 사서 악한 술수에 걸리게 됩니다."

"네 조건을 모두 들어 줄 뿐 아니라 네 아비가 관리하고 있는 가축과 재산을 모두 네게 주겠다. 내 아내에 대해서도 모두 너의 소관에 맡기겠다."

그러자 처녀는 컵에 물을 가득 채워서 무슨 주문 같은 것을 몇 번이나 웅얼거렸습니다. 그리고는 그 물을 송아지에 끼얹고 외쳤습니다.

"전능하신 알라께서 당신을 송아지로 만드셨다면

그대로 남아 있기를! 그러나 마술에 걸린 모습이라면, 당
장 원래대로 돌아올지어다!"

갑자기 송아지가 몸을 부르르 떨더니 남자의 모습
으로 변했습니다. 나는 아들의 목을 껴안고 말했습니다.

"말해 봐라. 내 백부의 딸이자 나의 아내가 된 여자
가 너희 모자에게 무슨 짓을 한 거냐?"

그래서 내 아들은 그동안 있었던 일을 하나도 남김
없이 털어놓았습니다.

"내 아들아, 알라께서 누군가로 하여금 네 원래 형
상을 되찾게 해 주신 걸 감사하자! 이제 너는 마땅히 네
가 받을 복을 받게 될 거다!"

나는 약속대로 아들을 소치기의 딸과 결혼시켰습
니다. 소치기의 딸은 내 아내를 지금 보시다시피 날씬
하고 예쁜 영양으로 변하게 했습니다. 그 아가씨는 내
며느리가 되어 죽을 때까지 우리 식구와 함께 살았지요.
내 아들은 그 며느리가 죽은 뒤 여러 도시를 방랑했는
데, 당신에게 죄를 지은 이 젊은 상인이 사는 도시도
그 중의 하나였습니다.

나는 아들 소식을 들으려고 이 영양을 끌고 여기까
지 왔습니다. 그러다 묘한 인연으로 이 상인이 울고 있
는 것을 발견하게 된 겁니다. 이것이 나의 기이한 이야
기랍니다.

　“정말로 신기한 이야기로구나. 좋다! 이 상인의 피 삼분의 일은 네 몫이다!” 마신이 이렇게 말했다.

　이때 두 마리의 검은 사냥개를 끌고 왔던 두번째 노인이 앞으로 나섰다.

　“오, 위대한 마신님! 이 두 마리의 개는 사실 제 형제입니다. 이 기이한 사연을 말씀드리겠습니다. 만약 앞서 들은 이야기보다 더 놀랍다고 생각하시거든 제게도 상인의 피 삼분의 일을 주시렵니까?”

　“좋다. 그러나 분명히 아까의 이야기보다 더 기이한 것이어야만 한다.”

　그래서 노인은 이야기를 시작했다.

두번째 노인의 이야기

　믿기 어려우시겠지만, 이 두 마리의 개가 저의 형들이고, 저는 막내 동생이었습니다. 저희 아버님은 금화 삼천 닢을 유산으로 남기고 돌아가셨는데, 저는 제 몫을 가지고 가게를 하나 차렸습니다.

　두 형들도 가게를 차렸지만, 큰형은 얼마 안 되어 자기 물건을 일천 디나르에 팔아치우고 외국으로 나갔습니다. 큰형은 꼬박 일 년 동안 대상들을 따라다녔습니다.

어느 날 내가 가게에 앉아 있는데 웬 거지가 와서 구걸을 하길래,

"딴 데 가서 알아 봐!"

하고 거절했더니, 거지는 눈물을 흘리며 이렇게 말하더군요.

"아우야, 내가 그렇게 변했느냐? 너는 나를 조금도 알아보지 못하는구나!"

얼굴을 들이대고 찬찬히 살펴보니 그 거지는 정말로 우리 큰형님이 아니겠습니까. 나는 얼른 형을 가게로 모셔들이고 자초지종을 물었습니다.

"아무 것도 묻지 마라. 나는 재산을 탕진했고, 건강도 예전 같지 않다."

나는 형을 공중 목욕탕에 데려가 씻기고 내 옷을 입혔습니다. 그리고 우리 집에 방 한 칸을 주어 거기에서 묵도록 했습니다. 뿐만 아니라 재고품과 매상을 계산해서 전체의 반을 형에게 나눠 주었습니다. 나는 그동안 열심히 일했기 때문에 일천 디나르의 순이익을 남겼고, 원금도 두 배로 불어나 있었던 것입니다.

"여행을 안 하고 죽 집에만 있었던 셈 치세요. 이제 형님의 불운은 다 물러날 것입니다."

형은 크게 기뻐하며 그 돈으로 자기 가게를 차렸습니다. 한동안은 모든 일이 잘 굴러갔지요. 그런데 얼마

안 되어 작은형이 또 여행을 떠나겠다고 하는 것이었습니다. 여기 이 개가 바로 그 형입니다. 작은 형은 자기 소유를 다 팔아치워서 행상인들과 떠나더니 딱 일 년만에 거지꼴로 돌아왔습니다.

"그러길래 제가 여행은 그만두라고 말씀드렸잖아요?"

"이것이 운명이다. 이제 난 걸칠 옷도, 동전 한 닢도 없는 알거지 신세가 되었구나!"

그래서 저는 또 작은형을 목욕시켜 새 옷으로 갈아입히고, 가게로 데려가서 먹을 것을 내놓았습니다.

"형님, 저는 항상 새해 초에 우리 가게의 이익을 계산합니다. 제가 번 돈을 형님께 나눠 드리겠습니다."

계산을 해 보니 내게는 이천 디나르의 이익이 남아 떨어졌습니다. 그래서 나는 알라께 감사를 드리고 그 돈의 반을 작은 형에게 주었습니다. 그래서 이 형님도 자기 가게를 갖게 되었지요.

하지만 얼마 지나지 않아 두 형님이 여행을 떠나자고 저를 꼬시기 시작했습니다. 물론 저는 처음에 단호히 거절했습니다.

"두 분이 여행에서 뭐 하나 얻은 것이 있었습니까? 무슨 덕을 보겠다고 저와 여행을 떠나고 싶어하십니까?"

그러자 두 형은 각자 자기 가게로 돌아가서 평소처럼 장사를 했습니다. 하지만 그 후로 일년 내내 틈만 나

면 여행을 가자고 조르는 것이었습니다. 물론 저는 그 때마다 거절의 의사를 분명히 밝혔습니다. 하지만 꼬박 6년이 지나니 저도 형들의 꼬임에 넘어가고 말았습니다.

"좋습니다. 같이 여행 갈 준비를 해야 하니 형님들 수중에 돈이 얼마나 있는지 알려 주십시오."

그러나 두 형은 수중에 땡전 한 푼 없었습니다. 주색에 빠져 방탕한 생활만을 일삼아 왔던 것입니다. 그러나 나는 형들을 책망하지 않았습니다. 오히려 내 가게를 처분해서 금화 육천 듀카트를 마련했습니다. 나는 그 돈을 반으로 나누고 형들에게 말했습니다.

"이 삼천 듀카트는 나와 형님들의 장사 밑천입니다. 나머지 삼천 듀카트는 땅 속에 묻었다가 무슨 일이 생기면 새 장사를 시작할 수 있게 천 듀카트씩 꺼내 쓰기로 합시다."

두 형도 이 의견에 동의했습니다. 그래서 나는 한 사람 앞에 일천 듀카트씩 금화를 주고, 나도 그만큼을 챙겼습니다. 그리고 배에다 물건을 사서 싣고 여행을 떠났습니다.

한 달 남짓 뱃길을 거쳐 도착한 도시에서 우리는 큰 성공을 거두었습니다. 금화 한 닢이 본전이면, 그 열 배가 남을 정도의 큰 벌이를 했던 것입니다. 그런데 우리가 다음 도시로 항해를 떠나려 할 때 해변의 한 처녀가 누더기를 걸치고 다가왔습니다. 그 여자는 내 손에 입을 맞추고 애원했습니다.

“오, 주인님은 친절하고 자비로우신 분이시겠지요? 그렇다면 제가 이 은혜를 꼭 갚을 테니…”

“나는 좋은 일 하기를 즐기는 사람이오. 은혜는 갚지 않아도 좋소.”

“그럼 저를 아내로 삼아 주세요. 그리고 당신 고향으로 데려가 주세요. 자비와 선행은 반드시 갚는 사람이니 제게 잘 대해 주세요. 저 때문에 당신께서 수치를 당하는 일은 없도록 처신하겠어요.”

이 말을 듣자 나는 이것도 신의 뜻이려니 하는 생각이 들더군요. 그래서 여자를 데려가 좋은 옷을 입히고, 배 안에 편한 방을 주어 남부끄럽지 않은 결혼식을 올렸습니다. 우리는 항해를 계속했는데, 날이 갈수록 나는 그녀를 깊이 사랑하게 되어 밤이나 낮이나 떨어져 있고 싶지 않을 지경이 되었습니다.

이제 나는 형들보다 그 여자에 대해 더 신경을 쓰게 되었고, 자연히 형님들과는 멀어지게 되었습니다. 그 결과 형님들은 나의 재산과 상품들을 탐내고, 나를 죽여서 그 재물을 가로챌 음모를 꾸몄습니다. 악귀에 씌여서 자기들이 하는 짓이 얼마나 사악한지 깨닫지도 못하게 된 것이었습니다.

형들은 잠들어 있는 아내와 나를 뱃전으로 끌고 가서 바다에 빠뜨렸습니다. 그러나 아내는 금방 잠에서 깨어나 갑자기 마녀신으로 둔갑했습니다. 그리고는 나를 건져내어 어느 섬에다 내려다 놓고 사라졌습니다. 그러나 다음날 아침 아내는 내 곁으로 돌아와 이렇게 고백했습니다.

“당신의 충실한 노예인 저는 이것으로 은혜를 갚은 셈이 되었습니다. 깊은 물살을 헤치고 당신의 생명을 구했으니까요. 저는 사실 마녀신입니다. 당신을 처음 본 순간 사랑에 빠져 버렸지요. 그리고 알라의 뜻으로 당신과 결혼하게 되었습니다. 하지만 저는 당신의 형들을 용서할 수 없어요. 그들을 죽여야겠습니다.”

나는 너무나 놀랐고, 한편으로는 감사했습니다. 하지만 형들을 죽이는 것만은 그만두어 달라고 아내에게 애원했었지요.

“그것만은 안 돼. 옛말에도 죄는 선으로 갚고, 악인은 제멋대로 살게 내버려 두라고 하지 않았나?”

“소용없어요. 그 사람들은 죽음으로 죄값을 치러야 해요.”

나는 아내에게 매달려 형들을 용서해 달라고 사정했지만, 아내는 나를 들쳐안고 하늘을 날아 우리 집 발코니에다 내려놓았습니다. 나는 문을 열고 땅 속에 감추어 두었던 돈을 꺼내 새 물건을 사고, 사람들에게 인사를 다니는 등 가게를 다시 열 준비를 했습니다.

밤이 되어 집으로 돌아와 보니 우리 집에 이 검은 개 두 마리가 매여 있었습니다. 개들은 나를 보자마자 껑충 뛰어오르며 킁킁 소리를 내고 아양을 떨었습니다. 어리둥절해 하는 내 앞에 아내가 다가오더니 이렇게 말했습니다.

"이 두 마리 개들은 당신 형님들이예요."

"맙소사! 누가 이런 일을 한 거지?"

"내 여동생에게 전갈을 보냈더니 그 애가 이렇게 했어요. 앞으로 10년은 그 모습에서 사람으로 돌아갈 수 없을 거예요."

그래서 저는 처제에게 형님들을 사람으로 돌아가게 해 달라고 부탁하러 가는 길이었습니다. 올해로 그 일이 있은 지 꼭 10년이 되었으니까요. 그러다 이 상인을 만나서 사연을 듣게 된 것입니다. 저는 마신님께서 이 젊은이를 어떻게 하시려는지 끝까지 지켜보기로 마음먹었습니다. 제 이야기는 이게 다입니다.

"그것 참 놀랍고 기이한 이야기로구나! 그러므로 네게도 상인의 피 삼분의 일을 주도록 하마." 마신이 말했다.

그러자 암나귀를 끌고 왔던 세번째 노인이 마신에게 다가가 입을 열었다.

"제가 이 두 사람들보다 더 놀라운 이야기를 들려드린다면 제게도 남은 피 삼분의 일을 주시겠습니까?"

"좋다!" 마신이 흔쾌히 약속했다.

이리하여 세번째 노인의 이야기가 시작되었다.

세번째 노인의 이야기

오, 위대하신 마신님. 이 암나귀는 사실 저의 아내입니다. 저는 일 년간 집을 비우게 되었는데, 그 여행에서 돌아와 보니 아내가 제 침상에서 검둥이 노예와 노닥거리고 있지 않겠습니까. 둘이서 웃고, 입맞추고, 속삭이며 서로를 탐하고 있더란 말입니다.

아내는 나를 보자마자 벌떡 일어나 웬 호리병을 들고 와서 이상한 주문을 외우며 그 병의 물을 끼얹었더니, "개가 되어라"라고 명령했습니다. 그러자 내 몸은 갑자기 개로 변했고, 아내는 나를 집밖으로 내쫓았습니다. 나는 쏜살같이 도망가다가 어떤 푸줏간에 이르렀습니다.

푸줏간 앞에서 뼈다귀를 핥고 있는데, 그 집 주인이 나를 보더니 집으로 데리고 들어갔습니다. 그런데 푸줏

간 집 딸이 나를 보더니 비명을 지르며 얼굴을 베일로 가리는 것이 아니겠습니까. 그녀는 이렇게 외쳤습니다.

"뭐하시는 거예요, 아버지! 남자를 딸에게 데리고 오시다니, 무슨 생각을 하신 거예요?"

"남자가 어디 있단 말이냐?"

아버지는 어리둥절해 했습니다.

"이 개가 바로 남자예요! 몹쓸 아내에 의해 마술에 걸렸군요. 아버지께서 원하신다면 제가 그 마법을 풀 수도 있어요."

그러자 푸줏간 주인은 딸에게 말했습니다.

"알라께서 내 딸과 함께 하시기를! 애야, 그 사람의 마법을 풀어 줘라."

그래서 딸은 호리병을 들고 와서 주문을 웅얼거리기 시작했습니다. 그 여자는 물 몇 방울을 내 몸에 떨어뜨리고 이렇게 말하더군요.

"그 형상을 떠나서 원래의 모습으로 돌아오거라!"

이리하여 나는 원래의 몸을 되찾게 되었습니다. 나는 푸줏간 집 딸의 손에 입을 맞추고 부탁했습니다.

"내 아내가 나에게 했던 것처럼 그 여자를 다른 모습으로 변하게 해 주시오."

그러자 여자는 물을 조금 주면서 이렇게 말했습니다.

"아내가 곤히 자고 있을 때를 노리세요. 이 물을 끼

었고 아까 제가 했던 대로 주문을 외우세요. 그러면 아내는 당신 뜻대로 될 겁니다."

나는 집으로 돌아왔습니다. 아내는 곤히 자고 있더군요. 나는 시키는 대로 물을 뿌리고 외쳤습니다.

"인간의 모습을 떠나 암나귀의 모습으로 변해라!"

몇 초 지나기도 전에 아내는 지금 보시는 바와 같이 암나귀가 되고 말았습니다.

이 말을 듣고 마신은 암나귀에게 물었다. "이 이야기가 모두 사실이냐?"

암나귀는 고개를 끄덕이며 모든 것이 사실이라는 몸짓을 해 보였다. 마신은 노인의 기상천외한 이야기에 몹시 재미있어 했다. 그리고 상인의 나머지 피를 노인에게 주겠다고 말했다.

마신은 몸을 뒤흔들 만큼 즐거워하며 세 노인에게 말했다.

"너희들의 이야기 덕분에 이 상인은 생명을 건졌다! 나는 이제 이 사람을 벌하지 않겠다!"

이 말을 마치고 마신은 사라졌다. 상인은 노인들을 껴안고 감사의 인사를 했다. 노인들은 상인을 축복하며 각자의 여행을 계속하기 위해 떠났다.

어부와 마신의 이야기

옛날 한 가난한 어부가 살고 있었다. 그가 먹여 살려야 할 가족으로는 아내와 세 아이가 있었다. 그는 보통 하루에 네 번만 그물을 치고, 그 이상은 치지 않는 것을 습관으로 삼고 있었다.

하루는 한낮에 바닷가에 나가 바구니를 내려 놓고 웃옷을 벗어 던지고 물에 뛰어들었다. 어부는 평소처럼 그물을 던지고 그 그물이 바닥까지 닿기를 기다리고 있었다. 잠시 후 줄을 잡아당겼더니 어찌나 무거운 것이 걸렸는지 아무리 끌어당겨도 그물을 걷을 수가 없었다.

그래서 어부는 땅에 말뚝을 하나 박아 놓고 그물 한

끝을 거기다 맸다. 그리고는 옷을 다 벗고 물 속에 뛰어들어 그물을 다 걷어 올릴 때까지 안간힘을 썼다. 그는 옷을 다시 걸치고 의기양양해서 그물을 벗겨 보았다.

하지만 걸린 것은 커다란 숫나귀의 시체였고, 그물만 여기저기 뚫려 못쓰게 되어 있었다. 어부는 탄식했다.

"생활을 꾸려나간다는 것이 얼마나 기구한지! 하지만 참고 견디자! 나는 여기에도 뭔가 신의 은총이 있다고 믿으니까!"

어부는 숫나귀 시체를 그물에서 치우고, 코가 빠진 곳을 고쳐서 바닷가에 펼쳤다. 그리고 알라의 가호를 빌면서 바다에 들어가 다시 그물을 던졌다. 그물을 당겨 보니 이번에는 아까보다 더 묵직한 것이 걸렸음을 느낄 수 있었다. 그는 물고기가 많이 걸렸구나 하고 내심 기뻐하며 다시 그물을 말뚝에 묶고 바다에 뛰어들었다.

그러나 이번에도 그물에 걸린 것은 커다란 단지였다. 단지를 열어 보니 진흙과 모래만 가득 들어 있었기에 어부는 아주 실망해 버렸다. 그는 단지를 휙 집어 던지고 그물을 물에 헹궈 짰다. 그리고 세번째로 그물을 바다에 던졌다.

이번에는 사금파리며 잡동사니 조각이 그물에 걸려 나왔다. 어부는 하늘을 향해 고개를 들고 이렇게 부르짖었다.

"오, 알라 신께서는 맹세코 제가 하루에 네 번밖에 그물을 던지지 않는다는 사실을 아실 겁니다. 이미 세 번 그물을 던졌으나 당신은 아무 것도 베풀어 주시지 않았습니다! 제발 오늘 일용할 양식을 내려 주옵소서!"

어부는 네번째로 던진 그물이 바다에 가라앉기를 기다려 힘껏 잡아당겼다. 그물 바닥에 무엇인가 걸려 있다는 것을 느낀 어부는 신의 이름을 부르며 또다시 자맥질을 해서 그물을 꺼냈다. 그물을 펼쳐서 끌어내 보니 그것은 구리로 만든 오이 모양의 항아리였다.

항아리에는 무엇인가 들어 있음이 분명했다. 입구는 납으로 밀봉되어 있었고, 다윗의 아들 솔로몬 왕의 인장이 찍혀 있었다. 어부는 이 항아리를 보고 크게 기뻐하며 말했다.

"이 항아리를 장에 내다 팔면 금화 열 디나르는 족히 받겠구나. 그런데 뭔가 들어 있는 게 틀림없어! 속에 든 건 내 바구니에 담고 항아리만 갖다 팔아야지."

어부는 칼을 들고 납봉을 뜯어서 뚜껑을 열었다. 그리고 땅바닥에 주둥이를 기울이고 흔들었으나 아무 것도 나오지 않았기 때문에 약간 놀랐다. 그러나 잠시 후 갑자기 항아리에서 연기가 새어나오더니 나선 모양을 그리며 하늘로 날아갔다.

연기 기둥이 하늘 끝까지 닿는가 싶더니 한데 뭉쳐서 마신의 모습으로 변했다. 구름에 닿아 있는 마신의 머리는

커다란 둥근 지붕 같았고, 손은 쇠스랑 같았다. 다리는 돛대처럼 솟아 있었고 입은 거대한 동굴처럼 보였다. 바위같은 이빨과 물병같은 코, 두 개의 램프처럼 빛나는 눈은 마치 위협이라도 하는 듯 사나워 보였다.

어부는 마신을 본 순간 완전히 겁에 질려서 온몸을 부들부들 떨면서 이를 딱딱 부딪혔다. 어부는 입 안이 바짝 타 들어가는 것을 느끼며, 도망가야겠다고 생각은 했지만 움직일 수가 없었다.

마신은 어부를 바라보고 이렇게 외쳤다. "주 외에는 다른 신이 없나니, 솔로몬은 신의 예언자이시니라!" 그리고는 이런 말을 덧붙였다. "오, 알라의 사도여, 나를 죽이지 마십시오! 앞으로 다시는 당신을 거역하거나 율법에 어긋나는 죄를 범하지 않겠습니다!"

마신이 하는 말을 들은 어부가 이렇게 물었다. "오, 마신님! 지금 당신은 알라의 사도 솔로몬이라고 말씀하셨습니까? 그분은 벌써 1800년 전에 돌아가셨습니다. 이미 말세가 가까워졌지요! 도대체 당신에게 무슨 일이 있었던 겁니까? 말씀해 보세요. 어쩌다 이 항아리 안에 갇히게 되었습니까?"

마신은 어부의 말을 듣고 나더니 이렇게 말했다.

"알라 외에는 다른 신이 없도다! 이 봐, 자네는 내 말을 듣고 실망하지 말아야 해."

"왜 제가 실망을 할 거라고 생각하십니까?"

"너는 지금 이 순간 죽어야만 하니까."

"제가 왜 죽어야 합니까? 죽을 만한 일이라곤 한 적이 없습니다! 더구나 저는 당신을 이 항아리에서 꺼내 드리지 않았습니까? 깊은 바다에서 육지로 건져 드린 사람이 바로 저란 말입니다!"

"어떻게 죽고 싶은지나 생각해 둬라. 나는 네가 죽고 싶어하는 대로 죽여 줄 테니까."

"제 죄가 무엇입니까? 어째서 이런 보답을 받아야 합니까?"

"좋다, 어부여. 내 이야기를 들어 봐라."

"간단하게 말해 주십시오. 제 생명이 위태로운 시점이니까요."

그리하여 마신은 자기 신세를 어부에게 털어놓았다.

"우선 나는 마신 중에서 이단자로서 솔로몬께 대항하여 죄를 범한 자임을 너에게 알려 주마. 결국 위대한 예언자 솔로몬은 바르히야의 아들 아사후라를 보내어 나를 체포하게 했다.

아사후라는 나를 꽁꽁 묶어서 솔로몬 앞에 서게 했지. 솔로몬은 나를 보고 이제는 진실한 신앙을 가지고 자신에게 순종하라고 명령을 하더군. 하지만 나는 거부했다. 그랬더니 솔로몬은 나를 이 항아리에 가두고 납으로 밀봉한 뒤 자신의 인장을 찍어 봉인했다. 그는 다른 마신을 시켜서 내가 든 항아리를 바다 깊숙이 쳐 넣으라고 명했지.

그렇게 나는 백 년이란 세월을 갇혀 있었다. 나는 맹세했지. 누구든 나를 이 항아리에서 꺼내 주는 사람은 엄청난 부자로 만들어 주겠다고. 하지만 그 백 년 동안 나를 구해 준 사람은 아무도 없었다.

그래서 이번에는 이렇게 마음먹었다. 나를 구해 주는 자에게는 이 지구상에 감추어진 보물들을 다 찾게 해 주겠다고 말이다. 그러나 아무도 나타나지 않은 채 사백 년이 지나가 버렸다. 그 다음에는 나를 구해 주기만 하면 소원을 세 가지 들어 주겠다고 결심했다. 그렇지만 아무도, 아무도 나를 구해 주지 않았어.

결국 나는 기다림에 지치고 화가 나서 이렇게 결심하게 되었다. '누구든 나를 구해 주는 놈은 그 자리에서 죽여 버릴 테다. 다만 죽는 방법은 그 놈 맘대로 해 주자'라고 말이다. 그런데 지금 너는 나를 구해 주었어. 자, 어떻게 죽고 싶은지나 말해 보려무나."

마신의 이야기를 듣고 어부는 탄식하지 않을 수 없었다.

"신이시여, 왜 저는 이 마신을 좀 더 일찍 구해 줄 수 없었단 말입니까? 마신님, 제 목숨을 살려 주십시오. 그러

면 알라께서도 당신의 목숨을 귀하게 여기실 겁니다."

"무슨 말을 해도 소용없다. 넌 죽어야 해! 어떻게 죽고 싶은지는 네 맘대로 해 줄 테니 말해 보아라."

"저는 당신을 구해 드렸으니 제발 용서해 주십시오."

"바로 그 이유 때문에 넌 죽어야 한다는 거야."

"오, 마신들의 대왕님. 제가 당신에게 베푼 은혜를 원수로 갚다니 너무하십니다."

"그런 말은 더 해야 아무 소용없다. 나는 널 죽이고 말 것이다."

이제 어부는 마신에게 매달리기를 포기하고 잠시 이것저것 생각해 보았다.

'이 녀석은 마신이지만, 나는 알라께서 지혜를 주신 사람 아닌가. 녀석이 악독한 짓을 하려 한다면 나는 머리를 써서 피할 수밖에 없다.'

어부는 다시 한 번 마신에게 물었다.

"정말 저를 죽여야만 직성이 풀리시겠습니까?"

"그렇다."

"좋습니다. 하지만 몇 가지 질문을 하게 해 주십시오. 솔로몬의 인장에 새겨진 거룩한 이름에 맹세하여 한 점의 거짓도 없이 대답해 주시렵니까?"

마신은 거룩한 신의 이름을 듣자 약간 긴장했는지 몸을 부르르 떨며 대답했다.

“좋다. 하지만 간단하게 물어라.”

“당신이 어떻게 이 병 안에 들어갈 수 있었단 말입니까? 당신 손이나 발 한 짝도 못 들어갈 것 같은데요? 이 병이 그렇게 커지기라도 했단 말인가요?”

“뭐라고? 내가 그 항아리 안에 있었다는 사실을 믿을 수 없단 말이냐?”

“예, 못믿겠습니다. 내 눈으로 확인하기 전에는요. 그런 거짓말 같은 소리를 어떻게 믿는단 말입니까?”

어부는 마신의 이야기를 못믿겠다고 버텼다. 그러자 마신은 몸을 뒤흔들더니 연기로 변했다. 연기가 한 점으로 모이고 엉기더니 점점 항아리 속으로 빨려 들어갔다. 어부는 재빨리 봉인이 찍힌 납뚜껑을 들어서 항아리 입구를 막았다. 그리고 이렇게 소리쳤다.

“이 놈아, 너도 어떻게 죽고 싶은지 한 번 빌어 봐라! 내가 신께 맹세코 너를 바다 깊숙이 쳐넣고 그 위에 오두막을 지어 살고야 말겠다. 그리고 고기를 잡으러 오는 사람들에게 ‘이 근처에는 마신이 가라앉아 있습니다. 그 놈은 자기를 구해 준 은혜를 죽음으로 갚아 주겠다고 으르렁거리는 놈입니다!’라고 떠들고 다닐 테다!”

마신은 어부의 말을 듣고서야 자기가 지옥같은 항아리 속에 또다시 갇힌 꼴이 되고 말았다는 것을 깨달았다. 마신은 빠져 나가려고 안간힘을 썼으나 솔로몬의 봉인 때

문에 마법의 힘이 듣지 않았다. 어부의 꾀에 속아넘어 간
마신은 고분고분해진 음성으로 말했다.

"아까는 장난을 좀 친 것뿐이야."

"거짓말 마라! 너처럼 비열하고 못된 놈은 다시 없을
거다!"

어부는 항아리를 안고 바닷가로 나아갔다. 마신은
"안 돼! 안 돼!" 하면서 비명을 질렀다.

"안 되긴 뭐가 안 돼?"

마신은 나긋나긋한 목소리로 어부의 비위를 맞추려
들었다.

"어부님, 저를 도대체 어떻게 하시려고 그러십니까?"

"바다에 쳐넣을 거라고 했잖아. 1800년 동안 네가 있
던 그 자리로 돌려보내 주지. 최후의 심판 날까지 거기서
살게 될 거다. 내가 아까 뭐라고 했지? '내 목숨을 귀히 여
기면 알라께서도 당신의 목숨을 귀히 여기실 거요. 그러나
나를 죽이려 들면 알라께서도 당신을 죽이려 하실 겁니
다.'라고 말하지 않았더냐. 넌 나를 죽이려고 했어. 그래서
알라께서 내 손을 빌어 너를 바닷속에 쳐넣는 거라고 생
각해라. 나는 너보다 훨씬 영리한 인간이란 말이다!"

"저를 이 병에서 꺼내 주신다면 많은 재산을 드리겠
습니다."

"저주받은 놈아, 또 거짓말을 하려는 거냐? 지금 너와

나는 꼭 유난 왕과 현자 두반 같은 상황에 놓여 있구나."

"유난 왕은 누구이고, 현자 두반은 또 누구입니까? 그 사람들이 어떤 일을 겪었기에 그런 말씀을 하시는 거죠?"

마신의 물음에 어부는 이야기를 시작했다.

유난 왕과 현자 두반의 이야기

옛날 옛날 페르시아의 파르스라는 도시를 다스리던 유난이라는 왕이 있었다. 그는 많은 재산과 권력을 가진 군주로서 막강하기로 이름 높은 군대를 거느리고 있었으며 세상 모든 나라들과 동맹을 맺고 있었다.

그러나 왕은 어떤 의사도 고칠 수 없는 문둥병에 걸리고 말았다. 그는 효험이 있다는 온갖 약을 먹고, 고약을 발라 보았으나 전혀 차도를 보지 못했다. 그래서 마침내 이 도시에 의술이 뛰어난 현자 두반까지 오게 되었던 것이다. 두반은 나이가 매우 많은 사람으로 그리스, 페르시아, 로마, 아라비아, 시리아의 모든 책에 정통했고, 천문학에도 조예가 깊었다. 현자 두반은 사람의 질병에 관한 한 모든 이론과 기술을 다 익히고 있다고 소문난 사람이었다. 실제로 그는 약초와 식물을 다루는 데 익숙해서 그것들이 어떻게 쓰이면 약이 되고, 어떻게 쓰면 독이 되는지 잘 알고 있었다. 그는 철학이나 의학, 그리고 다른 분야의 학문에도 많은 지식을 가지고 있었다.

그런 현자가 이 도시에 와서 유난 왕이 문둥병으로 고생한다는 소문을 듣게 되었던 것이다. 소문에 의하면, 왕의 병은 어떤 명의도 고치지 못했으며, 그 까닭으로 왕은 지금도 고통스러워하고 있다고 했다.

두반은 밤새 왕의 건강상태에 관해 곰곰이 생각하더니 날이 밝자마자 가장 좋은 옷을 입고 왕을 만나러 갔다. 그는 땅에 입을 맞추고 왕의 무병장수를 기원했다. 그 다음에 이렇게 말했다.

"폐하, 옥체에 이상이 있으시며, 불행히도 어떤 치료나 약으로도 효험을 보지 못하셨다고 들었습니다. 하지만 제게 맡겨 주신다면 완치되실 수 있을 겁니다. 저의 치료에는 약물이나 고약도 필요 없습니다."

그러자 유난 왕이 크게 놀라며 대답했다.

"정말 그렇게 할 수 있겠는가? 신께 맹세코 자네가 내 병을 치료만 해 준다면, 자네는 물론 자손까지 거대한 부를 누리게 해 주겠다. 또 자네가 원하는 것은 뭐든지 선물로 주고, 나와 술잔을 부딪칠 만한 벗으로 대접할 것이다."

유난 왕은 당장 두반에게 귀한 옷을 내리고 다시 한 번 물었다.

"정말 아무 약도 쓰지 않고 내 병을 고친다는 것이 가능할까?"

"네, 저는 어떤 약물이나 연고도 사용하지 않고 폐하의 병을 치료해 보이겠습니다."

왕은 놀라움을 감추지 못하고 다시 물었다.

"얼마나 걸리겠는가? 당장 할 수 있을까?"

"그럼 폐하가 원하시는 대로 내일 당장 시작하겠습니다."

현자 두반은 이 말을 남기고 궁전을 나와 우선 집을 한 채 빌렸다. 많은 책과 두루마리, 약과 향료를 보관할 곳이 필요했던 것이다. 그리고 곧 가장 빨리 효험을 나타낼 약과 향료를 선택했다. 그 다음 속이 빈 나무막대를 하나 만들고 그 끝을 납작하게 만들어 공을 칠 수 있게 했다. 그는 또 솜씨를 부려 공을 한 개 만들어 냈다.

다음날 현자 두반은 준비된 공과 막대를 가지고 왕 앞에 나아갔다. 그리고 왕에게 광장으로 나가 공치기 놀이를 하라고 권했다. 유난 왕은 대신과 시종, 여러 지역의 영주들을 이끌고 광장으로 나갔다. 왕이 잠시 앉아 있으니 현자 두반이 손에 막대를 쥐어 주며 이렇게 말하는 것이었다.

"제가 하듯이 이 막대를 꽉 쥐십시오. 예, 잘하셨습니다! 이제 말을 탄 채로 있는 힘을 다해 공을 몰아 보십시

오. 손바닥은 물론 온몸에 땀이 흐를 때까지 계속 하셔야 합니다. 그러는 사이 약 성분이 손바닥에 스며들어 온몸에 퍼질 겁니다. 경기가 끝나서 약효가 몸에 퍼지는 기분이 드시거든 궁으로 돌아가셔서 찜질 목욕을 하세요. 푹 자고 나시면 다 나을 겁니다. 폐하께 평안이 함께 하시길 빕니다!"

유난 왕은 두반에게 받은 막대를 힘껏 움켜쥐었다. 그리고 말에 올라 자기 앞의 공을 힘껏 치고 다시 쫓아갔다. 이런 식으로 공을 치고 달리기를 온몸이 땀으로 목욕한 것처럼 될 때까지 멈추지 않았다. 그동안 약 성분이 막대로부터 왕의 몸으로 흡수되고 있었다.

현자 두반은 이제 약 기운이 왕의 몸에 퍼질 때가 되었음을 알아차리고 왕궁으로 돌아갈 것을 권유했다. 왕은 현자의 말에 따라 왕궁에 들어서자마자 목욕 준비를 명했다. 노예들이 양탄자를 깔고 갈아 입을 옷을 가져오는 등 부산스럽게 명령을 수행했다. 왕은 찜질 욕탕에 들어가 오랜 시간을 들여 온몸을 깨끗이 씻었다. 그리고 옷을 갈아 입은 뒤 잠을 깊이 잤다.

한편, 두반 역시 집으로 돌아가 평소처럼 수면을 취했다. 그리고 다음날 아침 입궁하여 왕과의 알현을 요청했다. 왕이 들어올 것을 허락하자 현자는 우선 왕의 영광을 기리는 시를 한 수 읊었다.

현자 두반의 시가 끝나기 무섭게 왕은 벌떡 일어나 그의 목을 얼싸안았다. 유난 왕은 두반을 자기 옆자리에 앉히고 호화로운 옷 한 벌을 선물로 주었다. 왕이 목욕을 마치고 자기 몸을 살핀 결과 문둥병이 흔적도 없이 사라졌던 것이다. 살갗이 순은처럼 깨끗해진 것을 보고 왕은 기뻐서 어쩔 줄을 몰랐다.

곧 온갖 진귀하고 맛좋은 요리들이 나왔다. 현자 두반은 산해진미를 왕과 더불어 먹으며 그날 하루를 보냈다. 저녁이 되자 왕은 두반에게 금화 이천 닢과 호화로운 옷 가지를 비롯해서 온갖 하사품을 안겨 주었다. 그리고 집에 돌아가는 길에도 왕의 말을 타고 돌아가도록 배려했다.

두반이 돌아간 뒤에도 유난 왕은 여전히 그의 놀라운 솜씨에 경탄하고 있었다. "고약 따위를 바르지 않고도 내 몸을 이렇게 낫게 하다니! 확실히 훌륭하고 놀라운 의술의 소유자로다! 이런 사람에게 마땅한 보답을 하고, 죽는 날까지 친구처럼 지내는 것은 당연한 일이다!"

그토록 끔찍하고 추한 병에서 자기 몸이 완전히 회복된 것을 기뻐하던 유난 왕은 오랜만에 다리를 쭉 펴고 잘 수 있었다. 다음날 왕은 후궁들의 처소에서 나와 왕좌에 앉았다. 평소와 다름없이 영주들과 대신들, 시종들이 좌우로 정렬했다. 왕은 현자 두반을 다시 불러오라고 명령했다.

왕은 다시 불려온 두반을 자기 옆자리로 정중히 맞아
들이고 함께 음식을 나누며 무병장수를 기원했다. 이 날도
왕은 많은 선물과 옷가지를 안겨 주며, 밤이 깊도록 현자
와 이것저것 이야기를 나누었다.

또 유난 왕은 두반에게 금화 일천 디나르와 예복 다
섯 벌을 녹(祿)으로 주겠다고 약속했다. 두반은 왕에게 감
사하는 마음으로 집에 돌아왔다.

다음날 왕이 접견실로 나오자 대신과 영주들이 검은
눈동자를 둘러싼 흰자위처럼 둘러싸고 섰다. 그런데 이 대
신들 중에는 불길한 기운을 불러일으키는 추남이 한 명
있었다. 이 대신은 그릇된 야심을 지니고 있는 데다 도량
이 좁고 시샘이 많은 인물이었다.

이 대신은 왕이 현자를 가까이 하고 수많은 선물을
내리는 것을 보고 몹시 질투하게 되었다. 그래서 급기야는
두반에게 뭔가 해꼬지를 해야겠다고 벼르고 있었다. 그래
서 대신은 왕 앞에 엎드려 이렇게 고했다.

"폐하, 심각한 문제로 몇 말씀 아뢸까 하오니 들어 주
소서. 폐하께서 좋아하실 이야기는 아니지만, 그렇다고 제
가 숨긴다면 신하된 도리를 다하지 못하는 것이 됩니다."

유난 왕은 대신의 말에 다소 불안을 느끼며 물었다.

"대체 무슨 일 때문인가?"

"오, 영예로우신 임금님! 선대의 지혜로운 사람들이

말하기를 '끝을 생각하지 않은 자는 행운을 친구로 삼을 자격이 없다'라고 했습니다. 솔직히 제가 뵙기에는, 요즘 폐하께서는 올바른 길을 가시는 것 같지 않습니다. 폐하의 선정에 몰락을 꾀할 원수에게 과분한 상을 내리고 계시기 때문에 이렇게 말씀드리는 겁니다. 폐하께서는 그 원수에게 호의를 베푸시고, 친구처럼 명예롭게 대해 주십니다. 폐하, 저는 폐하의 안녕을 바랄 뿐입니다."

불안해진 왕의 안색이 삽시간에 변했다.

"누구를 두고 하는 말인가?"

"폐하, 이제는 잠에서 깨어나실 때입니다! 저는 현자 두반을 두고 말씀드리는 겁니다."

"부끄러운 줄 알라! 그는 과인의 진실한 벗이다! 나는 그 누구에게보다 그 사람에게 호의를 느끼고 있다. 두반은 이 나라의 어떤 의사도 고치지 못했던 내 병을 깨끗이 고 쳤다. 요즘 같은 세상에 그런 사람은 없어! 암, 동쪽에서 서쪽 끝까지 뒤진다 해도 찾을 수 없고 말고! 그런 인물을 의심하다니! 오늘부터 그에게 매달 금화 천 닢을 주어야겠 다. 나는 아마 두반에게 영토를 나누어 준다 해도 후회하 지 않을 거다. 그래서 나는 그대가 단지 시기심 때문에 이 런 헛소리를 한다고밖에 생각할 수 없어. 신바드 왕 이야 기에서 나오는 것처럼 말이야."

그리고 유난 왕은 덧붙여 이렇게 말했다.

“대신, 그대는 현자 두반 때문에 질투라는 악령에 사로잡힌 모양이군. 그래서 그를 모함하는 것 아닌가? 만약 그렇게 된다면 나는 매를 죽이고 후회하는 신바드 왕과 똑같은 꼴이 될 걸세.”

“제게 그 이야기를 들려 주십시오.”

대신이 부탁하자 왕은 이야기를 시작했다.

신바드 왕과 매 이야기

옛날 페르시아의 왕 중에 유독 놀이와 사냥을 좋아하는 왕이 있었다. 왕은 매를 한 마리 기르고 있었는데, 밤에는 자기 주먹 위에 앉히고 물을 먹일 때는 황금으로 된 잔을 사용할 정도로 아끼고 사랑했다. 그래서 매의 목에는 금잔이 항상 매달려 있었다. 또한 왕이 사냥을 나갈 때는 반드시 이 새를 데리고 갔다.

하루는 왕이 궁전에 조용히 앉아 있는데, 매지기의 우두머리가 와서 이렇게 말했다. “폐하, 사냥을 가기에는 최고의 날씨입니다.”

왕은 곧 사냥을 나갈 준비를 하라고 명령을 내리고 매를 주먹 위에 앉혔다. 그리고 즐겁게 길을 나서서 어떤 골짜기에 이르렀다. 그곳에서 그들은 그물을 치고 사냥감을 몰기 시작했다. 곧 영양 한 마리가 뛰어들었다. 왕은 이렇게 외쳤다.

"저 영양이 머리를 뛰어넘어 도망가게 하지 마라! 놓치는 놈은 사형이다!"

일행이 포위망을 좁혀 영양은 왕 옆으로 다가왔다. 그런데 갑자기 영양이 절이라도 하는 듯 앞다리를 가슴 위에 내려 놓는 것이었다. 이 행동이 너무나 이상했기 때문에 왕은 몸을 숙여 영양에게 가까이 갔다.

순간 짐승은 기회를 놓치지 않고 왕의 머리를 훌쩍 뛰어 넘었다. 그리곤 금새 시야에서 벗어나 버렸다. 왕이 대신들을 보니 그들은 자기를 가리키며 수근거리고 있었다.

"대신, 내 신하들이 뭐라고 하는 거요?"

"폐하, 폐하께서 아까 영양이 머리를 뛰어넘게 해서 놓친 자는 죽이겠다고 하셨지 않습니까? 그래서 모두 그 말을 하고 있는 것 같습니다."

"좋소, 그렇다면 내 목숨을 위해서라도 저 영양을 잡아오지 않으면 안 되겠구만!"

왕은 말에 채찍질을 하며 영양의 발자취를 따라 달려갔다. 어느 산기슭에 이르자 영양이 동굴 쪽으로 달려가는 모습을 발견할 수 있었다. 왕이 매를 풀어 놓자 매는 즉시 영양에게 달려들어 발톱을 짐승의 눈에다 박았다. 영양의

눈이 멀어 꼼짝도 못하게 된 것을 왕이 창칼로 내려치니 금새 뻗어 버리고 말았다. 왕은 말에서 내려 짐승의 멱을 따고, 가죽은 벗겨서 안장 앞에 매달았다.

마침 낮잠을 잘 시간이라 주변의 땅은 바짝 말라 있었다. 왕과 그가 타고 있던 말은 몹시 갈증을 느꼈으나 주위 어디에도 물을 찾을 수 없었다. 물을 찾아 헤매던 왕의 눈에 이윽고 물로 축축히 젖어 있는 나무 한 그루가 들어왔다. 그 나무는 마치 가지에서 버터가 녹아 흘러내리듯 물에 젖어 있었다.

왕은 독기를 막아 주는 가죽장갑을 손에 낀 채 매의 목에서 금잔을 끌렀다. 그리고 잔에 물을 받아 새 앞에 놓아 주었다. 그런데 매는 발톱으로 잔을 쳐서 물을 엎어 버렸다.

왕은 매의 갈증을 염려해서 다시 잔에 물을 받아 주었다. 그러나 매는 또다시 잔을 뒤엎어 물을 쏟아 버렸다. 왕은 몹시 화가 났다. 그래서 이번에는 물을 받아 말에게 내밀었다. 그러자 매는 날개를 퍼득여 물을 엎지르게 했다.

"이 못된 짐승 같으니! 네놈이 뭔데 아무도 물을 못 먹게 하느냐?"

왕은 검을 뽑아 매의 날개를 잘라 버렸다. 땅바닥에 내동댕이쳐진 매는 고개를 들어 나무 위를 보라는 몸짓을 해 보였다.

왕이 고개를 들자 나무 위에서 또아리를 틀고 있는 독사떼가 눈에 들어왔다. 독즙이 떨어지고 있는 것을 물로 착각했던 것이었다.

왕은 매의 날개를 못쓰게 만든 자신의 경솔함을 뉘우치며 영양의 시체를 가지고 돌아왔다. 천막에 들어와 요리사에게 영양을 주며 이렇게 말했다.

“이 고기를 구워 와라.”

그리고 왕은 잠시 지친 몸을 쉬려고 했다. 그때 왕의 손등에서 헐떡이고 있던 매가 몸을 뒤틀더니 그만 죽어 버리고 말았다.

왕은 자기의 생명을 구해 준 매를 죽이고 만 셈이었다. 하지만 이제 그가 할 수 있는 일이라곤 매를 위해 목 놓아 우는 것뿐이었다.

“이것이 바로 신바드 왕이 후회하게 된 사연이다. 만약 내가 그대 생각대로 움직인다면 후회할 결과를 초래하겠지. 앵무새를 죽이고 후회한 남자와 똑같은 꼴이 될 거야.”

“그것은 또 무슨 이야기입니까?”

대신의 물음에 왕은 또 이야기를 시작했다.

앵무새와 어떤 남편의 이야기

한 상인이 흠잡을 데 없는 미인과 결혼을 하게 되었다. 아내로 맞은 이 미인은 아름다울 뿐만 아니라 상냥하기까지 했다. 그러나 상인은 질투가 심한 남자였기 때문에 사업 때문에라도 집을 비우는 일은 절대로 피했다.

하지만 결국 피치 못할 여행을 떠날 일이 생겼다. 그래서 새 가게에 가서 금화 백 닢을 주고 앵무새 한 마리를 샀다. 앵무새를 집에 두고 자기가 없는 동안 감시 역을 시킬 속셈이었던 것이다. 앵무새는 꾀가 많고 영리해서 한 번 보고 들은 것은 절대 잊어 버리지 않았다.

그런데 상인의 아름다운 아내는 젊은 터키 남자와 사랑에 빠져 있었다. 상인이 여행을 떠나자 남자는 매일같이 아내를 만나러 왔다. 아내는 낮에는 향연을 베풀고 밤에는 함께 잠자리에 들었다.

상인은 여행에서 돌아오자마자 앵무새를 갖다 놓고 자기가 없는 동안 아내의 행실이 어떠했는지 꼬치꼬치 캐물었다.

"주인님, 아내에겐 남자 친구가 있습니다. 집을 비우신 동안 매일 밤을 그 남자와 보냈습니다."

앵무새의 대답에 미칠 듯이 화가 난 상인은 아내가 초주검이 되도록 때렸다. 아내는 노예 소녀들 중에 하나가 주인에게 고자질을 했다고 생각하고 모두를 심문했다. 그러나 노예 소녀들은 결단코 여주인의 비밀을 누설한 적이 없으며, 앵무새가 주인에게 일러바치는 것을 들었다고 말했다.

그래서 아내는 한 노예를 시켜 새장 밑에서 맷돌을 갈게 했다. 다른 노예에겐 새장에 물을 뿌리라고 했고, 또 다른 노예는 반짝반짝 빛나는 강철 거울로 새장을 비추라고 했다.

다음날 아침 친구네 집에서 벌어진 잔치에서 밤을 보낸 남편이 돌아왔다. 그는 또 앵무새를 심문하여 자기가 없는 동안 무슨 일이 있었는지 알아내려고 했다.

"오, 주인님! 죄송합니다. 밤새 비가 오고 천둥번개가 요란하게 쳐서 아무 것도 보거나 들을 수 없었습니다."

마침 때는 한여름이었다. 주인은 어리둥절해 하면서 말했다.

"하지만 지금은 7월이다. 폭풍우가 몰아칠 때가 아니란 말이다."

그러자 앵무새가 대답했다.

"하지만 어젯밤 제가 두 눈으로 본 걸요."

상인은 아내의 계략을 모른 채 미칠 듯이 화를 냈다. 자기가 결백한 아내를 공연히 의심했다고 생각한 것이었다. 그래서 앵무새를 새장에서 끌어내어 있는 힘을 다해 바닥에 내팽개쳤다. 새는 그 자리에서 즉사하고 말았다.

　며칠이 지나 노예 소녀들 중 하나가 주인에게 모든 사실을 고백했다. 그러나 상인은 그 젊은 터키 남자가 아내의 침실에서 나오는 것을 목격할 때까지는 그것을 믿으려 하지 않았다. 결국 상인은 그 현장을 목격하게 되었고, 화가 난 상인은 그 자리에서 터키 남자의 목덜미를 칼로 내리쳐 죽였다. 부정한 아내도 같은 식으로 죽여 버렸다.

　이리하여 간음을 저지른 두 남녀는 지옥에 떨어졌다. 그제서야 상인은 앵무새가 말한 것이 모두 진실이었음을 깨닫고 후회했다. 그는 새의 죽음을 애석해 했지만, 앵무새가 다시 살아날 수는 없는 노릇이었다.

　유난 왕의 이야기를 모두 듣고 난 대신은 이렇게 말했다.

　"오, 폐하께서는 진정 제가 현자 두반을 모함한다고 생각하고 계십니까? 저는 단지 폐하를 위한 충언(忠言)을 올릴 뿐입니다. 제 말에 귀를 기울이시면 옥체를 보전하실 수 있겠지만, 그렇지 않으면 어떤 대신에게 배신당한 젊은 왕자와 같은 신세가 될 것입니다."

　"그것은 또 어떤 이야기인가? 왕자에게 무슨 일이 일어났었지?"

대신은 이야기를 시작하였다.

왕자와 처녀 귀신 이야기

옛날에 사냥을 극성스럽게 좋아하는 한 왕자가 있었다. 왕은 대신 한 사람을 붙여서 왕자가 가는 곳은 어디든 따라다니게 했다.

어느 날 여느 때처럼 왕자는 그 대신을 동반한 채 사냥을 나갔다. 그들이 천천히 말을 몰아 가고 있는데 갑자기 커다란 짐승 한 마리가 나타났다. 대신이 소리쳤다.

"왕자님, 멋진 사냥감이군요!"

그래서 왕자는 그 짐승을 쫓아갔고, 곧 일행의 시야에서 벗어나고 말았다. 그러나 사냥감 또한 왕자를 피해 숲속으로 달아나 버렸기 때문에 왕자는 어디로 가야 할지 알 수 없게 되었다. 이때 홀연히 한 처녀가 눈물을 흘리며 나타나는 것이었다.

"당신은 누구요?"

왕자의 물음에 처녀가 대답했다.

"저는 인도의 어느 왕가의 공주입니다. 대상의 인도를 받으며 여행을 하던 중이었습니다. 깜빡 졸다가 말에서 떨어졌는데 일행은 모두 가 버렸으므로, 어찌 할 바를 모르겠습니다."

왕자는 가엾은 마음이 일었다. 그래서 여자를 자기 말 뒤에 태워 주었다. 두 사람은 말을 타고 가다가 아주 오래되어 보이는 폐가(廢家)에 이르렀다.

"왕자님, 좀 세워 주세요. 측간에 다녀오고 싶습니다." 왕자는 처녀를 말에서 내려 주고 돌아오기를 기다렸으나 처녀는 좀처럼 돌아오지 않았다. 그래서 그녀의 발자국을 쫓아가 보았다. 놀랍게도 자기가 인간이라고 생각했던 그 처녀는 사악한 처녀 귀신이 아닌가. 처녀 귀신은 자기 식구들을 모아놓고 토실토실하고 젊은 남자를 저녁식사로 준비했다고 떠들고 있었다.

"빨리 데리고 와요, 오래간만에 사람 고기로 배를 채워 봅시다!"

왕자는 귀신 식구들이 떠드는 소리를 듣고 꼼짝없이 죽겠구나 생각하니 온몸이 부들부들 떨렸다. 왕자는 달아나려고 몸을 돌렸으나 이미 처녀 귀신이 폐가에서 나오고 있었다. 귀신은 왕자가 사시나무 떨 듯이 덜덜 떨고 있는 것을 알아차렸다.

"뭘 그렇게 두려워하고 있어요?"

"적을 만났습니다. 아주 무섭고 끔찍한 적을 말입니다."

"당신은 왕의 아들이라고 하시지 않았나요?"

"그랬지요. 저는 왕자입니다."

"그러면 돈을 좀 줘 보세요. 놈이 만족할 만한 액수를 안겨 주면 되잖아요?"

"그 놈이 노리는 것은 돈이 아니라 내 목숨입니다. 나는 그 적을 몹시 두려워하고 있어요. 아, 정말 큰일입니다!"

그러자 처녀 귀신이 이렇게 조언했다.

"그렇게 심각한 상황이라면 알라께 기도를 드리세요. 알라께서 분명 당신을 위협하는 해악에서 구해 주실 겁니다."

왕자는 하늘을 올려다 보며 이렇게 부르짖었다.

"환난에 빠진 나를 도와주소서, 신이시여! 나의 적을 물리치소서! 당신의 전능함으로 나를 보호하소서! 알라께 찬양을 돌릴지어다!"

이 기도를 듣자 처녀 귀신은 곧 달아났다. 왕자는 무사히 부왕에게 돌아가 그가 자기의 안전을 위해 붙여 준 대신이 자기를 오히려 위험에 몰아 넣었다고 고했다. 왕은 대신을 불러들여 그 자리에서 베어 버렸다.

"폐하, 이처럼 그 현자를 계속 신뢰하시면 끔찍한 변을 당하고 마실 겁니다. 당신께서 그토록 총애하시고 가까이 두시는 그 사람이 당신의 파멸을 꾀할 것입니다. 그 자가 단지 이상한 물건을 손에 쥐게 해서 병을 고친 것은 잘 알고 계시지요? 그와 똑같은 방식으로 무엇을 또 쥐게 해서 폐하를 죽이려 할 지도 모르는 일입니다."

대신이 이렇게까지 말하자 유난 왕의 마음도 흔들리기 시작했다.

"그대 말도 일리가 있구나. 그렇다면 현자 두반은 나를 죽이려고 들어온 첩자일지도 모른다. 그대 말대로 막대기를 쥐게 해서 병을 고칠 수 있다면, 무슨 냄새를 맡게 하는 것만으로도 나를 죽일 수 있겠지. 좋다, 그럼 대신은 내가 어떻게 하는 것이 좋다고 생각하는가?"

"지금 당장 두반을 왕궁으로 부르십시오. 그리고 들어오자마자 목을 치십시오. 그러면 놈과 놈의 사악한 음모를 일시에 떨쳐 버릴 수 있습니다."

"잘 말해 주었다."

이리하여 유난 왕은 즉시 하인을 시켜 두반을 데려오게 했다. 현자 두반은 자기 앞에 어떤 운명이 놓여 있는지도 알아차리지 못하고 즐거운 마음으로 왕궁으로 들어갔다. 두반은 왕을 만나게 되자 그 동안의 배려와 선물에 감사하는 인사를 올렸다.

"과인이 어째서 그대를 불렀는지 아는가?"

왕은 무뚝뚝한 목소리로 이렇게 물었다.

"위대하신 알라 외에는 앞일을 아는 자가 없습니다."

“그대의 목숨을 빼앗기 위해 불렀다. 그대를 확실히 죽이기 위해 부른 것이다.”

현자 두반은 얼떨떨해졌다.

“폐하, 어째서 저를 죽이려 하십니까?”

“네가 나를 암살하기 위해 잠입한 첩자라는 말을 들었다. 그래서 네놈이 나를 죽이기 전에 내가 먼저 손을 쓰지 않으면 안 된다.”

유난 왕은 망나니를 불러서 이렇게 명령했다.

“이 배신자의 목을 당장 쳐라! 우리 모두를 못된 계략에서 보호하려면 이 방법밖에 없다!”

“저를 살려 주십시오. 그러면 알라께서도 당신을 살리실 것입니다. 만약 저를 죽이신다면 알라께서 폐하의 목숨도 거두어 가실 것입니다.”

현자 두반은 같은 말을 되풀이하며 살려 줄 것을 호소했다. 그러나 유난 왕의 대답은 한결같았다.

“너를 죽이지 않고는 도무지 안심을 할 수 없어. 내 손에 물건을 쥐게 한 것만으로 병을 고친 너인데, 냄새나 연기를 맡게 해서 나를 죽이는 것쯤은 식은 죽 먹기 아니겠느냐?”

“오, 이것이 폐하의 보답이란 말입니까? 은혜를 원수로 갚으시겠단 말씀입니까?”

“무슨 말을 해도 소용없다. 나는 너를 일말의 지체도

없이 죽일 것이다."

　이렇게 되자 현자도 왕의 결심을 돌릴 수 없다는 것을 확실히 알게 되었다. 두반은 눈물을 흘리며 왕의 병을 고쳐 주었던 일을 후회했다. 그동안 벌써 망나니는 두반의 눈을 가리고 검을 뽑아들었다. 그리고 왕에게 형을 집행해도 좋겠느냐고 마지막으로 물었다. 그러나 두반은 울부짖기를 멈추지 않았다.

　"제발 살려 주십시오! 그래야 알라께서 폐하를 살려 주실 겁니다. 저를 죽이시면 알라께서 당신에게 죽음을 내립니다. 저는 이런 보답을 받을 이유가 전혀 없지 않습니까? 폐하는 옛날 악어의 보답과 같은 짓을 저지르려 하십니까?"

　"악어의 보답이란 무슨 뜻이냐, 말해 보아라!"

　"지금 제가 그런 이야기를 늘어 놓을 상황이 아닙니다. 아무튼 살려 주십시오. 그래야만 알라의 축복을 누리실 수 있습니다."

　현자가 이처럼 통곡을 하니 마침내 왕이 아끼는 신하 한 사람이 나서서 이렇게 말하였다.

　"폐하, 이 의사의 생명을 제게 맡겨 주시지 않으시렵니까? 저희 대신들이 보건대, 이 사람이 폐하께 맞서 지은 죄는 아무 것도 없는 것 같습니다. 그저 이 왕국의 이름난 의사도 고치지 못했던 폐하의 병을 고쳐 드린 것이 무슨 죄가 되겠습니까?"

"그대는 내가 왜 이 사람을 죽이려 하는지 이해를 못하는구나. 잘 들어라! 이 자를 살려 두는 것만으로도 나는 사형선고를 받은 거나 다름없다! 그 끔찍한 질병을 막대 하나로 고친 자다! 무슨 냄새를 맡게 해서 나를 암살하는 것은 일도 아닐 테지! 나를 죽이고 무슨 대가를 받기로 한 것이 틀림 없어! 이 도시에 온 것 자체가 어떤 첩자 노릇을 하기 위한 것일지도 모른다. 이젠 무슨 말로 말려도 소용없다! 저 놈을 죽이지 않고는 두 다리를 뻗고 잘 수가 없어!"

그러나 두반은 다시 한 번 애원했다.

"제발 목숨만 살려 주십시오. 저를 죽이시면 알라께서도 폐하의 생명을 거두어 가실 겁니다."

하지만 모든 애원은 수포로 돌아갔다. 이제 두반도 왕이 결심을 바꾸지 않으리라는 사실을 깨달았다. 두반은 왕에게 살려 달라는 애원을 그만두고 이렇게 말했다.

"오, 폐하! 저를 기어이 죽이시려거든 잠시 집에 다녀올 시간을 주십시오. 제 신변을 정리하고, 사람들에게 제 장례식을 준비하라고 부탁하고 오겠습니다. 제가 정리할 의학 서적 중에는 지극히 귀한 책도 한 권 있습니다. 그 책을 폐하께 바칠 테니 부디 귀한 보물로 간직해 주시기 바랍니다."

"무슨 책이냐?"

“상상을 초월하는 책입니다. 그리고 그 책에서도 가장 놀라운 비밀은 제 목을 치신 다음 세 장만 넘겨 보시면 아시게 될 것입니다. 세 장을 넘겨서 왼쪽 책장에 있는 석 줄만 읽어 보십시오. 그러면 제 잘린 목이 말을 하게 될 것이고, 임금님이 무엇을 물어 보시든 대답을 할 겁니다.”

유난 왕은 몹시 놀랐지만, 한편으로는 즐거운 기색을 감추지 못했다.

“내가 물어 보면 몸에서 떨어져 나간 머리가 말을 한단 말인가? 그걸 믿으라는 건가?”

“그렇습니다.”

“그것 참 희한한 일이겠구나!”

유난 왕은 즉시 두반에게 엄중한 감시를 딸려 집으로 돌려보내기로 결정했다. 두반은 신변을 정리하고 다음날 왕의 접견실에 출두했다. 영주와 대신들을 비롯하여 고관들이 각양각색으로 모여 있는 모습은 마치 꽃밭같았다.

현자는 손에 매우 낡고 오래된 책 한 권과 눈을 보호할 때 쓰는 것 같은 가루분이 들어 있는 깡통을 하나 가지고 나왔다. 그는 자리에 앉더니 쟁반을 하나 갖다 달라고 요구했다. 누군가 쟁반을 갖다 주자 두반은 거기에 가루분을 쏟고 골고루 퍼지게 했다.

“폐하, 이 책을 받으십시오. 그러나 제 목이 떨어지기 전까지는 절대 책을 펼치지 마십시오. 제 목을 쟁반 위에 올려놓고 이 가루를 위에서 눌러 주십시오. 그러면 피가 곧 멎을 겁니다. 그 다음엔 책을 펴셔도 좋습니다."

유난 왕은 책을 받아들고 망나니에게 눈짓을 해 보였다. 망나니는 단칼에 두반의 목을 날려 버렸다. 그리고 그 머리를 쟁반 위에 올려놓고 가루분이 잘 묻도록 눌렀다. 흐르던 피가 딱 멈추고, 잘린 머리가 눈을 번쩍 뜨더니 말을 하는 것이 아닌가.

"이제 책을 펼치십시오, 폐하!"

왕이 책을 펼쳐 보니 책장들이 서로 맞붙어 있었다. 그래서 손가락에 침을 발라 가며 처음 여섯 장 정도를 넘겨 보았다. 그러나 거기에는 아무 것도 씌어 있지 않았다. 유난 왕이 버럭 소리를 질렀다.

"두반! 여기엔 아무 것도 적혀 있지 않다!"

"좀 더 살펴보십시오." 현자의 머리가 대답했다.

왕은 몇 장을 더 넘겨 보았다. 그런데 그 책장에는 독이 발려져 있었기 때문에 곧 그 독이 왕의 온몸에 퍼지고 말았다. 유난 왕은 극심한 경련을 일으키며 외쳤다. "독약이로구나!"

그러자 현자의 머리가 대답했다.

"운명이 폭군의 압제에 마땅한 보답을 내려 주셨도다!"

현자의 머리가 말을 맺기도 전에 왕은 온몸을 고통으로 뒤틀며 죽어 버렸다.

"자, 만약 유난 왕이 현자 두반을 살려 주었다면, 알라께서도 왕을 살려 주셨을 것을 알겠느냐? 하지만 왕이 그를 죽여 버렸기 때문에 제 명을 단축시킨 꼴이 된 것이다. 마신아, 너 또한 나를 구해 주었다면 살 수 있었을 것을."

어부는 마신에게 이런 말을 덧붙였다.

"알겠느냐? 네놈은 내가 죽기 전에는 만족하지 못하겠다고 했다. 그러니 나도 너를 이 병에 넣은 채 죽여 버릴 테다. 나는 너를 바다에 던져 넣을 테니까."

마신은 신음소리를 내며 울부짖었다.

"그러지 마십시오, 어부님! 제 잘못을 용서하시고 살려 주세요! 옛말에 '악인에게 은혜를 베푸는 자여, 악인의 벌은 그 자신의 죄로 족하도다'라고 했습니다. 제가 난폭하게 굴었더라도 관용을 베풀어 주십시오! 우마마가 아티카에게 한 일을 저에게 하지 말아 주십시오."

"그들에게 어떤 일이 있었느냐?" 어부가 마신에게 물었다.

"감옥에 갇힌 꼴인 제가 그런 이야기를 할 형편이 됩니까? 저를 놓아 주시면 이야기를 해 드리겠습니다."

"됐다! 무슨 말을 해도 소용없어. 난 너를 바다에 던져 넣을 것이고, 너는 영원히 그 병에서 꼼짝할 수 없을 거다. 내가 너에게 구차하게 매달려 사정할 때 네놈은 죽이겠다는 말밖에 더 했느냐? 난 너에게 아무 해도 입히지 않았다. 그런데 네놈은 나의 친절을 악행으로 보답했다. 난 이제 네놈이 얼마나 못된 마신인지 뼈저리게 알았기 때문에 누구든 너를 꺼내 주려는 사람이 있으면 기를 쓰고 말릴 테다! 세상이 멸망할 때 너도 같이 멸망하게 되겠지. 바다 속에서 얌전히 그 날을 기다려라!"

"구해 줘요! 지금이야말로 관용을 발휘할 기회입니다. 당신께 아무 해도 입히지 않겠습니다! 원하는 것은 무엇이든 들어 드리겠습니다. 다시는 돈에 쪼들리지 않게 될 것입니다."

어부는 잠시 생각을 하더니 마신의 약속을 믿어 보기로 했다. 자기를 해치지 않을 뿐더러 소원까지 들어 준다는 데 귀가 솔깃했던 것이다. 어부는 마신에게 성스러운 알라의 이름으로 맹세를 하게 한 뒤 뚜껑을 열어 주었다. 연기 기둥이 퍼지더니 완전히 병 안에서 빠져 나왔다. 그리고 다시 한 번 엉겨서 흉측한 마신의 모습이 되었다. 마신은 나오자마자 항아리를 발로 차서 바다에 던져 넣었다.

마신이 거칠게 병을 발로 차는 것을 보자 어부는 다시 겁이 났다.

'내가 한 일이 과연 잘한 일일까?'

어부는 이렇게 중얼거렸지만, 다시 마음을 가다듬고 이렇게 큰소리를 쳤다.

“마신아, 약속은 꼭 지켜라! 약속을 얼마나 잘 지켰는가는 반드시 심판을 받게 될 것이다! 너는 내게 약속했고, 맹세도 했지? 그런 약속을 어기면 알라의 무서운 보복이 기다리고 있을 거다. 그 분은 질투심이 많은 신이어서 죄를 범한 자를 도망가게 내버려 주지 않으시지. 현자 두반이 유난 왕에게 호소했던 걸 다시 한 번 생각해 봐. ‘저를 살려 주시면 알라께서도 당신을 살려 주실 겁니다’라고 했던 말을 잊지 말라구!”

마신은 껄껄대고 웃더니 어부에게 이렇게 말했다.

“날 따라 와.”

어부는 마신을 따라갔다. 마신은 걸음을 멈추더니 어부에게 그물을 던져 고기를 잡으라고 말했다. 어부는 물속을 들여다보고 깜짝 놀랐다. 빨강, 하양, 노랑, 파랑 등 갖가지 색깔의 물고기가 헤엄을 치고 있었기 때문이다.

어부가 그물을 던졌다가 끌어올리니 빛깔이 각각 다른 네 마리의 고기가 들어 있었다. 그것만으로도 어부는 기뻐서 어쩔 줄 몰랐는데, 마신이 이렇게 말하자 기쁨은 더욱 커졌다.

“이 고기들을 왕에게 가져 가서 선물로 드려라. 그러면 너를 부자로 만들어 주실 거다. 자, 이걸로 참아다오. 달리는 어떻게 보답할 도리가 없으니까. 너도 알다시피 나는 1800년 동안이나 바다에 쳐박혀 있었고, 바깥 세상

을 구경한 건 조금 전의 일이란 말야. 이것만 기억해 둬. 이곳에서 고기를 낚는 건 하루 한 번밖에 허락할 수 없어. 하루 한 번이야. 알라께서 허락하시면 또 만날 날이 있겠지.”

마신은 이렇게 말하고 발을 한 번 굴렀다. 그러자 땅이 두 갈래로 갈라지더니 마신을 삼켜 버렸다. 어부는 너무나 놀라서 한참이나 그 자리에 못박힌 듯 서 있었다. 잠시 후 어부는 고기를 가지고 도시 쪽으로 떠났다.

어부는 집에 돌아와 곧 항아리에 물을 채우고 고기를 집어 넣었다. 그리고 마신이 가르쳐 준 대로 고기가 펄쩍펄쩍 뛰노는 항아리를 들고 왕궁으로 향했다.

왕은 고기를 보고 몹시 놀라워했다. 그는 평생 이런 갖가지 빛깔의 물고기는 듣도 보도 못했기 때문이었다.

“이 고기들을 요리 담당 노예에게 갖다 주어라.”

왕이 한 대신에게 이렇게 분부했다. 대신은 네 마리의 고기를 주방에서 일하는 노예 소녀에게 주어 기름에 튀기라고 명령했다.

대신이 돌아오자 왕은 어부에게 보상으로 금화 4백 디나르를 내렸다. 어부는 눈이 휘둥그래져서 신나게 집으로 돌아갔다. 그는 꿈인가 생시인가 싶었지만, 그 와중에도 가족들에게 필요한 물건들은 하나도 빠뜨리지 않고 사서 의기양양하게 아내에게 돌아갔다.

한편 왕의 주방에서는 노예 소녀가 물고기를 씻어서 프라이팬에 올려 놓고 있었다. 기름을 발라서 한 면이 노릇노릇해질 때까지 구운 고기를 뒤집으려고 할 때였다. 갑자기 주방의 벽이 둘로 갈라지더니 아름답고 우아한 여인이 걸어나오는 것이 아닌가. 갸름한 얼굴이나 칠흑처럼 검은 속눈썹이 진정 나무랄 데 없는 미인이었다.

그녀는 푸른 띠가 둘러진 비단옷을 입고 있었으며, 귀에는 큼직한 귀걸이를, 팔목에는 팔찌를 두르고 있었다. 뿐만 아니라 손가락에는 진귀한 보석이 박힌 반지를 끼고, 한 손에는 길다란 막대를 쥐고 있었다. 여인은 그 막대로 프라이팬의 고기들을 쿡쿡 찌르더니 이렇게 말했다.

"오, 고기들아! 너희는 옛날에 한 약속을 지키고 있느냐?"

고기를 굽고 있던 여자 노예는 이 광경을 보고 그만 기절해 버렸다. 그러나 벽에서 나온 미녀는 두 번 더 같은 말을 반복했다. 그러자 고기들이 프라이팬에서 대가리를 들고 똑 부러지는 소리로 대답하는 것이 아닌가.

"그럼요! 그렇고 말구요!"

그러자 미녀는 프라이팬을 불 위에 뒤집어 엎더니 처음 나올 때처럼 벽 속으로 들어가 버렸다. 두 쪽으로 갈라졌던 벽은 본래의 모습으로 돌아왔고, 여자 노예도 간신히 정신을 수습했다. 프라이팬을 살펴보니 이미 네 마리의 물고기는 숯처럼 새까맣게 타 버린 후였다. 물고기들은 마지막으로 이렇게 소리를 질렀다.

"그분의 막대는 한 번 쓰자마자 뚝 부러졌다네!"

여자 노예는 이 놀라운 광경을 보고 또다시 실신하고 말았다. 한편, 대신이 고기가 다 구워졌는지 확인하려고 주방에 들어와 보니 노예가 바닥에 쓰러져 있는 것이 아닌가. 대신은 여자 노예를 발로 툭툭 차면서 버럭 고함을 질렀다.

"폐하께 고기를 갖다 드리지 않고 뭐하는 게냐?"

노예는 그제야 겨우 정신을 가다듬고 대신에게 어떤 일이 일어났는지 낱낱이 고했다. 대신은 몹시 놀라며 곧 물고기를 바친 어부를 불러 오라고 명령했다. 어부가 들어오자 대신이 말했다.

"이봐라, 네가 갖다 바친 네 마리 물고기와 같은 것을 한 번 더 낚아 오너라."

그래서 어부는 다시 호수로 나가 그물을 던져 고기를 낚았다. 처음과 마찬가지로 각기 다른 빛깔을 띤 네 마리 고기가 잡혔다. 그는 그것을 곧장 대신에게 갖다 주었고, 대신은 주방에 주고 다시 요리를 하라고 했다.

"자, 내가 보는 앞에서 아까처럼 고기를 구워라. 무슨 일이 일어나는지 내 눈으로 지켜볼 테다."

여자 노예는 처음에 했던 것처럼 물고기를 깨끗이 손

질해서 불 위에 달군 프라이팬에 올려 놓았다. 몇 분 지나지 않아 벽이 두 쪽으로 갈라지더니 막대를 든 미녀가 나타났다. 그녀는 처음에 그랬던 것처럼 막대로 고기들을 쿡쿡 찌르면서 이렇게 말하는 것이었다.

"고기들아, 옛날에 한 약속은 지키고 있느냐?"

갑자기 고기들이 일제히 대가리를 들고 대답을 했다.

"그럼요! 지키고 있답니다!"

미녀는 고기들의 대답을 듣자 프라이팬을 뒤엎고 돌아갔다. 주방의 벽은 아무 일도 없었다는 듯 굳게 닫혀 있었다. 대신은 크게 놀라서 외쳤다.

"당장 폐하께 말씀드려야겠다!"

대신이 달려가 왕에게 자초지종을 고하자 왕은 이렇게 말했다.

"나도 내 눈으로 직접 그 광경을 보겠다."

왕은 우선 어부를 불러다 처음과 같은 고기를 가져오라고 부탁했다. 어부가 네 마리의 고기를 가져 오자 왕은 그에게 금화 4백 닢을 주었다. 그리고 대신에게 고기를 주며 이렇게 명령했다.

"자, 내 앞에서 이 고기들을 요리하게 해라! 내 눈으로 무슨 일이 일어나는지 보리라!"

"분부대로 하겠습니다."

대신은 자기가 직접 고기를 씻고 프라이팬에 넣어서

불 위에 올려 놓았다. 갑자기 벽이 양쪽으로 갈라지더니 이번에는 몸집이 집채만한 흑인 노예가 초록빛 막대를 들고 나타났다. 그는 막대로 프라이팬을 마구 휘저으며 끔찍한 목소리로 고기들을 위협했다.

"어, 고기들아! 너희는 약속을 잘 지키고 있느냐?"

"네, 네! 굳게 지키고 있습니다!"

과연 고기들이 일제히 대가리를 치켜들고 외치는 것이었다. 흑인 노예는 초록빛 막대로 프라이팬을 뒤집고 나올 때처럼 홀연히 벽 속으로 사라졌다. 왕이 고기들을 살펴보았으나 이미 숯처럼 새까맣게 타 있었다. 왕은 몹시 당황해서 대신에게 이렇게 말했다.

"뭔가 밝혀져야 할 내력이 있음에 틀림없다. 어떤 기이한 사연이 이 고기들에 감춰져 있을 것이다."

그래서 왕은 어부를 불러다가 이것저것 물어 보기로 했다.

"네가 거짓말을 한다면 살아 남지 못할 것이다. 이 고기들은 어디서 잡아온 것이냐?"

"이 성에서도 보이는 저 산 너머에 계곡에 둘러싸인 호수가 있습니다. 거기서 이 고기들을 잡은 것입니다."

"여기서 간다면 며칠이나 걸리겠느냐?"

"폐하, 여기서는 고작 삼십 분이면 갈 수 있습니다."

왕은 어부의 대답에 약간 당황했지만, 즉시 출발 준

비를 하라고 신하들에게 명령을 내렸다. 맨 앞에서 일행을 안내하게 된 어부는 내심 마신에게 저주를 퍼부었으나 어쩔 도리가 없었다.

산 하나를 넘으니 사막이 하나 나왔다. 그들은 평생 이런 곳에 와 본 적이 없었다. 그곳을 지나자 곧 네 개의 계곡에 둘러싸인 호수가 나왔다. 호수에는 빨강, 하양, 노랑, 파랑 등의 갖가지 빛깔을 띤 물고기들이 헤엄치고 있었다. 왕은 별세계에 온 듯한 놀라움을 감추지 못하고 그 자리에 있는 다른 사람들에게 이렇게 물었다.

"전에 이 호수를 본 자가 이 중에 누구 없느냐?"

"전혀 본 적이 없습니다."

그래서 왕은 부근에 오랫동안 살았던 노인들을 불러다가 똑같은 질문을 해 보았다. 그러나 그들 역시 이 지역에 오래 살았지만 이런 호수는 본 일이 없다고 입을 모아 말하는 것이었다.

"알라 신께 맹세컨대 이 호수와 물고기들에 얽힌 비밀을 풀기 전에는 성으로 돌아가지 않겠다. 모든 내막을 밝히기 전에는 왕좌에 다시 앉지 않으리라." 왕은 이렇게 선언했다.

왕은 일행에게 산 주위에 천막을 치고 야영을 하라고 지시했다. 그리고 신하 중에서 특별히 경험과 연륜이 풍부한 재상을 불러오게 했다. 이 재상은 사리에 밝고 분별력이 뛰어난 노인이었다.

"그대에게 밝혀 두어야 할 것이 있어서 불렀소이다. 과인은 오늘 밤 혼자 나가서 호수와 고기에 얽힌 사연을 알아 내려고 하오. 그대가 내 자리에 대신 앉아 있으면서 나를 만나러 오는 영주나 대신이 있거든 내가 몸이 좋지 않아서 아무도 만나지 않는다고 말해 주시오. 아무도 내 계획을 알아채지 못하도록 각별히 조심해 주기 바라오."

대신은 왕의 명령을 거역할 수 없었다. 왕은 옷을 갈아 입고 어깨에 칼을 둘러맨 뒤 으슥한 산길로 빠져 나갔다. 그는 동이 터 올 때까지 걷고 또 걸었다. 참기 힘든 무더위에도 불구하고 왕은 밤새 쉬지 않고 걸어갔다. 문득 저 너머에서 검은 점 같은 것이 어렴풋이 보이기 시작했다.

"혹시 저기 사는 사람이 호수와 고기의 비밀을 가르쳐 주지는 않을까?"

왕은 혼잣말을 중얼거렸다.

이윽고 그곳까지 걸어가 보니 검은 점이라고 생각했던 물체는 강철을 덮은 검은 돌로 지어진 궁전이었다. 입구에는 두 짝으로 된 문이 있었는데, 한 쪽은 열려 있었고 다른 한 쪽은 닫혀 있었다.

문 앞에 서자 왕은 어쩐지 기운이 솟아 문을 가볍게 두드렸다. 하지만 아무 반응이 없어서 한 번 더 문을 두

드렸다. "아무도 없나 보군." 마침내 왕은 이렇게 중얼거렸다.

왕은 대담하게도 열려 있는 문으로 들어가 보았다. 커다란 홀로 들어간 왕은 다시 한 번 소리를 질러 주인을 찾았다.

"이보시오! 주인은 안 계시오? 길 가던 나그네인데, 먹을 것이 있으면 좀 나눠 주시오!"

왕은 두세 번 이렇게 외쳤으나 아무도 대답하지 않았다. 그래서 왕은 이 궁전을 구석구석 살펴보기로 마음먹었다. 복도를 따라 가니 궁전의 중심부에 해당하는 안뜰에 이르렀다. 그러나 그곳에도 사람의 자취는 찾아볼 수 없었다.

궁전은 온통 황금별이 수놓인 비단으로 덮여 있었고, 문마다 휘장이 드리워져 있었다. 궁전 한가운데 있는 안뜰에는 네 개의 누대(樓臺)가 각 면마다 세워져 있었다. 중심부에는 네 개의 분수가 꾸며져 있었는데, 각각의 분수에는 황금 사자가 조각되어 있었고, 그 아가리에서 진주처럼 깨끗한 물이 뿜어져 나왔다.

안뜰 어디서나 자유롭게 날아다니는 새들을 볼 수 있었지만, 천장 높이 황금 그물이 쳐 있어서 한 마리도 궁전 밖으로 날아갈 수는 없었다. 한 마디로 모든 것이 잘 꾸며져 있었지만, 사람만은 전혀 찾아볼 수 없는 풍경이었다.

왕은 이 궁전의 꾸밈새에 적잖이 놀랐지만, 호수와 고기, 산과 이 궁전에 대해 말해 줄 사람은 하나도 만나지 못했기 때문에 실망했다. 그래서 분수 옆에 앉아서 이런저런 생각에 잠겨 있었다. 그런데 어디선가 구슬픈 탄식 소리가 들려 오는 것이 아닌가. 그 소리는 고통에 몹시도 시달린 사람의 탄식 소리가 분명했다.

왕은 벌떡 일어나서 소리가 들려 오는 곳을 따라갔다. 그리하여 휘장이 드리워진 방으로 들어가게 되었다. 왕이 휘장을 젖혀 보니 한 젊은이가 3피트 정도 높이의 침대에 앉아 있는 모습이 눈에 들어왔다.

젊은이는 대단한 미남자였을 뿐 아니라 균형잡힌 체격을 가지고 있었다. 그의 이마는 하얀 꽃과 같았고, 뺨은 장미빛으로 빛났다. 왕은 사람을 만난 것이 반가워서 어쩔 줄 몰랐다. 그러나 금빛으로 수놓인 비단옷을 입고 보석이 박힌 관까지 쓴 이 젊은이는 가만히 앉아 있기만 했다.

왕이 보니 젊은이의 얼굴에는 깊은 슬픔이 드리워져 있었다. 젊은이는 앉은 채로 정중한 인사를 왕에게 건넸다.

"일어나서 인사를 드리는 것이 마땅한 줄 알지만 어쩔 수 없습니다. 부디 너그러이 보아 주십시오."

"괜찮습니다. 제가 특별한 목적이 있어서 이곳까지 온 사람이라는 것만 알아 주십시오. 만약 이 궁전과 호수, 그리고 저 이상한 물고기들에 얽힌 사연을 들려 주신다면 감사하겠습니다. 더불어 당신이 왜 이 궁전에서 외로이 슬픔에 잠겨 있는지도 말해 주시면 좋겠군요.”

젊은이는 이 말을 듣자 하염없이 흐르는 눈물을 주체하지 못했다. 그의 가슴팍까지 눈물로 범벅이 될 정도였다. 왕은 젊은이가 눈물을 쏟는 모습을 보자 더욱 그의 사연이 궁금해졌다.

“도대체 왜 이렇게 우는 거요?”

“제 꼴을 보십시오. 울지 않을 수 있겠습니까?”

젊은이는 이렇게 말하면서 옷자락을 젖혀보였다. 그의 허리 위는 살아 있는 사람인데 하반신은 발끝까지 단단한 돌로 변해 있었다. 왕은 이 기막힌 모습을 보고 젊은이가 불쌍해서 견딜 수 없었다.

“맙소사, 이렇게 딱할 데가 있나! 오, 젊은이! 그대는 나를 더욱 슬프게 만들었소. 나는 그저 고기에 얽힌 사연이나 알까 해서 왔는데, 이제 그대의 기구한 사연을 듣지 않고는 못 배기겠소. 내게 털어놓으시오! 지금 당장 그대가 왜 이렇게 되었는지 말해 주구려!”

“잘 듣고 제 신세에 대해 한 번 생각해 보십시오.”

“좋소! 부탁하오!”

“제가 처한 이 형편이란 기구하기 짝이 없습니다. 그건 그 고기들도 마찬가지겠지요. 아, 이런 이야기는 어딘가에 새겨 넣어서 후세에 교훈으로 남겼으면 좋으련만!”

"그 이야기를 들려 주시오."

그래서 젊은이는 이야기를 시작했다.

 마법에 걸린 왕자의 이야기

왕이여, 들어 보십시오. 저의 부친은 원래 이 도시의 왕으로 검은 섬의 왕 마무드라 불리웠습니다. 그 섬들이 지금은 네 개의 산이 되어 버렸지만 말입니다. 아버님은 70년 동안 왕좌를 지키시다 돌아가셨고, 제가 뒤를 이어 왕이 되었습니다.

저는 백부님의 딸, 그러니까 사촌누이를 왕비로 맞았습니다. 제 아내는 저를 어찌나 사랑했는지 제가 없으면 먹고 마시지도 않을 정도였습니다. 이렇게 우리는 금슬좋은 부부로 5년 동안 살았습니다.

어느 날 아내는 찜질 목욕을 하러 가서 오랫동안 돌아오지 않았습니다. 나는 요리사에게 저녁을 준비하게 한 뒤 늘상 제가 쓰던 침대에 드러누웠습니다. 두 명의 시녀에게 머리맡과 발치에서 부채질을 하게 한 채 말입니다.

하지만 아내가 없어서 그런지 잠이 잘 오지 않았습니다. 그래서 눈만 감고 있었지 머리 속은 말똥말똥한 상태로 가만히 누워 있었는데, 갑자기 머리맡에서 부채질을 하던 시녀가 다른 시녀에게 하는 말이 들려 왔습니다.

"우리 주인님은 불쌍하기도 하시지! 젊음을 헛되이 보내고 계시잖아? 이게 다 바람난 마나님 때문이야! 마누라가 자기를 배반한 것도 모르시다니!"

"그래, 네 말이 맞아. 음탕한 여자들은 신의 저주를 받아야 해! 우리 주인님처럼 멋진 분께는 매일 밤 다른 남자 품에 뛰어드는 매춘부가 어울리지 않아."

"우리 주인님은 귀머거리나 바보가 아닐까? 아내를 조사해 보면 금방 알 텐데."

"바보같은 소리! 아무리 주인님이라 해도 왕비가 무슨 짓을 하는지 알 수는 없어. 왕비는 매일 밤 주인님의 술잔에 약을 탄단 말이야. 그러면 주인님이 깊은 잠에 빠지시기 때문에 아내가 어딜 가든, 무슨 짓을 하든 알 수가 없어. 하지만 우린 잘 알잖니? 왕비는 주인님께 약을 탄 술을 먹이고 제일 좋은 옷과 향수로 치장을 하지. 그리고 나가서 동틀 때가 되어야 돌아와. 그때까지도 주인님은 죽은 듯이 주무시기 때문에 코밑에 향을 갖다대야만 일어날 수 있지."

노예 계집들이 이렇게 지껄이는 동안 나는 분노로 정신을 차릴 수가 없었습니다. 마치 오늘밤이 영원히 오지 않을 것만 같았다고나 할까요. 하지만 곧 아내가 목욕을 마치고 돌아왔고, 우리는 여느 때처럼 함께 저녁을 먹었습니다.

　그리고 역시 평소처럼 포도주를 약간 마셨습니다. 하지만 항상 마시는 포도주를 아내가 따라 주었을 때 나는 마시는 척하면서 쏟아 버렸습니다. 그리고 누워서 잠든 체 했습니다. 그러자 갑자기 아내가 소리를 지르는 것이 아니겠습니까.

　"밤새 자고 깨어나지 말아라. 너도, 네 몸뚱이도 끔찍해 죽겠어. 너랑 사는 게 이토록 구역질이 나니, 알라께서 네 생명을 거둘 날까지 참을 수 있을지 모르겠구나!"

　아내는 일어나서 제일 아름다운 옷으로 갈아 입고 향수를 온몸에 뿌렸습니다. 그리고 내 칼을 어깨에 둘러매더니 궁전의 문을 열고 뛰어 나갔습니다. 나 역시 눈에 띄지 않게 따라 나갔습니다.

　아내는 성문 앞에 이르자 내가 알아들을 수 없는 말을 몇 마디 중얼거렸습니다. 그러자 갑자기 성문의 자물쇠가 부서지기라도 하듯 떨어져 나가고 문이 스르르 열렸습니다. 성문을 빠져 나가는 아내를 나도 계속해서 뒤쫓았습니다.

　이윽고 그녀는 흙벽돌로 지은 오두막에 이르렀습니다. 둥근 지붕을 이고 있는 그 오두막 주위에는 갈대 울타리가 둘러 있었고, 쓰레기 더미가 수북히 쌓여 있었습니다. 아내가 집 안으로 들어가자 나는 지붕 위로 올라가서 가까스로 안에서 무슨 일이 벌어지는지 엿볼 수 있었습니다.

그런데 이게 웬일입니까. 아내가 만나고 있는 사내는 검둥이 노예가 아니겠습니까. 아랫입술은 큼직한 항아리 같고, 윗입술은 그 항아리의 뚜껑처럼 두툼한 것이 마당에 깔린 자갈에서 모래라도 쓸어낼 수 있을 것 같더군요. 게다가 문둥병까지 걸린 중풍환자로 낡은 담요와 누더기를 덮고 사탕수수 찌꺼기 위에 누워 있었습니다.

아내가 땅바닥에 입을 맞추며 인사를 하자 검둥이는 고개를 들고 이렇게 말했습니다.

"나쁜 년! 왜 이렇게 늦은 거냐? 다른 검둥이 친구들이 애인을 데리고 술마시러 왔는데, 네가 없어서 나만 혼자 있었단 말이다!"

"오, 사랑하는 나의 주인님! 주인님은 제가 보기만 해도 역겨운 사촌과 결혼했다는 사실을 잘 아시잖아요? 그 인간과 있으면 나 자신이 싫어질 정도라니까요! 주인님만 아니라면, 오늘밤이 가기 전에 그 자가 다스리는 이 도시를 잿더미로 만들어 버릴 텐데! 까마귀와 부엉이가 울고, 승냥이와 늑대가 활개를 치는 폐허로 만들 수도 있는데! 이 성의 돌 하나도 남김없이 코카서스 산 너머로 내던질 수도 있다구요!"

"거짓말 마라! 용감하고 명예로운 흑인의 피를 걸고

맹세하건대, 앞으로 네가 내 곁에 있어 주지 않는다면 너 따위와는 상대도 안 하겠다. 우리 흑인들의 남자다움은 백인 놈들과는 비교도 안 되지! 암, 너와 몸을 섞지도 않고, 쓰다듬지도 않겠다! 깨진 항아리 같은 네년의 정욕을 누가 채워 주랴? 이 냄새나는 암캐 같은 것! 너는 사악한 백인들 중에서도 가장 사악한 족속이야!”

나는 이 말을 듣고, 내 눈앞에서 벌어지는 꼬락서니를 보면서 온 세상이 어둠에 휩싸이는 듯했습니다. 내가 지금 어디에 있는지조차 생각이 나지 않을 지경이었지요. 하지만 아내는 그 검둥이 노예 앞에서 딱할 정도로 울며 매달렸습니다.

“오, 제가 감히 사랑하는 분! 제 눈의 빛과 같은 님이시여!”

그렇게 아내는 검둥이가 애원을 받아들일 때까지 하염없이 울었습니다. 검둥이가 마음을 풀자 아내도 좋아서 어쩔 줄을 몰라 하며 속옷까지 벗고 이렇게 말하더군요.

“주인님, 당신의 여종이 먹을 만한 것이 있을까요?”

“저 단지 뚜껑을 열어 봐. 우리가 먹다 남은 생쥐 뼈다귀가 좀 있을 거다. 그것과 그 옆 단지에 든 맥주를 마셔도 좋아.”

그래서 아내는 그 음식들을 먹고 마신 뒤 손을 씻었습니다. 그리고 자기도 검둥이가 누워 있는 사탕수수 더미

위에 알몸을 누이고 더러운 누더기를 함께 덮었습니다.

아내가 정말로 검둥이와 놀아나고 있는 것을 목격한 나는 눈이 뒤집혀서 지붕을 내려왔습니다. 나는 오두막으로 뛰쳐 들어가 아내가 차고 온 내 칼로 둘 다 죽여버리려고 했습니다. 나는 먼저 검둥이의 목을 내리쳤고, 그 놈의 숨통이 끊어졌다고 생각했습니다. 놈이 단말마의 비명을 질렀으니까요.

그러나 나의 일격은 그저 검둥이의 피부와 근육, 그리고 동맥 두 군데에 상처를 입혔을 뿐이었습니다. 그 놈의 비명소리에 아내가 깨어났기 때문에 나는 칼을 칼집에 꽂고 성으로 돌아왔습니다.

나는 궁전으로 돌아와서 날이 밝을 때까지 잤습니다. 아내가 깨워서 일어나 보니 어느새 머리칼을 자르고 상복까지 입고 있더군요. 아내는 이렇게 말했습니다.

"나의 사촌이자 남편이여, 이런 모습을 하고 있다고 나무라지 말아요. 방금 어머님이 돌아가시고 아버님께서는 전사하셨다는 소식을 들었습니다. 더구나 오라버님 중 한 분은 독사에 물려 돌아가시고, 다른 분은 절벽에서 떨어지셨답니다. 제가 울면서 탄식하는 것 외에 무슨 일을 할 수 있겠어요."

이 말을 듣고 저는 뭐라고 퍼부어 주고 싶었지만, 그냥 이렇게만 말했습니다.

"좋을 대로 하구려. 나는 상관하지 않을 테니."

아내는 그 이후부터 꼬박 일 년을 시름에 잠겨 살았습니다. 이듬해 아내는 저에게 이런 부탁을 했습니다.

"궁전 안에 지붕이 둥근 묘지를 하나 세우고 싶어요. '슬픔의 집'으로 정해서 마음껏 울고 싶을 때마다 찾아가고 싶어요."

"당신 맘대로 하구려."

이리하여 아내는 자기 슬픔을 달랜답시고 묘비를 하나 세웠습니다. 그리고 그 자리에 둥근 지붕을 덮은 성인(聖人)의 묘 같은 것을 만들었습니다. 검둥이를 데려다 놓고 보살피기 위한 장소였던 게지요.

하지만 놈의 상처는 워낙 상태가 나빴기 때문에 아내와 잠자리를 같이 한다는 것은 있을 수 없는 일이었습니다. 검둥이는 상처를 입은 그날부터 말도 할 수 없게 되었고, 포도주나 겨우 목구멍으로 넘길 정도였으니까요. 그래도 명이 다하지 않았던지 목숨은 부지하고 있었지요.

그래도 아내는 밤낮으로 놈을 찾아가서 울고불고 애를 태웠습니다. 포도주와 고깃국물을 먹여 주면서 일 년 내내 놈의 시중을 들었던 것입니다.

하지만 나는 꾹 참고 아내가 무슨 짓을 하든 내버려 두었습니다. 어느 날 아내의 방에 살짝 들어가 보니 그 여자는 자기 얼굴을 찰싹 찰싹 때리면서 울고 있더군요.

"내 마음의 유일한 기쁨, 당신은 돌아오지 않으실 건가요? 말해 줘요, 내 사랑! 제발 말해 주세요, 내 생명이여!"

나는 그녀가 눈물을 거두길 기다려 이렇게 말했습니다.

"그 정도 슬퍼했으면 충분하지 않소? 더 울어 봤자 무슨 이득이 있겠소?"

하지만 아내는 이렇게 대답했습니다.

"말리지 말아 주세요. 안 그러면 죽어 버리겠어요."

그래서 나는 입을 꾹 다물고 그 여자가 하는 대로 내버려 두었습니다. 아내는 한 해를 또 허송세월했습니다. 이런 짓이 삼 년 째 접어들자 나도 참을 수가 없었습니다. 어느 날 가뜩이나 화가 나 있는데, 그 사당(祠堂) 같은 곳에 들어가 보니 아내가 이런 소리를 지껄이고 있는 게 아닙니까.

"오, 나의 주인님! 당신 말씀을 한 마디도 들을 수 없군요. 대답을 좀 해 보세요."

이 꼴을 보고 제가 얼마나 화가 났겠습니까? 당장 소리를 질렀지요.

"이젠 됐어! 얼마나 더 이런 짓을 계속해야 한단 말이야?"

그러자 아내는 벌떡 일어나 이렇게 울부짖었습니다.

"그런 소리 마라, 이 멍청한 놈아! 이게 다 너 때문이

야! 넌 내가 죽도록 사랑하는 님에게 상처를 입히고, 나를 슬픔에 잠기게 했지. 그 뿐이야? 너는 내 님의 젊음을 망쳐 놓고 3년이나 병석에 드러눕게 했어. 살아 있다기보다는 죽었다고 해야 할 3년이었지!"

나는 분노로 몸을 떨며 소리쳤습니다.

"이 더러운 창녀야! 검둥이 노예에게 몸을 내맡기는 매춘부 중의 매춘부! 네 말대로 다 내가 한 짓이다. 아주 잘한 일이었지!"

나는 당장 검을 휘둘러 아내를 죽여 버리려고 했습니다. 그러자 아내는 자지러지게 비웃더니 이렇게 대답했습니다.

"비겁한 자식! 이 개같은 놈아! 죽은 자를 살릴 수 없고, 과거를 되돌릴 수는 없는 법이지. 하지만 알라께서는 내 마음을 꺼지지 않는 불꽃과 사그러들지 않는 열기로 괴롭히시면서 한 인간을 내 손에 맡겨 주셨다!"

그녀는 우뚝 서서 알아들을 수 없는 말을 몇 마디 중얼댔습니다.

"내 마법의 힘으로 네 하반신은 돌이 될 것이다!"

왕이시여, 그래서 저는 지금 보시는 바와 같은 꼴이 되고 말았던 것입니다. 앉지도 서지도 못하고, 살아 있는 것도 죽은 것도 아닌 신세지요. 그뿐 아니라 나의 도시 전체가 마법에 걸리고 말았습니다. 들판도, 거리도 아내의 마법으로 변했습니다.

　네 개의 섬은 당신께서 그 사연을 물어보신 호수를 둘러싼 산이 되었고, 백성들은 물고기가 되었습니다. 각자의 신앙에 따라서 각기 다른 빛깔의 고기로 변했던 것입니다. 이슬람교도들은 흰색 고기가 되었고, 마니교도들은 빨간색 고기가 되었습니다. 기독교도들은 파란색을 띠게 되었고, 유태교도들은 노란색 고기가 되었지요.

　매일같이 아내는 저를 괴롭히고 백 번이나 채찍질을 한답니다. 그 때마다 어깨 살갗이 찢어져 피가 철철 흐르고, 흉터가 가시지 않습니다. 그 여자는 속이 풀릴 때까지 매질을 한 다음 제 상반신을 머리털로 엮어 만든 옷으로 덮어 줍니다. 그리고 그 위에 이 옷들을 걸치게 하는 것입니다.

　이야기를 마치고 젊은이는 다시 눈길을 떨구었다. 왕이 젊은이에게 이렇게 말을 건넸다.

　"왕자여, 내 궁금증을 풀어 준 것은 고맙지만, 이제 다른 문제를 내게 안겨 주는구려. 당신 아내는 지금 어디 있소? 상처입은 검둥이가 누워 있다는 그 사당은 어디 있소?"

　"그 검둥이는 저기 보이는 둥근 지붕 아래 누워 있습

니다. 그리고 아내는 건너편 방에 앉아 있구요. 매일 아침 해가 솟아오르면, 아내는 내 옷을 벗기고 가죽 채찍으로 백 번 후려칩니다. 그러면 저는 울면서 비명을 지르지요. 하지만 도망가고 싶어도 제 다리는 말을 듣지 않습니다. 저를 고문하는 일과가 끝나면, 아내는 검둥이에게 포도주와 삶은 고기를 갖다 주러 갑니다. 여기 계시면 내일 아침 일찍 아내가 오는 것을 보실 수 있겠지요.”

“알라게 맹세코 내가 그대를 구해 주리다. 온 세상이 이 사연을 알아야만 하오. 내가 죽어도 역사에서 지워지지 않을 대담한 모험을 해 보이겠소.”

왕은 그날 밤이 새도록 왕자와 이야기를 나누다가 잠이 들었다. 그러나 새벽 미명에 다시 일어나 겉옷을 두르고 칼을 어깨에 둘러맸다. 그리고 곧 검둥이 노예가 누워 있는 사당으로 떠났다.

왕은 양초와 램프의 불빛이 새어나오는 곳으로 따라 갔다. 고약 냄새며 향내가 풍겨 오는 것이 노예가 누워 있는 곳이 틀림없었다. 왕은 단칼에 검둥이를 죽여 버렸다. 그리고 검둥이가 입었던 옷을 걸치고 칼을 품은 채 그 자리에 누웠다.

한 시간 가량 지났을까. 왕자의 사악한 아내가 나타나서 우선 남편에게 매질을 하기 시작했다. 여자가 상의를 벗기고 채찍을 휘두르니 왕자는 고통을 견디지 못하고 이렇게 애원했다.

"오, 이제 그만! 나를 좀 불쌍히 여겨다오, 나의 사촌이여!"

"너는 내게 잘해 준 적이 있느냐? 내가 죽도록 사랑한 님의 목숨을 살려낼 수 있느냔 말이다!"

그러면서 여자는 벗겨지고 피가 밴 몸뚱이에 머리털로 짠 옷을 덮어 주고, 그 위에 옷을 걸치게 했다. 그리고 이내 술병과 고기가 담긴 그릇을 안고 검둥이를 만나기 위해 나갔다. 여자는 사당 안에 들어서자마자 울부짖었다.

"오, 님이여! 아무 말이나 좀 해 보세요. 잠시만이라도 좋아요."

왕은 목소리를 꾸며내어, 검둥이가 말하듯이 혀를 꼬면서 말했다.

"들으라, 영광되고 위대하신 알라 외에는 권력을 가질 자가 없도다!"

이 말을 듣자 여자는 어찌나 기뻐하는지 기절이라도 할 것만 같았다. 그녀는 간신히 이렇게 물을 수 있었다.

"오, 주인님! 이제 말을 하실 수 있는 건가요?"

왕은 꾸며낸 목소리로 나직이 말했다.

"너는 나를 저주받게 했어. 그런 너에게 내가 왜 말을 해야 하지?"

"그게 무슨 말씀이세요?"

"네가 네 남편을 하루 종일 괴롭히잖아? 그러니까 그 놈이 매일 신에게 도와 달라고 기도를 한단 말이다. 그래서 나는 밤에도, 낮에도 잠을 이룰 수가 없어. 놈의 저주 때문에 내 괴로움은 사라지지 않아. 네가 그 놈을 괴롭히지만 않았어도 내 몸은 이미 옛날에 회복되었을 텐데 말이야. 이런 상황이니 너 따위와는 말을 하기 싫은 것도 당연하지."

"당신이 허락만 하신다면 그 인간을 마법에서 풀어 주겠어요."

"그렇게 해. 그리고 좀 편히 쉬자구."

"당신 뜻대로 하겠어요."

여자는 당장 궁전으로 들어가 물이 담긴 금속 주발을 가지고 나왔다. 그리고 이상한 주문을 중얼거리자 물이 거품을 일으키며 부글부글 끓기 시작했다. 여자는 물을 남편의 몸에 끼얹고 이렇게 외쳤다.

"내가 말한 주문의 힘으로 원래의 모습이 될지어다!"

갑자기 왕자가 몸을 부르르 떨었다. 그리고 자기 발로 우뚝 서더니 마술에서 풀려난 기쁨으로 이렇게 외쳤다.

"알라 외에는 다른 신이 없고, 모하메드는 그의 축복을 받은 사도임을 내가 증거하노라!"

그러자 그 여자가 큰 소리로 말했다.

"꺼져라. 다시는 돌아오지 말아라. 내 눈에 띄면 그

때야말로 죽여 버릴 테니까!"

왕자는 황급히 궁전을 떠났고, 아내는 사당으로 돌아와 검둥이에게 다가가서 말했다.

"주인님, 잘생긴 모습을 볼 수 있게 좀 나와 보세요."

왕은 여전히 꾸며낸 목소리로 대답했다.

"왜 내가 그래야 하지? 네가 무슨 일을 해 주었는데? 너는 내 문제의 잔가지를 쳐냈을 뿐이야. 문제의 뿌리는 그대로 남아 있단 말이다."

"오, 내 사랑하는 님! 그 뿌리란 무엇입니까?"

"이 저주받을 년아, 닥쳐라! 네 개의 섬에 살던 백성들은 매일 밤 호수에서 대가리를 쳐들고 하늘을 향해 너와 내가 천벌을 받게 해 달라고 기도한다. 네가 물고기로 만들어 버린 사람들 말이야! 그러니 내 병이 나을 리가 없지! 당장 가서 그자들을 마법에서 풀어 줘! 그 다음에 돌아와서 나를 일으켜 다오. 약간 회복된 것도 같으니 말이야."

여자는 이 말을 듣고도 왕이 검둥이 노예로 가장하고 있다는 사실을 알아차리지 못했다.

"오, 주인님! 주인님 말씀은 무엇이든 따르겠어요!"

여자는 기쁨으로 탄성을 지르며 호수로 달려갔다. 그리고 손바닥에 물을 약간 따르더니 또다시 알아들을 수 없는 주문을 외웠다.

갑자기 고기들이 머리를 호수 밖으로 내밀더니 일제히 사람이 되어 일어났다. 이렇게 해서 온 도시 사람들에게 걸려 있던 마법이 풀렸고, 호수는 다시 떠들썩한 시내가 되었다. 물건을 사고 파는 사람들로 붐비는 시장도 다시 생겼다. 사람들은 바삐 움직이고, 평소 하던 대로의 생활로 돌아갔다. 네 개의 산도 원래의 섬으로 변했다.

사악한 아내는 검둥이 노릇을 하고 있는 왕에게로 돌아갔다.

"사랑하는 주인님, 몸을 일으켜 드릴 테니 손을 내밀어 보세요."

여자가 가까이 다가와 왕을 껴안으려 할 때 왕은 칼을 빼어들고 그녀의 가슴을 찔렀다. 칼은 몸통을 뚫고 등으로 나왔다. 왕은 칼을 뽑아서 다시 한 번 내리쳤다. 두 동강 난 여인의 시체가 발 아래 나뒹굴었다.

왕은 그곳을 빠져나와 왕자를 찾으러 갔다. 마침 마법에서 풀린 왕자도 그를 기다리고 있던 참이었다. 왕이 이제 모든 시련이 끝났음을 말하자 왕자는 손에 입을 맞추며 감사했다. 왕이 왕자에게 물었다.

"자네는 이 도시에 계속 머물겠는가, 아니면 나와 함께 가겠는가?"

"오, 폐하! 여기서 폐하의 도시까지 얼마나 걸리는지 아십니까?"

“기껏해야 이틀 하고 반나절이면 가겠지.”

“어림도 없습니다! 걸음이 빠른 사람이라도 족히 일 년은 걸립니다. 이 도시가 마법에 걸려 있지 않았다면 도저히 이틀 반 만에 오실 수 없었을 겁니다. 왕이시여, 아무튼 저는 당신 곁을 떠나지 않을 것입니다. 단 한시라도 떠나지 않겠습니다.”

왕은 기뻐하며 이렇게 대답했다.

“알라께 감사하자. 그가 우리를 만나게 해 주셨다. 지금부터 그대는 내 아들이다. 나는 아직 아들이 없으니 그대를 내 외아들로 삼으리라.”

그들은 서로 얼싸안고 기쁨을 나누었다. 그리고 왕자의 궁전으로 돌아가 대신들에게 성지 순례를 준비하라고 명령했다. 그것을 준비하는데 열흘이 소요되었다. 그 다음 왕과 왕자는 길을 떠났다.

왕은 꼬박 일 년 동안 도시를 비워 두었기 때문에 돌아가는 마음이 급했다. 그들은 백인 노예들의 호위를 받으면서 온갖 진귀한 보배와 선물을 갖추어 길을 재촉했다.

이렇게 해서 열 두 달이 지나자 겨우 왕의 도시 가까이 이르렀다. 그들은 도착하기 전에 먼저 전령을 보내어 도착 소식을 알렸다. 대신과 군대가 왕의 귀환에 환호하며 마중을 나왔다. 그들은 왕을 두 번 다시 만날 수 없을 거라고 단념하고 있었던 것이다.

일행은 땅에 입을 맞추어 돌아온 왕에게 경의를 표했다. 왕은 옥좌로 돌아가 앉아서 대신에게 그동안 겪은 일과 왕자를 데려 온 사연을 이야기해 주었다. 대신은 왕이 여러 가지 위험을 물리치고 무사히 돌아온 것을 축하했다.

온 나라에 왕의 권위가 다시 서게 되었고, 백성들에게 많은 선물이 하사되었다. 왕은 대신에게 맨 처음 고기를 낚아온 어부를 불러 오라고 명령했다. 어부야말로 왕자와 그의 도시를 마법에서 구해 낼 실마리를 준 사람이었기 때문이다.

어부가 접견실로 들어오자 왕은 귀한 예복을 내리고 형편은 어떠한지, 자식은 있는지 물었다. 어부가 딸 둘과 아들 하나가 있다고 대답하자 곧 그들도 데려오라고 분부했다.

왕은 큰딸은 자기 아내로 삼고, 작은딸은 왕자의 아내로 삼게 했다. 그리고 어부의 아들은 재정관으로 임명했다. 국사를 잘 돌봐 준 대신에게는 왕자가 다스리던 네 개의 섬을 통치하게 했다. 오십 명의 노예가 그 섬에 사는 귀족들에게 내리는 예복을 가지고 대신과 함께 떠났다.

왕과 왕자는 이 세상에서 맛볼 수 있는 모든 기쁨과 위안을 누리며 살았다. 어부는 당대 최고의 부자가 되었고, 어부의 딸들은 각기 왕비와 왕자비가 되어 죽는 날까지 행복하게 살았다.

뱃사람 신밧드와 짐꾼 신밧드

신실한 이들의 통치자 하룬 알 라시드가 통치하고 있을 때, 바그다드에는 신밧드라는 이름의 가난한 짐꾼이 살고 있었다. 그는 무거운 짐을 머리로 져 나르며, 그 돈으로 하루하루 입에 풀칠을 했다.

어느 무더운 날, 짐을 나르던 신밧드는 엄청난 짐의 무게와 더위 때문에 완전히 녹초가 되고 말았다. 그는 온몸이 땀으로 뒤범벅이 된 채 어느 상인의 집 앞을 지나가다가 좀 쉬어야겠다고 생각했다. 마침 그 집 앞은 깨끗이 쓸어져 있고, 물이 뿌려져 있어서 공기가 여간 서늘하지 않았다. 게다가 문 옆에 벤치가 놓인 것이 눈에 띄었으므로 신밧드는 짐을 내려놓고 신선한 공기를 들이마셨다.

짐꾼 신밧드가 이렇게 쉬고 있는데, 어디선가 상쾌한 산들바람과 함께 기분좋은 향기가 풍겨왔다. 또한, 류트를 비롯해서 갖가지 현악기를 연주하는 소리가 집안에서 흘러나왔다. 음악 소리에는 비둘기, 앵무새, 티티새, 꾀꼬리 등 온갖 새들이 신의 은총을 찬미하며 지저귀는 소리도 섞여 있었다. 신밧드는 이상하게 생각되면서도 어쩐지 흥겨운 기분이 들었다.

신밧드가 문을 열고 들어가 보니 거대한 정원이 눈앞에 펼쳐져 있었다. 그곳에는 시동, 흑인 노예, 하인, 시종 등 왕가에서나 찾아볼 수 있을 법한 사람들이 모여 있었고, 또 맛있는 고기 요리며 향긋한 술내음이 코를 찔렀다. 신밧드는 하늘을 우러러보며 이렇게 탄식했다.

"영화로우신 알라여, 간절하게 빕니다! 저의 모든 죄를 용서해 주옵소서! 알라는 전능하시니, 주께서 뜻하신 대로 모든 일이 이루어질지어다! 찬양을 완전하신 알라 한 분께만 돌리라. 누구든 알라께서 원하시기만 하면 부유해지기도 하고 가난해지기도 하는 법이요, 알라께서 원하시면 높아지기도 하고 낮아지기도 하니라. 알라 외엔 신이 없느니라! 알라께서 자기가 원하는 이에게 호의를 베푸시기에, 이 집의 주인도 인생의 즐거움을 누리고 좋은 향에

휩싸인 채 산해진미에 온갖 포도주를 맛보며 나날을 보내는 것이겠지. 어떤 사람은 노역에 지치고, 어떤 사람은 유유자적한 삶을 누리는 것도 모두 알라께서 정하신 것이다. 누군가 부귀영화를 누릴 때, 나같은 사람이 고생만 하다가 죽는 것도 마찬가지야."

신밧드는 탄식을 거두고 다시 짐을 이고 가던 길을 가려고 했다. 그때 잘생긴 시동이 화려한 옷차림을 하고 문에서 나와 신밧드를 붙잡았다.

"저희 주인님이 부르십니다. 이리 들어오셔서 잠시 이야기를 나누시지요."

신밧드는 극구 사양했지만, 시동은 막무가내였다. 그래서 짐꾼은 현관에 있던 문지기에게 짐을 맡기고 시동을 따라 집으로 들어갔다. 그 집은 정말로 훌륭한 대저택으로 구석구석에 이르기까지 위엄이 넘치고 있었다.

이윽고 짐꾼 신밧드는 넓은 거실로 인도되었다. 아리따운 노예 소녀들이 갖가지 악기를 연주하며 노래를 부르고 있었고 꽃과 향기로운 풀로 장식된 탁자에는 갖가지 진수성찬과 건과류, 생과일과 최고급 포도주가 차려져 있었다.

탁자에 앉아있는 사람들은 모두 귀족과 영주들로, 그들은 각자 신분과 지위에 따라 자리를 차지하고 있었고, 가장 높은 상석(上席)에는 어쩐지 신성한 품위를 느끼게

하는 노인이 앉아 있었다.

희끄무레한 수염을 기르고 있는 그 노인은 행동거지가 늠름하면서도 보는 사람을 기분좋게 했다. 노인이라지만 풍채도 여간 위엄이 넘치는 것이 아니었다. 이 모든 광경에 놀란 신밧드는 이렇게 외쳤다.

"알라께 맹세하거니와, 이곳은 천국이나 왕궁이 틀림없어!"

짐꾼은 그곳에 있는 모든 사람들의 축복을 빌며 이마를 땅에 조아리고 인사를 올렸다. 신밧드가 마루에 꿇어앉아 머리를 숙이고 있을 때, 집 주인이 그에게 가까이 와서 앉으라고 권했다. 그는 친절한 목소리로 짐꾼에게 환영의 말을 건넸다. 짐꾼 앞에는 갖가지 요리가 놓여 있었으므로, 그는 배불리 먹고 이렇게 외쳤다.

"우리의 신세가 어떻든, 알라를 찬양합시다!"

짐꾼은 손을 깨끗이 씻고, 그곳에 모인 모든 사람들에게 맛있는 식사와 즐거운 여흥에 대한 감사를 했다. 이윽고 주인이 입을 열었다.

"잘 오셨소. 당신의 앞날에 축복이 있길 빌겠소. 그런데, 그대 이름은 무엇이며, 무슨 일을 하며 살고 있소?"

"나리, 제 이름은 신밧드이며, 짐꾼입니다. 사람들의 짐을 머리에 이고 다니면서 그 대가로 살아갑니다."

그러자 주인이 껄껄 웃으며 이렇게 대답했다.

"이런, 손님이 알아 둘 게 있소. 당신과 나는 이름이 똑같구려. 나는 뱃사람 신밧드라고 불리운다오. 그런데 아까 당신이 문간에서 하던 말을 다시 한 번 들려 줄 수 있겠소?"

짐꾼은 얼굴을 붉히며 이렇게 말했다.

"알라의 가호를 받으시는 어른, 용서하십시오. 운좋은 일이라곤 구경도 못하고 고생만 하다 보면 버릇없고 어리석은 짓을 하게 되는 법이니, 부디 너그러이 보아 주십시오."

"부끄러워 마시오. 지금부터 그대는 내 형제요. 걱정 말고 아까 문 앞에서 했던 말을 다시 해 보시구려."

이리하여 짐꾼 신밧드는 아까 했던 탄식을 다시 들려 주었다. 주인이 몹시 즐거운 기색으로 이렇게 말했다.

"짐꾼 양반, 내가 얼마나 기이한 신세를 거쳐왔는지 자네가 꼭 알았으면 좋겠소. 이렇게 부귀영화를 누리며 대저택의 주인으로 행세하기 전까지 어떤 일들이 내게 있었는지 모두 말하리다. 사실 그 죽을 뻔한 위험과 고생을 겪지 않았더라면, 나는 결코 지금의 위치에 이르지 못했겠지요. 자네는 내가 겪은 고통을 상상도 못할 거요! 나는 아주 여러 번 여행을 떠났었소. 그리고 그 여행 때마다 간을 콩알만하게 할 만큼 기이한 사연이 숨어 있다오. 그 모든 것이 운명이었지요. 아무도 정해진 운명을 피할 수 없단 말은 정말 맞는 말이오."

주인은 잠시 말을 멈추었다가 그 자리에 모인 사람들을 돌아보며 말을 이었다.

"그럼, 그 이야기를 해 보리다. 모두들 잘 들으시오."

뱃사람 신밧드의 최초의 항해

내 부친은 부유한 상인으로, 고향에선 꽤 유력한 인물이었습니다. 하지만 부친은 젊은 나이로 막대한 땅과 돈과 농장들을 남긴 채 돌아가셨지요. 그때 나는 아직 어린 아이에 불과했습니다.

나는 성인이 되자 곧 유산에 손을 대기 시작했습니다. 진귀한 요리와 폭음을 즐기고, 사치스러운 옷을 입으며 방탕하게 살았던 것입니다. 나는 같은 또래의 젊은이들과 희희낙락하며, 이런 생활이 영원히 계속될 거라고 믿어 의심치 않았습니다. 꽤 오랫동안 그렇게 살다가, 결국 나도 자신의 경박함을 깨닫고 정신을 차리게 되기는 했습니다만, 그때는 이미 재산을 다 날리고 빈털터리가 된 후였습니다.

그때, 절망에 빠져 갈피를 잡지 못하고 있던 나에게 떠오른 것은 아버지께서 생전에 하신 말씀이었습니다. 아버지는 다윗의 아들 솔로몬이 이런 말을 했다고 말씀해

주신 적이 있었습니다.

'세 가지 것이 다른 세 가지 것보다 좋으니라. 태어난 날보다는 죽는 날이 좋고, 죽은 사자보다는 산 개가 좋으며, 가난보다는 무덤이 좋으니라.'

그래서 나는 남은 재산과 세간, 심지어 옷가지들까지 모두 팔아치워 3천 디르함을 손에 넣었습니다. 그걸 밑천 삼아 외국으로 장사를 하러 갈 생각이었지요. 곧 물건과 상품은 물론, 여행에 필요한 물품들은 모두 사들였습니다. 그리고, 한시라도 빨리 뱃길에 오르고 싶어서 다른 상인들과 함께 바소라로 가는 배에 몸을 실었습니다.

바소라에서 갈아탄 배도 며칠 동안 밤낮으로 항해를 계속했습니다. 나도 섬에서 섬으로, 해변에서 해변으로 옮겨가며, 가는 곳마다 장사를 했지요. 그러다가 마침내 천국의 정원이 무색할 정도로 아름다운 한 섬에 도착하게 되었습니다.

선장은 이 섬에 닻을 내리고 널빤지를 대서 우리가 배에서 내릴 수 있게 해 주었지요. 사람들은 불을 피우기도 하고, 사방으로 흩어져 음식 준비를 하거나 몸을 씻는 등 제각기 행동하고 있었습니다. 더러는 기분좋게 산책을 하며 섬을 둘러보는 반면, 어떤 선원들은 먹고 마시느라 정신이 없었습니다.

나로 말할 것 같으면, 섬을 둘러보는 사람들 축에 끼

어 있었지요. 그런데 갑자기 뱃전에 서 있던 선장이 미친 듯이 고함을 지르는 게 아닙니까.

"이봐요! 손님들, 살고 싶으면 빨리 뛰시오! 빨리 배로 돌아오시오! 짐 따위는 버리고, 우선 살고 봅시다! 오, 알라의 가호가 있기를! 지금 여러분이 서 있는 섬은 진짜 섬이 아니라 거대한 고래의 등입니다. 오랜 세월 쌓인 흙에 나무가 자라서 섬처럼 보였던 겁니다! 여러분이 피운 불 때문에 고래가 뜨거워서 움직이기 시작했어요! 고래가 바닷속으로 들어가면 끝장입니다! 짐이고 뭐고 다 버리고, 어서 들어 오시오!"

이 말을 들은 사람들은 짐이니 상품이니, 빤 옷이니 빨지 않은 옷이니, 불 위에 얹은 냄비까지 내팽개치고 배를 향해 미친 듯이 달려 갔습니다. 그 중 몇몇은 배에 올랐으나, 다른 사람들은 그러지 못했지요. 나도 배에 오르지 못한 사람 중 하나였습니다. 섬이 갑자기 움직이는가 싶더니 바닷속으로 가라앉고, 파도가 덮쳐 오는데 당해 낼 재간이 어디 있겠습니까.

나도 사람들과 함께 바다에 빠지고 말았지만, 알라의 도우심인지, 커다란 나무통을 붙잡아 익사는 면할 수 있었습니다. 그 통은 뱃사람들이 목욕통으로 쓰던 것이었지요. 물결이 드세게 일어 좌우로 흔들렸지만, 나는 말을 타듯이 그 나무통을 타고 앉아서 두 발로 열심히 노를 저었습니다.

선장은 배에 들어온 사람들만 태운 채, 이미 죽은 사람이나 죽어가는 사람들은 돌아보지도 않고 떠나 버렸습니다. 나는 돛이 보이지 않을 때까지 배를 지켜보았지만, 결국 이대로 죽을 수밖에 없다는 걸 깨달았지요. 이렇게 한 치 앞을 내다볼 수 없는 절망적인 상황에서 나의 표류는 시작되었습니다.

그날 밤 내내 바람과 파도에 시달리고, 다음날도 계속 떠내려 가던 나는 마침내 언덕이 높은 섬을 하나 발견했습니다. 그 섬의 나무들은 해면으로 가지가 늘어져 있더군요. 그래서 나는 가지 하나를 붙잡고 간신히 뭍에 오를 수 있었습니다.

하지만 육지에 올라서 보니, 내 다리는 물고기에게 물어뜯긴 데다가 쥐가 나서 말을 듣지 않더군요. 어찌나 피곤하고 괴롭던지, 그대로 죽은 사람처럼 엎어져 정신을 차리지 못했습니다. 다음날, 햇살이 비치자 좀 정신이 들었지만, 발이 퉁퉁 부어 올라서 무릎으로 엉금엉금 기어다녀야만 했습니다.

다행스러운 것은, 섬에 신선한 물과 과일이 충분해서 기운을 차릴 수 있었다는 것이었습니다. 그렇게 며칠을 보내자 원래의 건강을 되찾아서 걸을 수도 있게 되었지요. 그래서 섬을 구석구석 살펴볼 생각으로 나무 지팡이도 하나 만들었습니다. 그리고 나서 섬을 둘러보며 전능하신 알라의 피조물들을 감상하였습니다.

그러던 어느 날, 해변가를 거닐다가 이상한 것을 보게 되었습니다. 처음엔 멀리서 보고 맹수나 바다 괴물이라고 생각했는데, 가까이 가서 보니 훌륭한 암말이 바닷가에 매여 있는 게 아닙니까. 하지만, 내가 다가가자 암말이 어찌나 큰 소리로 울어대는지, 나도 무서운 생각에 도망을 치려고 했습니다. 그 순간 땅 속에서 웬 사나이가 불쑥 나타나 나를 보고 고함을 치는 것이었습니다.

"넌 누구냐? 어디서 왔느냐? 어떻게 여기까지 왔느냐?"

"오, 나리. 진실을 말씀드리건대, 저는 떠돌이 이방인입니다. 배에서 버림받고 익사할 뻔했지만, 나무통 하나를 붙잡고 여기까지 표류해 왔습니다."

"그렇다면, 나를 따라 오시오."

그 사나이는 내 손을 붙잡고 응접실처럼 넓은 지하실로 데려갔습니다. 그는 나를 상석에 앉히고 음식을 대접했습니다. 배가 고팠던 나는 그 음식들을 배불리 먹으며, 사나이가 묻는 말에 대답을 했습니다. 그는 내 모험담에 아주 놀라는 눈치였습니다. 그래서 이번에는 내 쪽에서 그에게 이런 질문을 던졌습니다.

"저는 당신께 있는 대로만 말씀드렸습니다. 이제 당신이 누구시며, 왜 이런 지하실에 살고 계신지 들을 수 있

다면 감사하겠습니다. 그리고 저 암말을 바닷가에 매어 놓
는 사연은 무엇입니까?"

"나도 감추지 않으리다. 우선 내가 미르쟌 왕의 마부
들 중 하나라는 것부터 밝혀야겠소. 마부들은 이 섬 곳곳
에 자리잡고 살면서 왕의 말들을 책임지고 있다오. 매달
초승달이 떠오를 때면, 아직 짝짓기를 해 본 적이 없는 암
말을 바닷가에 매 놓고, 우리는 이 지하실에 숨어야 하오.
그러면 바다의 종마들이 암말 냄새를 맡고 뭍으로 나오지.
사람 기척이 없으니 맘대로 짝짓기를 하고 가지만, 암말은
묶여 있기 때문에 종마를 따라 바다에 들어갈 염려는 없
다오. 암말을 끌고 가지 못하니 종마들은 울부짖기 마련이
고, 그 소리를 듣고 마부가 나가면, 깜짝 놀라 바다 속으
로 도망치지. 이렇게 잉태한 암말은 몇 달 지나면 천만금
의 가치가 있는 새끼말을 낳는다오. 이 세상을 뒤진다 해
도 찾을 수 없는 귀한 품종이지. 이제 알겠소? 지금이 바
로 그 바다의 종마가 나오는 때요!

이 일이 끝나면 당신을 미르쟌 왕에게 데려다 주고
우리 나라를 구경시켜 주겠소. 나를 만나지 못했다면 당신
은 벌써 죽어서 생사를 확인할 길 없었을 거요. 하지만, 내
가 당신을 도와서 꼭 고향 땅을 밟게 해 드리리다."

나는 마부의 인정많은 마음씨와 친절에 감사를 보냈
습니다. 둘이서 계속 이런저런 이야기를 주고받는 동안 종

마가 나타나 크게 한 번 울고 암말에게 달려들어 짝짓기를 치렀습니다. 잠시 후, 과연 암말을 끌고 가려고 한바탕 소동을 벌이며 울부짖는 소리가 들려 오더군요. 마부는 별안간 칼로 방패를 두들기며 뛰쳐나가더니, 소리높여 동료 마부들을 불렀습니다. 동료들도 창을 휘두르며 고함을 지르자, 놀란 종마는 바다로 뛰어들어 자취를 감추었습니다.

잠시 쉬고 있으니 동료 마부들이 제각기 암말들을 끌고 모여들었습니다. 그들이 내 신상에 대해 여러 가지를 묻기에, 나는 다시 한 번 신세 이야기를 늘어놓았지요. 그 다음에 식탁을 마련하고 나를 불러 주었으므로, 우리는 함께 배불리 먹고 마셨습니다. 그들은 또 내게 말 한 필을 주어 자기들과 함께 왕을 만나러 가도록 해 주었습니다.

미르쟌 왕의 수도에 도착하자, 마부들은 나보다 먼저 왕을 뵙고 내 기구한 사연을 전했습니다. 나는 왕의 부름을 받고 나아가 예우를 갖춘 인사를 올렸습니다. 왕은 나를 따뜻하게 맞으며 무병장수를 기원한 뒤, 신세 이야기를 해 보라고 하더군요. 나는 상세하게 그동안 있었던 일을 아뢰었습니다.

"정말 기적적으로 목숨을 구하였구나. 오래 살 운명을 타고 난 것이 아닌 다음에야 어찌 그런 곤궁에서 빠져나올 수 있으랴! 탈없이 목숨을 간직하게 된 것을 알라께 감사하라!"

왕은 그 이후로 내게 여러 가지 친절한 배려를 해 주
셨습니다. 더구나 나를 항구의 감독으로 임명하시고, 출입
하는 선박들을 감찰하는 역할을 맡기시기까지 했지요. 내
가 규칙적으로 왕명을 받들기 위해 찾아뵐 때마다 왕은
예복을 하사하시며 총애를 내려주셨습니다. 사실 나에 대
한 왕의 신임은 몹시 두터워서 나는 곧잘 백성들의 간청
을 왕께 올리는 중재자의 역할도 맡곤 했습니다.

이런 생활이 오랫동안 계속되었지만, 그러는 동안에
도 항구에 나갈 때마다 상인이나 뱃사람들에게 바그다드
의 소식을 묻지 않은 적이 없었습니다. 그래서 기회만 오
면 고향으로 돌아갈 생각이었는데, 불행히도 바그다드에
가 본 적이 있다거나 그 도시를 아는 사람은 한 명도 만
나지 못했습니다. 고향 생각이 간절했던 나는 실망이 이만
저만이 아니었지요.

그러던 어느 날, 미르잔 왕의 궁전에서 인도인들을
만나게 되었습니다. 그들도 왕을 만나러 온 사람들이었지
요. 그들이 나의 고국을 묻길래 대답을 해 주고, 내 쪽에
서도 그들의 고국에 대해 물었습니다. 그들은 자기들이 인
도인이고, 여러 계급 출신이라고 대답하더군요. 어떤 이는
크샤트리아라고 하는 높은 계급으로, 누구에게도 압제나
폭력을 사용하지 않는다고 했지요. 또 어떤 이는 브라만이
라고 불리는데, 술은 입에도 대지 않지만 낙타와 가축을

소유하며 즐겁게 살아간다고 했어요. 더구나 인도 사람들이 전부 72개나 되는 계급으로 나뉘어 있다는 말을 들었을 땐 놀라 자빠질 뻔했답니다.

미르쟌 왕의 영지에서 내가 본 것들 중 또 하나는 카시르라는 섬이었습니다. 그 섬에선 밤새도록 크고 작은 북소리가 들려왔지요. 이웃 섬 사람들과 여행자들의 말에 의하면, 카시르의 주민들은 모두 근면하고 신중한 사람들이라 했어요. 그 근처 바다에선 200피트가 넘는 물고기를 본 적도 있지요. 어부가 겁을 내고 나무 조각을 딱딱 두들겨서 고기를 돌려보낼 정도였으니까요. 머리가 올빼미처럼 생긴 물고기도 봤습니다. 신기한 것은 수도 없이 봤지만, 그런 걸 다 이야기하자면 여러분들이 지루하시겠지요.

이렇게 섬들을 돌아보며 세월을 보내던 중, 하루는 여느 때처럼 지팡이를 짚고 항구에 서 있으려니 상인들을 잔뜩 태운 거대한 배가 들어오는 것이었습니다. 배는 내항까지 들어와서 닻을 내렸고, 선장은 널빤지를 걸쳐서 사람들이 상륙하게 했습니다. 나는 그 옆에 서서 수하물의 내용을 하나 하나 기록했지요. 짐을 내리는 데에만 매우 많은 시간이 소요되었습니다. 나는 선장에게 이렇게 물어보았습니다.

"배에 남아 있는 물건은 더이상 없습니까?"

　"배 밑 화물칸에 여러 가지 상품 꾸러미가 있는데, 그 주인이 항해중 익사하였습니다. 그래서 우리가 그 짐을 책임지고 있습니다. 그것들은 팔아서 그 가격들을 잘 적어두었다가 평화의 집 바그다드에 있는 사람들에게 전해 줄 작정입니다."

　"그 사람의 이름이 무엇이지요?"

　"뱃사람 신밧드라고 하더군요."

　나는 선장의 얼굴을 자세히 들여다보았지요. 그리고 그 얼굴을 알아보고 대뜸 외쳤습니다.

　"오, 선장! 내가 바로 상인들과 여행하던 뱃사람 신밧드요! 고래가 움직였을 때 당신이 빨리 오라고 소리를 질렀었지요. 몇몇은 목숨을 건졌지만, 다른 사람들은 물고기밥이 됐지요. 나도 거의 죽을 뻔했지만, 알라의 도움으로 나무통 하나를 붙잡고, 이 섬까지 떠내려 왔다오. 그후 미르쟌 왕의 마부를 우연히 만나 왕의 호의를 입었고, 보시다시피 항구 감독이 되었소. 지금은 나에 대한 왕의 신임도 이만저만이 아니라오. 자, 그 꾸러미들은 내 것이오. 신께서 내게 주신 것이니까요."

　"알라께 맹세코, 인간들에게는 양심도 없고 신의도 없도다!"

　"선장, 무슨 뜻으로 그런 말을 하는 거요? 당신은 지금 내 신세 이야기를 다 들었잖소?"

"내가 죽은 사람 물건을 맡아 가지고 있다니까 당신
이 그걸 가로챌 수 있다고 생각한 모양인데, 그런 건 율법
에 어긋나는 일이오. 그 사람은 다른 손님들과 함께 우리
가 보는 앞에서 물에 빠져 죽었소. 그런데 어떻게 당신이
그 물건의 주인이 될 수 있겠소?"

"선장, 내 이야기를 주의깊게 듣고 잘 따져 보시구려.
그러면 진실임을 분명히 알 거요. 나는 위선자도 거짓말쟁
이도 아니라오."

나는 선장의 배가 바그다드를 떠나던 그 날부터 고래
등을 섬으로 착각해서 많은 사람이 죽었던 날까지 생각나
는 일을 차례로 말해 주었습니다. 마침내 선장과 뱃사람들
도 나를 알아보고, 내 이야기가 사실임을 깨달았습니다.
그들은 크게 기뻐하며 나의 무사함을 축하해 주었습니다.

"신께 맹세하지만, 우리는 모두 당신이 익사한 줄
알았다오! 하지만 알라께서 당신에게 새 삶을 허락하셨
구려!"

뱃사람들이 돌려준 꾸러미에는 내 이름이 씌어 있었
고, 없어진 물건은 하나도 없었습니다. 나는 그 중에서 가
장 진귀한 물건을 골라 미르쟌 왕에게 바치기로 결심하고,
선원들에게 왕궁까지 운반해 달라고 부탁했지요. 그래서
왕의 발치에 선물을 내려놓고, 내 재산을 되찾은 우여곡절
을 말씀드렸습니다. 당연히 왕은 깜짝 놀랐고, 다시 한 번

내가 예전에 했던 말들이 다 진실임을 알게 되었습니다. 나에 대한 왕의 신임은 더욱 확고해졌고, 내가 드린 선물에 대한 보답으로 더 훌륭한 선물을 내려 주셨지요.

나는 꾸러미 속의 상품을 팔아 막대한 이익을 챙겼습니다. 그리고 그 돈으로 이 섬의 토산품을 사들였습니다. 뱃사람들이 바그다드로 돌아가려고 할 무렵, 나도 그 물건들을 배에 싣고 미르쟌 왕에게 하직인사를 올렸지요. 왕은 고향으로 돌아가는 나에게 그 나라에서 나는 특산품들을 선물로 주었습니다.

우리 일행은 알라의 은총으로 순탄한 항해를 했습니다. 아무 탈 없이 도착한 바소라에서 잠시 머문 뒤 곧 평화의 집 바그다드로 다시 뱃길을 재촉했지요. 진귀한 물건들을 잔뜩 싣고 도착한 바그다드에서 나는 곧장 집으로 돌아갔습니다. 친척들과 친구들이 모두 나를 반가이 맞아 주었지요.

그후 나는 내시와 처첩, 하인과 흑인 노예 등을 사서 대가족을 거느리게 되었습니다. 그리고 집과 땅, 정원 등을 사들이니 전보다 훨씬 더 큰 부자가 되었지요. 그래서 또다시 옛친구들과 어울려 노는 데 탐닉했습니다. 죽도록 고생했던 일이나 타향에서의 고독도 까마득하게 잊은 채 말입니다. 진귀한 요리와 값비싼 술을 먹으며, 나 자신에게 모든 종류의 쾌락과 즐거움을 허락했지요. 엄청난 재산이 있었기 때문에 오랫동안 그런 생활을 할 수가 있었습니다. 자, 여기까지가 내가 했던 최초의 항해 이야기입니다. 내일은 두번째 항해에 대해 이야기해 드리지요.

뱃사람 신밧드는 이렇게 말하고 짐꾼 신밧드와 함께 식사를 한 뒤 그에게 금화 백 닢을 주었다.

"오늘 당신이 친구가 되어 주어서 정말 기뻤소. 내일도 꼭 와 주시구려."

짐꾼 신밧드는 감사의 말을 건네며 선물을 받고, 그 집을 나왔다. 그는 세상에는 얼마나 희한한 일이 많은가 생각하며 그날 밤을 자기 집에서 보내고, 다음날도 뱃사람 신밧드의 집을 찾아갔다. 뱃사람 신밧드는 그를 반기며 자기 옆자리에 앉혔다. 사람들이 모이자 고기 요리와 마실 것이 나왔다. 모두 배불리 먹고 기분좋은 포만감에 젖어 있을 때, 주인은 어제의 이야기를 계속하기 시작했다.

뱃사람 신밧드의 두번째 항해

어제 말했듯이, 다시 방탕한 생활로 돌아간 나에게 어느 날 여행을 떠나고 싶다는 생각이 들었습니다. 세계의

도시와 섬들을 구경하면서 교역을 하고 싶은 욕구가 물밀 듯이 치밀어 올랐던 것입니다. 결국, 나는 막대한 현금을 들여 상품과 가재도구를 사갖고 꾸러미를 만들었습니다.

그리고 나서 강둑에 나가보니, 마침 아주 멋진 새 배가 막 출항을 하려고 하더군요. 나는 당장 동료 상인들과 함께 그 배에 내 짐을 실었습니다. 그날 중으로 배는 닻을 올리고 기나긴 바닷길에 올랐지요. 여행은 아주 순조로워서 섬에서 섬으로 옮겨가며 전진했습니다. 닻을 내리는 곳마다 상인과 그 지방의 유지며 손님들이 모여들어 시장을 벌였지요.

그러던 중 우리 일행은 운명에 의해 한 아름다운 섬에 도착하게 되었답니다. 그 섬은 나무들이 울창할 뿐 아니라 잘 익은 과일들이 주렁주렁 열려 있었지요. 꽃들은 그윽한 향기를 풍기고, 새들은 아름답게 지저귀며, 맑은 시냇물이 반짝반짝 빛나는 멋진 섬이었어요. 하지만 사람의 발자취란 눈을 씻고 찾아보아도 없었고, 연기 한 점도 솟아오르지 않았습니다.

선장이 닻을 내리자 선원들과 장사치들은 섬에 내려서 시원한 나무 그늘이나 새들의 지저귐을 맘껏 즐겼습니다. 나도 물론 그들과 함께 육지에 올랐지요. 맑은 물이 콸콸 솟아나는 샘이 있길래 그 옆에 앉아서 가져간 음식을 먹었는데, 상쾌한 미풍에 실려 불어오는 꽃향기가 어찌나 감미롭던지 그만 깜박 잠이 들고 말았습니다.

　잠이 깨고 보니, 배는 이미 떠나고 주위에 아무도 없는 게 아니겠습니까. 상인이나 선원 중에 내 생각을 해 준 사람은 한 사람도 없었던 거지요. 나는 섬을 샅샅이 뒤지고 돌아다녔지만, 사람은커녕 정령의 그림자도 발견할 수 없었습니다. 결국 나는 절망과 불안으로 쓸개주머니가 터질 것 같은 기분이 되었습니다. 짐도 없고, 양식도 어떻게 해야 할지 모른다고 생각하니 온몸에 맥이 빠지고, 마음은 서글퍼지는 것도 당연하지 않겠습니까.

　"이번에는 어떻게 벗어날 기대를 할 수가 없겠구나. 지난번에는 좋은 사람을 만나서 항구 도시까지 갈 수 있었지만, 이번에는 희망이 없어."

　나는 이렇게 중얼거리며 통곡을 하기도 하고, 안락한 생활을 마다하고 고생스럽고 위험한 뱃길에 오른 나 자신에게 화를 내기도 했습니다. 이처럼 바그다드를 떠나온 것을 후회했습니다만, 그래도 나는 처음 항해 때 온갖 고생을 하고 간신히 목숨을 건진 적이 있었던 사람인지라 다시 일어나서 걷기 시작했습니다. 사실 어느 한 군데에 머물러 있는 것이 더 불안했던 것입니다.

　나는 높은 나무에 올라 사방을 둘러보았으나 하늘과 바다, 나무와 새들, 섬들과 백사장 외에는 아무 것도 보이지 않았습니다. 그러나 간절한 마음으로 바라보고 있자

니, 섬 한 구석에 뭔가 하얀 것이 눈에 띄더군요. 나는 곧
장 나무에서 내려와 그 하얀 물체를 향해 달려갔습니다.
그런데, 그것은 하늘 높이 솟아오른 거대한 둥근 사원이
었습니다.

　나는 그 거대한 외관을 빙 둘러보았지만 입구는 보이
지 않았습니다. 더구나 표면이 반들반들하고 미끄러워서
기어오른다는 것도 불가능했지요. 사실 그럴 여력도 없었
지만 말입니다. 그래서 크기를 가늠해 보려고 내가 서 있
던 지점에 표를 해 놓고 사원을 한 바퀴 돌아보았더니, 족
히 오십보는 되는 것 같았어요.

　아무튼 이렇게 사원에 들어갈 방법을 궁리하고 있는
데, 갑자기 해가 지고 주위가 어두워졌습니다. 처음에 나
는 해가 구름에 가린 줄 알았지요. 하지만, 무슨 일인가 싶
어 하늘을 보니 구름이라고 생각했던 것은 거대한 새였습
니다. 몸집과 날개가 어찌나 크던지, 하늘을 날 때마다 태
양을 가로막았던 것입니다. 그 광경에 소스라치게 놀라는
순간, 옛날에 들었던 이야기가 불현듯 내 머리를 스치고
지나갔습니다.

　그것은 순례자와 여행자들이 들려준 이야기였습니다.
어떤 섬에 루크라는 이름의 괴조가 살고 있는데, 어찌나
거대한 새인지 새끼에게 코끼리를 먹이로 준다는 것이었
지요. 그러니까 내가 둥근 사원이라고 믿었던 것은 다름

아닌 루크의 알이었던 것입니다.

이렇게 내가 알라의 섭리에 경탄하며 루크의 알을 바라보고 있자니, 이윽고 새가 내려와 알을 날개로 감쌌습니다. 그리고는 다리를 쭉 뻗고 잠이 들더군요. 나는 이 모양을 보고 벌떡 일어나 머리에서 터번을 풀었습니다. 그런 다음 그것을 두 갈래로 찢은 뒤 밧줄처럼 꼬아서 허리에 붙들어 매고, 다른 한 쪽은 루크의 다리에다가 단단히 묶었습니다.

"이 새가 나를 사람이나 도시가 있는 곳까지 데려다 줄지도 몰라. 그렇게만 된다면 이 무인도에 주저앉아 있는 것보다는 낫겠지."

나는 이렇게 중얼거리고 밤이 새도록 새를 잘 감시했습니다. 혹시라도 루크가 나를 발견하고 놀라서 갑자기 날아가 버릴까봐 두려웠던 겁니다.

새벽이 밝아오자마자 루크는 알에서 떨어지더니 날개를 활짝 펴고 큰 울음을 한 번 울었습니다. 그리고는 나를 매단 채 드높은 창공으로 날아갔습니다. 이 새가 어찌나 쉬지 않고 날아가던지, 하늘나라 끝까지 가는 게 아닐까 싶더군요. 하지만 루크는 조금씩 고도를 낮추더니 어떤 언덕 꼭대기에 내렸습니다. 물론 나는 땅에 내리자마자 얼른 밧줄을 풀었지요. 뭐, 루크는 내가 있다는 것도 잘 모르는 것 같았지만 말입니다.

그래도 나는 몹시 겁에 질려 있었기 때문에 터번으로
만든 밧줄을 풀자마자 걸음아 날 살려라 하고 도망을 갔
습니다. 잠시 후 뒤를 돌아보니, 루크는 발톱 사이에 무언
가를 채 갖고 날아가더군요. 잘 들여다보니, 그건 믿을 수
없을 만큼 큰 뱀이었어요.

한편, 나 자신을 살펴보니 어느새 넓고 깊은 골짜기
에 와 있더군요. 주위를 둘러싼 산들은 어찌나 높은지 꼭
대기가 보이지 않을 정도였으니, 그걸 타넘는다는 것은 아
주 불가능할 것 같았습니다. 나는 잘못 생각했구나 하는
후회를 금할 수 없었지요.

"그 섬에 그냥 있을 걸! 그래도 그 섬은 이 황량한 골
짜기보다는 나았는데! 여긴 나무밖에 없지만, 그곳은 먹을
물과 과일이 있지 않았나! 이곳은 냇물도 없고, 과일도 없
구나. 사자를 피했다 싶었더니, 어느새 호랑이 굴에 들어
와 있는 격이로구나!"

하지만 나는 다시 용기를 내어 골짜기를 살펴보았습
니다. 놀랍게도 골짜기의 흙더미는 모두 다이아몬드였는
데, 사방에 구렁이며 독사 떼가 우글거리고 있었습니다.
큰 구렁이는 종려나무 만한 것도 있어서 코끼리도 한 입
에 꿀꺽 삼킬 수 있겠더군요. 그 뱀들은 루크나 독수리의
습격을 받아 갈가리 찢길 수도 있었기 때문에, 낮에는 나
오지 않고 밤에만 기어나오는 것 같았습니다.

"이런 곤경을 자초하다니, 정말 나 자신이 원망스러 울 지경이구나!"

나는 다시금 후회하지 않을 수 없었습니다. 하지만 이렇게 돌아다니다 보니 날이 저물기 시작했고, 안전하게 밤을 보낼 만한 거처를 찾아야 했습니다. 그 뱀들이 너무 걱정되어서 그랬던지 배고픔이나 갈증은 안중에도 없더군 요. 그래서 간신히 입구가 좁다란 동굴을 하나 발견할 수 있었지요. 나는 안에 들어간 뒤 돌을 굴려 입구를 막아 버 렸습니다.

"여기서는 밤에도 안전하겠어. 날이 밝으면, 어떤 운 명이 준비되어 있는지 보자."

하지만, 동굴 안을 살펴보니 커다란 구렁이 한 마리 가 알을 품고 있지 않겠습니까. 어찌나 무서웠던지 머리칼 이 다 쭈뼛 서더군요. 나는 알라의 손길이 도와주시기만을 바라며 꼼짝 않고 밤을 새웠습니다. 그리고 날이 밝자마자 동굴 입구를 막았던 돌을 치우고 취한 사람 마냥 후들거 리는 다리로 도망쳤습니다. 굶주림과 공포에 질려 있었으 니 당연한 일이지요.

이렇게 비참한 상황 속에서 골짜기를 거닐고 있노라 니 웬 짐승의 시체가 공중에서 휙 떨어졌습니다. 하지만 주변에 사람 흔적이라곤 찾아볼래야 찾아볼 수가 없었지 요. 나는 몹시 놀랐지만, 문득 머리에 떠오르는 이야기가

있었습니다.

　옛날에 어떤 순례자와 여행자들이 그런 이야기를 했었더랬지요. 다이아몬드로 된 골짜기가 있는데, 그곳에선 무서운 일이 많이 일어나서 아무도 살아 돌아온 자가 없답니다. 그래서 보석상은 머리를 써서 이 산의 다이아몬드를 손에 넣는다는 거지요. 즉, 양을 죽여서 가죽을 벗긴 뒤, 그 조각낸 살점을 골짜기에 던집니다. 피가 엉겨 있는 신선한 살점에 다이아몬드가 달라붙는 건 당연한 일이지요. 한참 지나 그 살점을 독수리나 매가 채 갖고 날아오르면, 그때 상인들이 모습을 드러내고 새를 쫓는 겁니다. 물론 다이아몬드는 상인들이 떼어내고, 고기는 새들에게 남겨 준다는 거지요. 그렇게 하지 않고서는 도저히 그 골짜기에서 보석을 손에 넣을 수 없다는 이야기를 들은 기억이 되살아난 겁니다.

　나는 그래서 주머니며 어깨띠, 두건이며 옷자락을 막론하고, 잘 골라낸 다이아몬드를 넣을 수 있는 대로 다 집어넣었습니다. 그때 죽은 양의 고깃덩이가 또 하나 떨어졌습니다. 나는 두건을 편 채 그 위에 벌렁 드러누운 다음, 고깃덩이를 가슴 위에 올려 놓고 그 밑에 몸을 숨겼습니다. 그 순간 독수리가 내가 몸을 숨긴 고깃덩이로 날아와 발톱으로 휙 나꿔챘습니다. 하늘 높이 날아가는 고깃덩이에 죽을 힘을 다해 매달려 있으니, 독수리는 곧 어느 산

꼭대기에 나를 내려놓았습니다. 그리고 고깃덩이를 찢어서 삼키려는 찰나, 시끄러운 함성과 나무 막대를 두들기는 소리가 나서, 독수리는 깜짝 놀라 달아나 버렸습니다. 그래서 나는 피로 물든 옷을 입은 채 고깃덩이로부터 몸을 일으켰습니다. 함성을 질러 독수리를 쫓아낸 상인이 왔다가 나의 피투성이 몰골을 보고 무서워서 부들부들 떨었습니다. 그는 고깃덩이를 이리저리 뒤집어 보았지만, 다이아몬드라곤 부스러기조차 발견할 수 없었기 때문에 비명을 질렀습니다.

"알라여, 이렇게 실망스러울 수가 있나! 이게 무슨 일이람! 이게 무슨 일이야!"

상인은 이렇게 한탄하며 자기 손을 찰싹찰싹 때렸습니다. 내가 그에게 다가갔더니 이렇게 묻더군요.

"당신은 누구시오? 어떻게 이곳에 와 있는 거요?"

"두려워 마십시오. 저도 사람입니다. 그것도 선량한 사람으로, 상업에 종사하고 있지요. 내게도 희한한 신세 이야기와 보통은 넘는 모험담이 있고, 사실 여기 오게 된 것도 그런 이야기의 일부이지요. 실망하지 말고 기운을 내십시오. 저는 다이아몬드를 잔뜩 가지고 왔고, 당신이 마음에 들어하는 것을 드릴 생각이니까요. 어떤 곳에서도 얻을 수 없을 만큼 훌륭한 것들 뿐입니다. 염려하실 필요는 조금도 없어요."

상인은 이 말에 낯빛을 바꾸며, 내게 감사와 축복의 말을 건넸습니다. 둘이서 이야기를 주고받노라니, 곧 동료 상인들이 모여들어 내게 인사를 건네더군요. 물론, 그 사람들도 고깃덩이를 골짜기에 내던진 상인들이었습니다. 나는 그들과 함께 내려가면서 그동안의 모험담을 들려 주었습니다. 그리고 나서 그 상인들 모두에게 다이아몬드를 듬뿍 주었기 때문에 그들은 이렇게 말했습니다.

"행운이 당신과 함께 하는 게 틀림없소. 그 골짜기에서 살아 돌아온 사람을 보기는 처음이라오. 무사히 살아 돌아온 것을 알라께 감사하시구려!"

우리는 그날 밤 기분좋고 편안한 곳에서 밤을 보내며 독사 떼의 계곡에서 인간 세상으로 무사히 돌아온 것을 축하했습니다. 이튿날 우리 일행은 발 아래 뱀들이 우글대는 골짜기를 내려다보며 거대한 산봉우리들을 타고 전진했습니다. 이윽고 우리가 도달한 곳은 어느 아름다운 섬이었습니다.

이 섬에는 녹나무가 우거진 정원이 있었는데, 나무 한 그루가 얼마나 거대한지 나무 그늘에서만 백 명의 사람들이 쉴 수 있을 정도였습니다. 장뇌를 얻으려면 쇠막대기로 나무 줄기 윗쪽에 구멍만 내면 됩니다. 그러면 수액이 저절로 흘러나와 굳어서 고무처럼 되지요. 하지만, 일단 수액이 뽑힌 나무는 곧 말라 죽게 된답니다.

또, 이 섬에는 코뿔소라는 짐승이 있는데, 몸집은 낙타보다도 크고, 낙타처럼 나뭇잎이나 연한 나뭇가지를 먹고 산답니다. 그런데 코뿔소가 보통 짐승들과 뚜렷이 구별되는 특징은 머리 한복판에 10피트는 족히 되는 뿔이 박혀 있다는 점이지요. 뿔을 잘라내면 그 얼굴은 꼭 사람 같답니다.

많은 대륙과 바다를 거친 여행자나 순례자들의 말을 빌면, 코뿔소는 그 뿔에 코끼리를 얹고도 아무렇지 않게 풀을 뜯어먹을 수 있다는군요. 그러다 코끼리가 굶어 죽으면, 그 비계가 햇빛에 녹아서 코뿔소의 눈에 들어가게 되지요. 코뿔소는 눈이 멀어 바닷가에 쓰러지게 됩니다. 그러면 괴조 루크가 나타나서 눈먼 코뿔소와 죽은 코끼리를 한꺼번에 채다가 새끼들의 먹이로 준다는군요. 이런 것들 말고도, 우리 나라에서는 구경하지 못했던 것을 나는 이 섬에서 보고 들었습니다.

나는 골짜기에서 가져온 다이아몬드를 팔아서 그 섬의 토산품을 사들였습니다. 그리고 그 물건들을 낙타에 싣고 다른 상인들과 어울려 여행을 계속했습니다. 계곡에서 계곡으로, 도시에서 도시로 다니며 장사와 교역을 하고, 외국 풍습과 알라의 섭리를 두루 구경하였습니다. 그러다 보니 어느덧 바소라에 도착했고, 그곳에서 다시 바그다드로 돌아왔습니다.

나는 평화의 집 바그다드에 다이아몬드를 비롯한 보
화와 상품들을 잔뜩 가지고 돌아와 나를 아는 이들의 환
영을 받았습니다. 다시 친구들과 우의를 다지고, 진귀한
선물을 나누어 주기도 했지요. 예전처럼 미식가요 애주가
의 모습을 되찾고, 비단옷을 걸치며 호사스러운 생활을 만
끽했습니다. 지난날의 고생담은 잊어버리고 순간의 쾌락
을 쫓는 삶을 살았던 것입니다. 사람들에게 내가 겪은 기
이한 모험 이야기를 들려 주면, 그들은 깜짝 놀라며 내가
무사히 돌아온 것을 한층 더 축하해 주곤 했습니다.

　　이것으로 나의 두번째 항해 이야기는 마칩니다. 그
다음 이야기는 내일 해 드리겠습니다.

　　모인 사람들은 주인의 이야기에 몹시 흥겨워하며 만
찬을 계속했다. 식사가 끝나자 뱃사람 신밧드는 또 짐꾼에
게 100디나르의 금화를 주라고 분부했다. 짐꾼 신밧드는
집에 오는 동안에도 감사와 축복의 말을 그치지 않았다.
그리고 뱃사람의 모험담에 거듭 감탄했다.

　　다음날 아침, 짐꾼은 아침 기도를 올리고 전날과 마
찬가지로 뱃사람 신밧드의 집으로 갔다. 짐꾼이 문안인사
를 올리자, 주인은 반겨 맞으며 자기 옆자리에 앉혔다. 이
윽고 낯익은 손님들이 하나 둘 모여들어 만찬을 즐기는

가운데 분위기가 무르익었다. 드디어 주인 신밧드가 입을
열었다.

뱃사람 신밧드의 세번째 항해

　그러면, 잘 들어 보십시오. 지난날의 고생을 잊고 다
시 방탕하게 지내던 내게 어느 날 한 무리의 상인들이 찾
아왔습니다. 그들이 서로 외국의 풍물이나 장사를 화제로
이야기꽃을 피우고 있는 동안, 내 안의 악마가 눈을 떠 버
려 곧 그들과 함께 여행을 떠나고 싶어 견딜 수 없게 되
었습니다. 세상 사람들과 어울리기도 하고 장사로 돈도 벌
고 싶다는 욕망이 간절했던 겁니다.
　결국 나는 항해를 떠나기로 결심하고 값비싼 상품과
가재도구를 전보다 훨씬 더 많이 마련했습니다. 그리고 바
소라까지 이 짐들을 가지고 가서, 그곳에서 가장 이름난
상인들과 함께 배에 몸을 실었습니다. 항해에 최상의 조건
인 순풍이 불어 우리 배는 섬에서 섬으로, 바다에서 바다
로 전진을 거듭하고 있었습니다.
　그러나 곧 우리 일행은 닻을 내려 배를 완전히 멈추
게 하지 않으면 안 될 정도로 무서운 역풍을 만났습니다.
드넓은 바다 한가운데서 배가 침몰하게 되면 여간 낭패가

아니었으므로, 선원과 손님들은 모두 전능하신 신 앞에 무릎을 꿇어 기도를 올렸습니다. 그러나 이런 노력에도 불구하고 돛은 이내 갈가리 찢어지고 말았습니다. 닻줄도 끊어져 배는 침몰하고, 짐과 사람들 모두 바닷물에 휩쓸려 버렸지요.

나는 반나절 동안이나 헤엄을 쳐서 물 위에 떠 있을 수 있었지만, 결국은 완전히 녹초가 되어 포기하려는 마음을 품었더랬습니다. 하지만, 바로 그때 전능하신 알라께서 부서진 선체 조각을 던져 주셨기에, 나와 몇몇 상인들은 죽어라고 그 조각에 매달렸습니다.

우리는 그 나무 조각에 말을 타듯 올라앉아 젖먹던 힘까지 짜내서 발로 노를 저었습니다. 이렇게 하루 밤낮이 지나니, 바람과 파도의 도움으로 나무 판자는 꽤 앞으로 나아갔습니다. 이틀째 되는 날 아침부터는 바람이 잦아지더니 파도가 우리를 어떤 섬으로 데려다 주었지요. 이때, 우리는 공포와 추위에 시달린 데다가 공복과 갈증, 수면부족으로 완전히 산송장이나 다름없는 상태였습니다.

바닷가를 따라 걷다 보니 약초가 꽤 돋아 있는 것을 발견할 수 있었기에, 우리들은 그 풀을 뜯어먹고 기운을 추스렸습니다. 그리고는 바닷가에 누운 채 그대로 잠이 들었습니다.

다음날 아침, 해가 떠오르자마자 우리는 섬을 이리저

리 둘러보고 다녔지요. 그런데 사람이 사는 듯한 집이 저만치 멀리서 보이는 것이었습니다. 우리가 그쪽으로 걷기를 계속하여 겨우 문 앞에 도착했다 싶었을 때, 이게 또 웬일입니까. 한 패의 벌거벗은 사람들이 몰려와서 한 마디 말도 없이 우리를 붙잡아서 자기들의 왕에게 끌고 가는 것이었습니다.

그 무리들의 왕이 앉으라고 손짓을 계속하기에 우리는 시키는 대로 앉았습니다. 그러자 하인들이 여지껏 본 적도, 들어본 적도 없는 이상한 음식들을 늘어놓더군요. 우리는 굶어죽기 일보 직전이었으므로 열심히 그 음식들을 먹었습니다만, 나만은 어쩐지 찜찜한 기분이 들어서 음식을 먹지 않았습니다.

그런데 그 음식을 먹지 않은 건 천만다행이었습니다. 갑자기 동료 상인들은 악령에 사로잡힌 미친 사람처럼 되어서 걸신들린 듯 음식을 먹기 시작했던 것입니다. 또 벌거벗은 야만인들은 우리에게 야자 기름을 먹이고 몸에도 바르게 했습니다. 그러자 동료들은 평소의 예의나 관습도 다 잊고, 마치 짐승처럼 음식을 먹는 것이었습니다.

나는 이 광경을 보고 동료들이 염려되어 견딜 수가 없었습니다. 게다가 한편으론 나도 어떻게 되는 것이 아닐까 싶어서 도무지 마음을 놓을 수가 없었습니다. 그래서 그들의 동정을 주의깊게 살피다보니, 얼마 지나지 않아 그들은 식인종들이며, 왕이라는 인간도 식인귀라는 것을 알 수 있었습니다.

 그들은 이 고장에 발을 들여놓은 자는 누구든 상관않고 왕에게 끌고 가서 아까 보았던 그 음식을 먹이는 것이었습니다. 야자 기름을 먹이는 것은 그만큼 위장이 늘어나서 엄청난 양의 음식을 먹게 되기 때문이었죠. 그 결과 인간들은 이성을 잃고 멍청한 상태에 빠지게 됩니다. 식인종들은 이렇게 인간들을 살찌워서 목을 자르고, 기름에 튀겨서 왕의 식탁에 바칩니다. 하지만 왕을 제외한 식인종들은 인육을 날로 먹는 것이 습관이었습니다.

 이런 사실들을 깨닫게 되자 동료 상인들에 대한 걱정은 더욱 커졌습니다. 하지만 그들은 완전히 멍청해져서 무슨 일을 당해도 모르는 것 같더군요. 한편, 야만인들은 우리를 끌어내어 마치 가축을 맡기듯이 목동 같은 사나이에게 넘겨주었습니다.

 동료들은 나무 사이를 마음대로 거닐며 빈둥댔기 때문에 날이 갈수록 살이 통통하게 올랐습니다. 반면에, 나는 아무 것도 먹지 못한 채 공포에 시달리다보니 점점 살이 빠져서 뼈와 가죽밖에 남지 않았지요. 그래서인지 식인종들은 나에 대해 아무 신경도 쓰지 않는 것 같았습니다. 덕분에 나는 그 틈을 타서 멀리 떨어진 바닷가로 도망을 칠 수 있었지요.

그곳에서 주변이 온통 바다로 둘러싸인 언덕에 한 남자가 서 있는 것을 보았습니다. 나이가 꽤 먹었음직한 남자였는데, 나와 같은 사람들을 관리하는 책임자였던 것 같았어요. 그는 나를 한 번 보자마자 내가 온전한 정신을 가지고 있으며, 다른 상인들처럼 마구 먹고 살이 찌지도 않았다는 걸 알아보더군요. 그 사나이는 내게 손짓으로 이렇게 말하는 것 같았어요.

"뒤돌아서 오른쪽 길로 가라. 그러면 천하의 대로가 나오리라."

나는 그 남자가 시키는 대로 뒤돌아 오른쪽 길로 죽어라 달려갔습니다. 어느덧 그 사나이의 모습이 전혀 보이지 않는 지점까지 이르렀지요. 벌써 해는 뉘엿뉘엿 넘어가고 사방이 어둠에 휩싸였습니다. 나는 앉아서 쉬면서 잠을 이루려고 했지만 배가 고프고 무서우니 쉴 수도 없더군요. 그래서 한밤중에도 쉬지 않고 앞으로 나아갔습니다. 그러던 중 아름다운 새벽이 찾아와 찬란한 햇살이 산골짜기로 스며들었습니다.

내 몸은 지치고, 배는 고프고, 목까지 바짝 말라 죽을 지경이었지요. 그래서 죽지 않으려고 섬에 난 풀과 나무뿌리를 뜯어 먹었습니다. 그리고 또다시 출발하여 다음날도 풀뿌리와 약초로 연명해 나갔답니다. 이렇게 일주일이 지나고 여드레째가 되자 뭔가 희미한 것이 눈에 들어왔습니다. 죽을 고생을 겪고 난 후라 불안한 마음은 가시지 않았지만, 아무튼 용기를 내서 가까이 가 보니 그것은 후추를 따는 사람들이었습니다.

"당신은 누구시오? 어떻게 오셨소?"

"여러분, 저는 가엾은 나그네입니다."

나는 이렇게 말하고, 그동안 겪은 사건들을 이야기했습니다. 그러자 그들은 깜짝 놀라며, 무사히 목숨을 구한 데 대해 축하를 보냈습니다.

"알라께 맹세하거니와 참으로 놀라운 일이군요! 이 섬에서 우물거리다가 그 검둥이 식인종들에게 잡아 먹힌 사람은 수도 없지요. 그놈들 수중에서 빠져 나온다는 건 상상할 수도 없는 일인데, 어떻게 목숨을 구했단 말이오?"

그래서 나는 내 동료들에게 일어났던 일과 내가 어떻게 그들과 같은 신세가 되는 것을 면했는지 알려 주었지요. 그들은 자기들의 작업이 끝날 때까지 나를 그 자리에 앉히고, 일이 끝나자 음식을 가져다 주었습니다. 나는 이것을 먹고 잠시 휴식을 취했습니다. 그후 함께 배를 타고 그들의 섬으로 가서 국왕에게 인사를 올렸습니다.

왕은 나를 따뜻하게 맞이하며, 나에 대해 이것저것 물어보더군요. 그래서 바그다드를 떠난 이후 내가 겪었던 일들을 소상히 아뢰었지요. 왕은 물론 거기 모여 있던 대신들도 모두 내 모험담에 혀를 내둘렀답니다. 왕은 나를 가까이 앉히시고 성대한 음식을 베풀어 주셨으므로 나는 실컷 먹고 즐길 수 있었지요. 그리고 손을 씻고 기도를 올린 뒤 임금님 앞을 물러나 거리를 구경하며 돌아다녔습니다.

도시는 매우 번화했고 풍요로운 분위기가 넘쳐나고 있었습니다. 시장 거리에는 식품점과 각종 상점이 즐비했고, 어느 곳이나 사려는 사람과 팔려는 사람들로 붐비고 있었지요. 나는 이렇게 번영한 도시에 오게 된 것을 기뻐하며, 그동안 시달린 몸과 마음을 편히 쉬게 했습니다. 곧 이 도시에서 친구도 사귀게 되었고, 머지 않아 그 누구보다 시민들과 왕의 호의를 사게 되었지요.

그런데 나는 이 나라 사람들이 가난한 사람과 부유한 사람을 막론하고 귀한 순종말을 안장이나 마구 없이 타는 것을 의아하게 여겼습니다. 그래서 하루는 국왕에게 이 현상에 대한 질문을 드렸지요.

"폐하, 어째서 폐하께선 안장도 없이 말을 타십니까? 안장을 쓰는 편이 기분도 좋고 속력도 내실 수 있을 텐데요."

"안장이란 무엇인가? 나는 태어나서 지금까지 그런 것을 본 적도 없고 사용해 본 적도 없다."

그래서 왕의 대답을 듣고, 나는 이렇게 말했습니다.

"폐하께서 허락만 하신다면, 안장을 하나 만들어 올

리겠습니다. 한 번 써 보시고, 기분이 괜찮으신지 시험해
보십시오."

"그럼 만들어 와 보게."

"목재가 좀 필요합니다."

나는 목재를 얻어서 영리한 목수 두 사람을 찾아 갖
다 주었습니다. 그리고 그 나무 위에 먹물로 대강의 모양
을 그려 보이며 만드는 법을 가르쳤습니다. 그 다음에는
양털을 모직 천에 넣어서 속을 만든 뒤 가죽을 씌워 안장
에 댔습니다. 이렇게 만들어진 안장을 윤이 나게 닦아서
복대와 등자 가죽에 비끄러맨 뒤, 대장장이를 불러다 등자
와 굴레의 모양을 설명해 주었습니다. 그는 솜씨좋게 물건
을 만들어 줄칼로 잘 다듬고 주석을 입혔지요. 나는 그 물
건을 받아 비단 술을 달고, 가죽 고삐를 굴레에 맨 뒤, 왕
가의 마구간에 있는 제일 좋은 말에게 시범적으로 착용하
게 해 보았습니다.

그리고 그 말을 왕에게 끌고 가니 왕은 굉장히 기뻐
하며 감사의 뜻을 표했습니다. 그는 이 안장이 무척 마음
에 들었을 뿐 아니라 말을 타기도 훨씬 수월해졌으므로
나중에 따로 상을 내려 주기도 했지요. 왕의 수석 대신도
안장을 보고 몹시 마음에 들었던지, 똑같은 물건을 하나
더 만들어 달라고 부탁을 하더군요.

그래서 나는 목수와 대장장이에게 방법을 아주 전수

해 놓고, 안장 제작자로 나섰습니다. 원하는 이는 돈만 내면 누구나 안장을 살 수 있도록 했던 것입니다. 이 안장 제작으로 인해 내가 몹시 큰 부자가 되고, 왕을 비롯한 고위 관리들의 신임을 받게 되었음은 말할 필요도 없겠지요.

이렇게 안락한 나날을 보내던 중, 어느 날 왕께 문안을 드리러 갔다가 그로부터 이런 제안을 받게 되었습니다.

"그대는 이미 우리에게 형제나 다름없는 존재가 되었네. 그대를 특별히 생각하고 있는 만큼, 그대와 떨어져 있게 된다든가, 그대가 이 도시를 떠난다든가 하는 일은 상상도 할 수 없지. 그래서 그대에게 꼭 부탁하고 싶은 일이 있다. 거절하는 것은 허락될 수 없다네."

"폐하, 어떤 분부이십니까? 폐하께 수많은 호의와 은총을 입은 제가 거절할 리가 있겠습니까? 알라를 찬송할지니, 저는 맹세코 전하의 종이옵니다."

"나는 그대가 아름답고 영리하며 애교가 넘치는 한 여인을 아내로 삼았으면 하네. 그 여인은 미모가 뛰어날 뿐 아니라 부유하기까지 하지. 이 나라 사람을 아내로 얻으면, 이 나라 사람이 되어 정착할 수 있을 테니 말일세. 나는 왕궁 안에 그대들 부부의 거처를 마련해 줄 생각일세. 이 일에 관한 한 내 말을 따라 주기 바라네."

이 말을 듣자 나는 너무나 황송하고 부끄러워서 입을 열 수가 없었습니다. 내가 주저하는 것처럼 보이자 왕은 재차 반문하였지요.

"어째서 대답을 하지 않는가?"

"폐하, 분부대로 따르겠습니다."

그러자 왕은 당장 판관과 증인을 불러 이름높은 가문의 여자와 나의 결혼을 성립시켰습니다. 아내는 부유하고 유서 있는 가문의 한 떨기 꽃과 같은 여자였는데, 눈이 부실 정도로 아름답고 우아할 뿐더러 자기 소유의 가옥과 토지만 해도 굉장히 많았습니다.

국왕은 이렇게 특별히 간택한 여인과 나를 맺어 주고, 넓고 아름다운 집 한 채를 지어서 하사하셨습니다. 노예와 하인까지 딸려 보내신 것은 물론이요, 그들의 급료까지 책정해 주셨지요. 나는 만족과 안락에 빠져 지난날의 환란 따위는 깡그리 잊을 수밖에 없었습니다. 나는 아내를 마음을 다해 사랑했고, 아내도 내게 조금도 부족함이 없는 사랑을 보여 주었으니까요.

이렇게 우리 부부는 한 마음으로 이 세상에서 맛볼 수 있는 최상의 평화와 행복을 누리며 살아가고 있었습니다. 그래서, '고향으로 돌아가게 되면 이 여자도 꼭 데리고 가리라'고 마음을 먹고 있었지요. 하지만 운명이라는 놈이 인간에게 정해 놓은 것은 누구도 피할 수 없고, 앞날에 무엇이 기다리고 있는지는 아무도 모르는 모양입니다.

이렇게 오랜 세월을 보내던 중에 내 이웃의 하나가

아내의 상을 당하는 일이 생겼습니다. 문상객들의 통곡 소리가 우리 집까지 들려 왔으므로 나 역시 문상을 하러 갔지요. 아내를 잃은 이웃 남자는 몸과 마음이 지칠 대로 지쳐 있더군요. 나는 그를 위로하기 위해 이렇게 말했습니다.

"아내를 위해 슬퍼할 것 없네. 아내는 지금쯤 알라의 자비를 누리고 있지 않겠나. 그리고 신께서는 그녀 대신 더 좋은 아내를 자네에게 주시겠지. 자네의 명성은 더욱 높아지고, 오래 오래 살 수 있을 걸세."

그러나 이웃은 회한에 가득 찬 눈물을 흘리면서 이처럼 대답하지 않겠습니까.

"내가 어떻게 다른 아내를 맞을 수 있으며, 알라께서 더 좋은 아내를 주실 수 있겠는가? 이제 그냥 죽을 수밖에 없게 된 판국인데."

"오, 내 형제여, 그게 무슨 말인가? 자네가 이렇게 멀쩡하고 건강한데 죽을 수밖에 없다니, 그런 말은 말게."

"내가 자네 아내에게 걸고 맹세하는 것이지만, 자네는 내일 이후로 나를 볼 수 없을 걸세. 모두가 부활하는 날까지는 두 번 다시 만나지 못해."

"그건 또 무슨 소린가?"

"아내를 매장하는 날이면, 사람들이 나도 그 무덤에 같이 매장할 걸세. 아내가 먼저 죽으면 남편을 함께 매장하고, 남편이 먼저 죽으면 아내를 함께 묻는 것이 이 나라의 풍습일세. 그러니 부부의 누구 하나가 죽으면 다른 한 사람도 살아남을 수 없다네.”

“맙소사, 그런 것은 악습이네! 누구든 그런 꼴을 당해서는 안 되고 말고!”

이러는 동안 이웃에게는 많은 조상객들이 와서 죽은 아내와 남편을 함께 조상하며 애도의 뜻을 표했습니다. 이어서 사람들은 관례에 따라 시신을 씻어 관에 넣고, 상을 당한 이웃과 함께 교외로 운송했습니다. 그리고 섬 가장자리 바닷가와 이어진 산기슭에 도달하여 거대한 바위를 들어 올렸습니다. 그러자 우물을 방불케 하는 커다란 돌구덩이가 입을 쩍 벌리고 드러났습니다.

그 구덩이는 산을 관통하는 깊은 동굴에 연결되어 있었습니다. 사람들은 구덩이에 시신을 내던지고, 종려나무 잎으로 엮어 만든 밧줄로 이웃의 겨드랑이 아래를 꽁꽁 묶어서 동굴에 내려보냈습니다. 임종을 위한 마지막 양식으로는 맑은 물이 든 큰 물병과 일곱 개의 빵을 딸려 보냈을 뿐이었습니다. 구덩이 바닥에 이르러 이웃이 자기 몸의 밧줄을 풀자 사람들은 밧줄을 도로 끌어올리고, 아까의 큰 바위로 입구를 막아 버리더군요. 이렇게 사람들은 내 친구를 아내의 시체와 함께 동굴에 버려 놓고 시내로 돌아왔습니다.

이 모양을 지켜본 나는 이렇게 혼잣말을 하지 않을
수 없었습니다.

"맙소사! 배우자를 따라서 저런 꼴로 죽느니보다는
차라리 먼저 죽는 편이 낫겠구나!"

그래서 나는 왕을 찾아가 이렇게 여쭈었습니다.

"폐하, 어찌하여 산 자를 죽은 자와 함께 매장한단 말
입니까?"

"그것은 아득히 먼 옛날 선조들과 역대 왕으로부터
전해 온 관습이니라. 남편이 먼저 죽으면 아내를 함께 매
장하고, 아내가 먼저 죽었을 때도 마찬가지지. 그렇게 함
으로써 부부의 인연은 죽음으로도 끊어지지 않게 되니까."

"저와 같은 외국인의 아내가 죽는 경우에는 어찌 하
시렵니까? 저도 그 친구와 똑같은 일을 당해야 합니까?"

"아무렴, 똑같은 처지가 될 것이다."

나는 이 말을 듣자 너무나도 놀라고 앞날이 염려되어
창자가 터질 것만 같았습니다. 너무나 기가 막혀 마치 벌
써 그 토굴 안에 갇힌 듯한 기분이 들더군요. 만일 아내가
먼저 죽게 되어 생매장을 당할지도 모른다고 생각하니 전
처럼 사람들을 만나고 싶지도 않았습니다. 그러나 나는 애
써 스스로를 위로하며 중얼거렸습니다.

"다행스럽게 내가 아내보다 먼저 죽을지도 모르지.
아니면, 아내가 죽기 전에 고향으로 되돌아갈지도 모르고.

누가 먼저 죽고 누가 나중에 죽을지는 아무도 모르는 것 아닌가.”

그래서 나는 이 고장의 풍습과 그것이 불러올 결과에 대해 신경을 쓰지 않으려고 여러 가지 일에 마음을 쏟았지요. 그러나 얼마 안 있어 아내가 병석에 눕더니, 불과 며칠만에 세상을 뜨고 말았습니다. 왕을 비롯하여 온 도시 사람들이 우리 집을 찾아와 아내는 물론 나의 신상까지 위로하며 애도의 뜻을 표하더군요.

여인들은 아내의 시신을 씻기고 가장 좋은 옷을 입힌 뒤, 황금 장신구와 목걸이, 보석 등으로 치장을 시켜 관에 넣었습니다. 그리고 전에 보았던 그 산기슭에 데려가서 입구를 열고 아내의 시신을 던져 넣었습니다. 친구와 지인들, 아내의 친척들은 내게 몰려들어 마지막 이별 인사를 보냈습니다. 하지만, 나는 이런 일이 벌어지고 있는 동안에도 고래고래 소리를 지르고 있었지요.

“전능하신 알라께서 산 사람을 죽은 자와 함께 묻으라 하시더냐? 나는 외국인이지 당신네들의 혈족이 아니다! 이런 풍습은 절대로 옳지 못해! 이럴 줄 알았더라면 이 나라에서 장가 따위는 들지 않았을 것을!”

그러나 사람들은 내 말 따위는 들으려고도 하지 않았습니다. 별안간 내 몸을 힘으로 누르고 꽁꽁 묶더니, 예의 물병과 빵 일곱 개를 딸려서 동굴로 내려보냈던 것입니다.

바닥까지 이르자 사람들은 내게 밧줄을 풀라고 소리쳤지만, 나는 그 말을 듣지 않았지요. 그러자 그들은 밧줄을 내버려둔 채 바위로 입구를 막아 버렸습니다.

혼자 남겨진 내가 주위를 살펴보니 넓다란 동굴 안에는 시체가 꽉 차 있었고, 그 시체들이 썩는 냄새가 진동하는 데다가, 아직 완전히 숨이 끊어지지 않은 사람들의 신음소리로 분위기가 무겁게 가라앉아 있었습니다. 나는 나도 모르게 나의 경솔함을 입 밖으로 소리내어 자책하고 있었습니다.

"알라께 맹세코, 나는 이런 일을 당해도 싸다! 앞으로 무슨 일을 당해도 싸고 말고! 무슨 화를 자초하려고 이렇게 낯선 땅에서 아내를 맞았더란 말이냐? 위대하고 영화로우신 알라 외에는 권력도 없고 주권도 없도다! 내가 입버릇처럼 말하던, 사자를 피해 호랑이 굴로 뛰어든 격이 되고 말았도다. 아, 정말 이게 무슨 신세란 말이냐? 죽으려면 곱게 죽을 것이지, 목욕재계와 수의조차 갖추지 못하고 이교도처럼 죽게 생겼구나! 이런 꼴로 죽는 것보다는 차라리 산이나 바다에서 죽는 편이 나았을 것을!"

나는 칠흑같은 어둠 속에서 밤낮도 구분하지 못하고, 다만 나를 이 지경까지 몰고 간 어리석은 소행과 욕심을 후회하고 있었습니다. 그러다가 아내의 시체 위에 몸을 내던지고 그대로 엎드린 채 알라의 가호를 구하기도 하고,

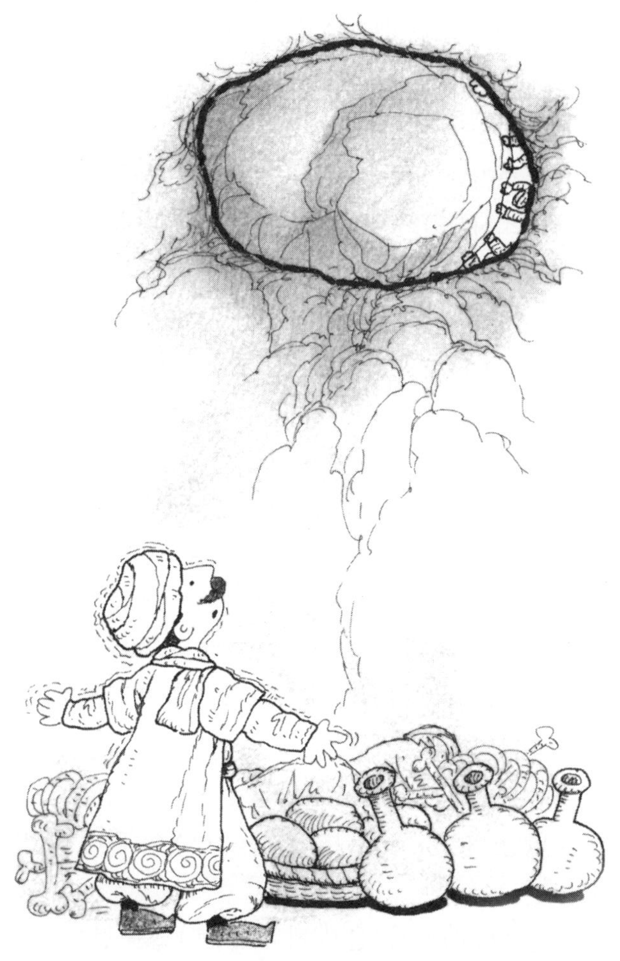

깊은 심연 속에서 절망하여 차라리 어서 죽음이 찾아왔으면 좋겠다고 생각하기도 했습니다. 그러다 배가 고파서 위장이 뒤틀리는 것 같기도 하고, 목구멍도 바짝 말라 있는 것을 느끼고 빵과 물을 먹었습니다.

세상에 태어난 이래로 그토록 비참한 밤을 보낸 적은 없었지요. 하지만, 나는 천천히 기운을 추스리고 일어나 동굴 안을 조사하기 시작했습니다. 그런데 이어져 있는 작은 동굴이 사방으로 있는 데다가, 그 동굴들은 사방으로 뻗어 있는 것이 아닙니까. 어디에나 먼 옛날에 버린 시체나 해골이 흩어져 있었습니다. 하지만, 나는 최근 던져진 시체에서 멀리 떨어진 곳에 자리를 잡고 잠을 청했습니다.

이렇게 며칠을 살다 보니 먹을 거리도 여간 걱정이 아니었습니다. 나는 이틀에 한 번 겨우 빵을 먹을 뿐이었으며, 물도 어쩌다가 정말 죽을 것 같은 때만 한 모금씩 마셨습니다. 아직 숨이 붙어 있을 때 먹을 것이 떨어지면 큰 낭패니까요. 나는 혼잣말로 중얼거렸습니다.

"조금만 먹고 조금만 마시자. 알라께서 구원의 손길을 내려 주실 거야!"

하루는 이렇게 앉아서 앞날을 걱정하고 있노라니 입구를 막았던 바위가 밀려나고 눈부신 햇살이 밀려 들어왔습니다.

'무슨 일인가? 새로운 시체라도 들어오는 건가?'

이렇게 생각하고 있는데, 아니나 다를까, 동굴 입구에
사람들이 어른거리는 광경이 보이더군요. 이어서 한 남자
의 시체와 슬픔에 빠져 있는 여자가 구덩이로 내려보내졌
는데, 그 여자 옆에는 평소보다 꽤 많아 보이는 빵과 물이
딸려 있었습니다. 나는 그 여자를 흘끗 보았는데, 아주 미
인이더군요. 하지만 여자 쪽에서는 나를 보지 못했습니다.
이윽고 사람들은 동굴의 입구를 막고 돌아갔습니다.

나는 어떤 죽은 여자의 다리뼈 하나를 주워서 슬픔에
젖은 미망인에게 다가갔습니다. 그리고 여자의 머리를 있
는 힘껏 내리쳤습니다. 그녀는 외마디 소리를 지르더니 그
대로 쓰러졌습니다. 나는 그녀가 완전히 죽도록 두 번이나
더 내리쳤습니다.

나는 그 여자 옆에 있던 빵과 물을 가로챘습니다. 그
녀는 황금 장신구와 보석, 목걸이 등도 많이 지니고 있더
군요. 가장 좋은 옷에 귀한 보석을 모두 갖추고 매장을 하
는 것이 이 나라의 관습이었으니까요. 나는 내가 늘 머물
러 있는 곳으로 양식을 가져다가 겨우 목숨만 부지할 정
도로 먹으며 버텼습니다. 나는 전능하신 알라께서 구해 주
시리라는 희망을 완전히 포기하지 않았던 것입니다.

나는 이렇게 동굴 속에 던져지는 산 사람을 차례로
죽여서 양식을 빼앗곤 했습니다. 이런 식으로 오랫동안 연
명해 가던 중에, 하루는 동굴 구석에서 무언인가 파헤치는

듯한 소리가 들리는 것이었습니다. 나는 이게 무슨 소리일까 생각하면서, 한편으로 늑대나 하이에나는 아닐까 염려가 되기 시작했습니다. 그래서 예의 다리뼈를 움켜쥐고 소리가 나는 쪽으로 다가갔지요. 정체를 알 수 없는 괴물은 나의 움직임을 감지하고 동굴 구석으로 도망갔는데, 잘 보니 그것은 맹수였습니다.

나는 맹수가 달아난 쪽으로 쫓아갔더니 저 멀리서 희미한 광선이 깜박거리고 있었습니다. 더구나, 내가 그 방향으로 다가가면 다가갈수록 광선은 점점 더 크게 빛나는 것이었습니다. 그것은 동굴의 틈으로서, 바깥으로 통하는 것이 분명했습니다. 그래도 나는 반신반의해서 이렇게 중얼거렸습니다.

"이 출구에는 필시 무슨 까닭이 있을 거야. 나를 내던진 동굴에서 또 다른 동굴로 통하는 길일지도 몰라. 아니면, 저절로 벌어진 틈일지도 모르지."

그래서 잠시 이도 저도 못하고 망설이고 있었는데, 다행스럽게도 그것은 짐승들이 시체를 뜯어 먹으러 드나들다가 넓혀진 구멍임을 확인할 수 있었습니다. 이것을 보자마자 나는 정신이 번쩍 들면서, 죽을 수밖에 없다고 생각했던 내게도 희망이 비치는구나 싶었지요. 그래서 꿈인가 생시인가 하는 기분으로 걸어가 틈새로 기어 나와 보니, 그곳은 바다가 내려다보이는 높은 산의 경사면으로 도시 쪽에서는 절대로 올 수 없는 장소였습니다.

나는 알라의 도우심에 감사의 기도를 올리고 나서 동굴로 되돌아왔습니다. 그리고 내가 모아두었던 빵과 물을 날라오고, 내 옷 위에 죽은 사람의 옷을 껴입었습니다. 그 밖에도 시체에 딸려 있던 진주와 보석 목걸이는 물론 금은 장신구며, 갖가지 귀중품을 잔뜩 모아서 죽은 사람의 옷가지들과 함께 가지고 나왔습니다.

나는 그 해변 뒤 산기슭에서 다시 한 번 알라의 도우심을 바라며, 지나가는 배에 구출되기만을 기다렸습니다. 그리고 매일같이 동굴로 돌아가 새롭게 산 채로 매장되는 사람들을 남자고 여자고 할 것 없이 죽여서, 그들의 양식과 귀중품을 빼앗아 왔습니다. 이런 생활은 오랫동안 계속되었습니다.

유난히 파도가 높던 어느 날, 배 한 척이 거친 파도를 가르고 지나가는 것을 보았습니다. 그래서 나는 하얀 수의를 막대에 비끄러매고 그것을 휘둘러 구조신호를 보냈습니다. 배에 탄 사람들은 이 신호를 알아보고 곧 작은 배를 저어서 나를 구하러 왔습니다.

나를 태운 작은 배가 본선 옆까지 이르자 사람들이 큰 소리로 내게 외쳐 묻더군요.

"당신은 누구요? 어떻게 이 산에 와 있는 거요? 우리는 평생 이곳에서 사람 구경이라곤 해보지 못했는데 말이오."

"나는 버젓한 사람으로, 상인입니다. 난파를 당해서 판자를 붙잡고 목숨과 얼마 안 되는 짐을 건졌습니다. 알라의 축복과 운명에 정해진 바를 따라서, 그리고 나 자신의 용기와 지혜로 죽을 고생과 싸워 이기고 이 섬에 올라왔지요. 얼마 안 되는 짐을 가지고 구조되기만 손꼽아 기다리던 참이었습니다."

뱃사람들은 나를, 동굴에서 가지고 나온 귀중품을 옷과 수의에 둘러싼 꾸러미와 함께, 배에 태워 주었습니다. 배에 오른 내게 선장은 이렇게 물었습니다.

"어떻게 저 산에서 살아남을 수 있었소? 나는 몇 해 동안이나 이 근처를 항해했고, 산 반대쪽의 도시도 드나들었건만, 산의 이쪽 편에서는 맹수와 새 떼밖에 본 적이 없소. 그도 그럴 것이 도시에서 산의 이쪽 편으로는 건너올 수 없으니까 말이오."

그래서 나는 아까 다른 뱃사람들에게 했던 말을 그대로 되풀이했습니다. 만에 하나, 나의 탈출 소식이 섬에 사는 주민들의 귀에 들어갈까봐 조심했던 거지요. 도시와 동굴에서 겪었던 일은 입 밖에 내지 않았습니다. 대신 이야기를 마치고 나서, 가지고 있던 진주 중에 제일 좋은 것을 몇 개 꺼내어 선장에게 주었습니다.

"선장님, 당신의 친절 덕분에 목숨을 건졌습니다. 지금 저는 가진 돈이 없습니다. 그래서 당신의 친절과 선행

에 대한 감사의 증표로 이 진주를 드리니, 부디 받아 주십
시오."

그러나 선장은 진주를 받지 않고 이렇게 말했습니다.

"섬이나 바닷가에서 조난당한 사람을 태워 주는 것은
우리의 관례입니다. 배가 고프다면 먹을 것을 주고, 입을
것이 없다면 옷가지를 주는 것은 당연한 일입니다. 우리는
사례를 받지 않습니다. 무엇을 받기는커녕, 안전하게 항구
까지 데려다 주고 오히려 우리 돈을 주어 보냅니다. 그것
이 바로 알라의 은총을 입은 백성들의 친절이니까요."

그래서 나는 육지에 오른 후에도 선장이 무병장수하
기를 기원했습니다. 그리고 고통을 이겨내고 지난날의 고
생을 잊으려고 마음먹었습니다. 아내의 시체와 함께 동굴
에 묻혔을 때를 생각하면, 언제나 온몸이 부들부들 떨리는
것을 걷잡을 수 없었던 것입니다.

배는 항해를 계속하여 섬에서 섬으로, 바다에서 바다
를 거쳐 벨 섬에 다다랐습니다. 그곳을 떠나 엿새 후에는
칼라라는 섬에 도달했는데, 힌두교인들의 대륙에서 가까
운 곳이었지요. 그 섬은 용맹하기로 이름높은 왕이 통치
하고 있었고, 양질의 장뇌를 생산하기로 유명했으며, 등나
무가 많이 자라고 있었지요. 또 광산도 여러 곳에 있는 섬
이었습니다.

우리 일행은 그 섬에서 바소라로 돌아와 며칠을 머물

렀습니다. 그리고 나서는 바그다드로 돌아와 들뜬 기분으로 내 집을 찾았습니다. 오랜만에 친척이며 친구들을 만나니, 모두가 나의 귀국을 축하해 주더군요. 나는 가지고 온 귀중품들을 모두 창고에 넣고, 승려들에게는 시주를, 걸인에게는 적선을, 과부와 고아들에게는 옷가지를 베풀었습니다. 그리고 나는 다시 쾌락과 방탕에 빠져서 예전처럼 살아가게 되었지요.

　이것이 나의 희한한 세번째 여행담입니다. 내일 또 와 주시면, 여러분께 네번째 여행담을 들려 드리지요. 그 이야기는 지금 들으신 이야기보다 훨씬 더 신기한 이야기랍니다. 그리고 내 형제이신 짐꾼 신밧드여, 이제 언제나처럼 함께 저녁식사를 드십시다.

　식탁이 차려져 나오자 손님들은 즐겁게 식사를 했고, 그후 뱃사람 신밧드는 여느 때와 마찬가지로 짐꾼에게 100디나르를 주었다. 다른 손님들도 즐거운 시간을 보내다가 지금까지 들은 이야기에 감탄하면서 집으로 돌아갔다. 그도 그럴 것이, 새로운 이야기가 언제나 먼저 들은 이야기보다 한층 더 재미있었기 때문이다. 짐꾼도 집으로 돌아와서 흥분한 채 하룻밤을 보냈다.

　다음날 아침 해가 떠오르자 짐꾼 신밧드는 아침 기도

를 올리고 뱃사람의 집으로 갔다. 주인은 짐꾼을 다른 손님이 오기 전에 자기 옆자리에 앉혔다. 이윽고 사람들이 모이자 모두 즐겁게 먹고 마시며 흥을 띄웠다. 드디어 뱃사람 신밧드가 모험담을 시작했다.

뱃사람 신밧드의 네번째 항해

그후 나는 지난 시간 동안 겪었던 천신만고도 다 잊은 채 살아가고 있었습니다. 그러다가 또다시 외국 땅과 섬을 두루 구경하고픈 마음에 사로잡혔지요. 그래서 여행 목적에 맞는 물품들을 비싸게 치르고 사들였지요. 그리고 짐짝을 만들어 가지고 바소라로 떠났습니다.

바소라에서 강둑을 따라 거닐던 중에 커다랗고 훌륭한 배 한 척이 눈에 들어왔습니다. 이제 막 새로 지어진 그 배는 금방이라도 바다로 떠날 것 같았답니다. 나는 그 배가 마음에 들었기 때문에 그냥 통째로 사서 짐을 실었습니다. 그 다음 선장과 선원들을 고용해서 내 수하의 노예와 하인들에게 맡겼습니다. 상인들도 많은 물건을 싣고, 내게 운임과 여비를 지불했습니다. 그후 화티하를 암송하고, 우리의 앞길에 행운과 큰 벌이가 있기를 기원하며 항해 준비를 했지요.

도시에서 도시로, 섬에서 섬으로, 바다에서 바다로 지나며 거쳐가는 도시마다 구경하고 물건을 사고 팔았습니다. 그러다가 우리는 어느 무인도에 발을 들여놓게 되었습니다. 사람이라곤 아무도 살지 않는 쓸쓸한 섬이었는데, 거대하고 하얀 둥근 모양의 사원이 모래 속에 반쯤 파묻혀 있는 것이 보이더군요.

상인들은 이 둥근 사원을 탐사하기 위해 배에서 내렸습니다. 나는 그냥 배에 남아 있었지요. 일행이 사원이라고 생각했던 것은 놀랍게도 루크 새의 알이었습니다. 하지만 그들은 그 사실도 모른 채 돌로 마구 두들기기 시작했지요. 이윽고 거대한 알이 깨지고, 액체가 잔뜩 흘러나오면서 루크 새의 새끼가 나왔습니다. 나의 일행들은 이 새의 목을 따고 고기를 잔뜩 도려냈습니다.

나는 배 안에 있었기 때문에 일행들이 무슨 짓을 벌이고 있는지 전혀 알지 못했습니다. 그러나 곧 손님 중 하나가 와서 이렇게 말하지 않겠습니까.

"선주(船主)님, 육지에 올라가서 우리가 사원으로 잘못 알았던 새 알을 좀 보십시오."

그래서 내가 가 보니 그들은 아직도 루크의 알에 돌팔매질을 하고 있더군요. 나는 황급히 호통을 쳤습니다.

"그만두시오! 그만두시오! 그 알에 손을 대지 마시오! 루크라는 새가 와서 배를 박살내는 건 물론이고, 우리 모

있던 바위를 떨어뜨렸습니다. 그러나 마침 선장이 배의 진로를 바꾸었기 때문에 겨냥이 빗나간 바위는 엄청난 파도를 일으키며 바다 속으로 떨어졌지요. 그 파동으로 우리 배는 몹시 흔들렸고, 당장이라도 물속에 가라앉을 듯 아찔했습니다.

그런 외중에 암놈이 들고 있던 바위를 떨어뜨렸는데, 그것은 수놈이 떨어뜨린 것보다도 더 큰 바위였습니다. 그리고 그렇게 될 운명이었는지, 바위는 배의 고물에 정통으로 맞았던 것입니다. 물론 고물은 아주 박살이 났지요. 키도 완전히 부서지고, 선체는 사람들과 짐을 잔뜩 실은 채 가라앉기 시작했습니다.

나로 말할 것 같으면, 이 좋은 세상에 대한 미련을 버릴 수가 없어서 필사적으로 허우적대고 있었지요. 이때 전능하신 알라께서 다행히도 널빤지 조각 하나를 던져 주셔서 나는 그 판자 위에 올라가 두 다리로 노를 젓기 시작했습니다. 그리고 배가 가라앉은 지점에서 멀지 않은 섬을 향해 방향을 잡았습니다.

알라의 도우심인지, 바람과 파도가 나를 그 섬의 해안까지 데려다 주었습니다. 그러나 이미 힘은 빠질 대로 빠졌고, 배는 고프고, 목은 마르고, 숨이 금방이라도 끊어질 듯했습니다. 그러니 내가 간신히 육지에 올랐을 때는 산송장이나 다름없었지요. 나는 바닷가에 쓰러진 채 잠시

두를 죽이고 말 거요!"

그러나 그들은 내 말을 귀담아 듣지 않고 계속 돌팔매질을 했습니다. 그때 갑자기 사방이 캄캄해지면서 마치 하늘 전체가 구름으로 뒤덮인 양 태양을 볼 수가 없었습니다. 눈을 들어 창공을 바라보니 구름이라고 생각했던 것은 사실 거대한 루크 새였습니다. 거대한 새의 날개가 태양을 가려 버렸던 것이지요. 루크 새는 자기 알이 산산조각난 것을 보자 외마디 울음을 울었습니다. 그러자 그 새뿐 아니라 다른 루크 새들도 몰려와 천둥소리보다 더 우렁찬 울음을 울며 배 주위를 빙빙 돌아다녔습니다.

나는 미친 듯이 선장과 선원들에게 고함을 질렀습니다.

"자, 빨리 배를 바다로 내라! 빨리 도망가지 않으면 모두 개죽음을 당할 것이다!"

상인들이 모두 배에 오르자 우리는 닻을 올리고 부리나케 바다로 나가려 했습니다. 루크 새는 이 모양을 보고 날아가 버렸지만, 우리는 그래도 그곳을 벗어나려는 일념으로 전속력을 냈습니다. 그러나 다시 두 마리의 루크 새가 모습을 나타내더니 우리 배를 뒤쫓았습니다. 그리고 우리 배 위에 이르자 날개를 쉬는 듯했는데, 자세히 보니 두 마리 다 산에서 바위를 날라 오지 않았겠습니까.

두 마리 루크 새 중에서 수놈이 배 위에서 움켜쥐고

있던 바위를 떨어뜨렸습니다. 그러나 마침 선장이 배의 진로를 바꾸었기 때문에 겨냥이 빗나간 바위는 엄청난 파도를 일으키며 바다 속으로 떨어졌지요. 그 파동으로 우리 배는 몹시 흔들렸고, 당장이라도 물속에 가라앉을 듯 아찔했습니다.

그런 와중에 암놈이 들고 있던 바위를 떨어뜨렸는데, 그것은 수놈이 떨어뜨린 것보다도 더 큰 바위였습니다. 그리고 그렇게 될 운명이었는지, 바위는 배의 고물에 정통으로 맞았던 것입니다. 물론 고물은 아주 박살이 났지요. 키도 완전히 부서지고, 선체는 사람들과 짐을 잔뜩 실은 채 가라앉기 시작했습니다.

나로 말할 것 같으면, 이 좋은 세상에 대한 미련을 버릴 수가 없어서 필사적으로 허우적대고 있었지요. 이때 전능하신 알라께서 다행히도 널빤지 조각 하나를 던져 주셔서 나는 그 판자 위에 올라가 두 다리로 노를 젓기 시작했습니다. 그리고 배가 가라앉은 지점에서 멀지 않은 섬을 향해 방향을 잡았습니다.

알라의 도우심인지, 바람과 파도가 나를 그 섬의 해안까지 데려다 주었습니다. 그러나 이미 힘은 빠질 대로 빠졌고, 배는 고프고, 목은 마르고, 숨이 금방이라도 끊어질 듯했습니다. 그러니 내가 간신히 육지에 올랐을 때는 산송장이나 다름없었지요. 나는 바닷가에 쓰러진 채 잠시 그대로 누워 있었습니다.

이윽고 기운을 내어 섬을 둘러보았습니다. 그곳은 놀랍게도 천국의 한 귀퉁이가 아닐까 싶을 정도로 아름다운 곳이더군요. 무성하게 자라는 나무마다 누렇게 익은 과일이 주렁주렁 달려 있고, 맑은 시냇물이 졸졸 흐르고 있었지요. 아름다운 꽃들은 그윽한 향기를 뿜어내고, 새들은 기쁨에 넘쳐 알라의 전능하심을 찬양하는 듯했습니다.

나는 과일을 실컷 따 먹고, 갈증에 시달린 목을 냇물로 축이면서 위대하신 알라에게 감사를 드렸습니다. 그리고 밤이 오자 피로와 공포에 시달린 육신을 누이고 이튿날 아침까지 죽은 듯이 곯아떨어졌습니다.

다음날 나무 그늘 사이를 걷고 있는데, 샘물의 근원지에서 물을 끌어서 만든 두레박 우물과 도랑이 눈에 띄었습니다. 그리고 그 우물가에는 범접하기 어려운 인상의 노인 한 사람이 앉아 있었는데, 허리에는 종려나뭇잎으로 엮어서 만든 옷을 두르고 있었습니다.

나는 이 노인도 아마 배가 난파해서 이 섬에 오게 된 것이려니 짐작했습니다. 그래서 가까이 다가가 인사를 건넸지요. 그 노인도 몸짓으로 답례를 해 보였습니다. 하지만 웬일인지 말은 한 마디도 하지 않더군요. 그래도 나는 다시 말을 걸어 보았습니다.

"노인 어른, 어째서 이곳에 앉아 계십니까?"

그러자 노인은 고개를 가로저으며 신음소리를 내더니 자신을 업어 달라는 듯한 몸짓을 해 보였습니다. 저쪽에 우물물이 흐르는 곳까지 데려다 달라는 말을 하고 싶은 듯했지요. 그래서 나는 속으로 생각했습니다.

'친절하게 대해 드리자. 이 노인의 소원을 들어 주면 천국에서 보답을 받겠지. 이분은 중풍 때문에 움직이질 못하시나 보다.'

그래서 나는 노인을 등에 업고 그가 가리키는 지점까지 가서 천천히 내려 주려고 했지요. 그런데 이게 웬일입니까. 노인은 내리려 하지 않고 오히려 두 다리로 내 목을 휘감는 것이었습니다. 그 다리는 피부가 시커멓고 거칠거칠한 것이 마치 물소의 가죽 같더군요. 나는 어찌나 놀랐던지 그냥 노인을 내동댕이칠까 생각했습니다.

하지만, 노인의 다리가 얼마나 내 목을 바짝 조였는지 숨을 제대로 쉴 수가 없어서 끝내 눈앞이 아득해지는 것 같았지요. 결국 나는 비틀거리다가 땅바닥에 쓰러지고 말았습니다. 그런데도 노인은 나를 죽어라고 발로 차고 때리는 것이었습니다. 그의 발길질이 마치 종려나무 채찍처럼 매서웠기 때문에, 쓰러져 있던 나도 결국 일어서지 않을 수 없었답니다.

노인은 손을 뻗어서 이쪽으로 가라는 둥, 또 저쪽으로 가라는 둥 지시를 내렸습니다. 나는 노인을 업은 채

맛좋은 과일이 매달린 나무 사이를 왔다갔다 했지요. 만일 조금이라도 거절한다거나 꾸물거리면, 혹 꾀라도 부리려 들면, 어김없이 채찍보다 더 매서운 발길질이 날아왔습니다. 노인이 언제라도 자기 마음 내키는 방향을 손가락으로 가리키면, 나는 노예가 된 포로처럼 그대로 따라야 했습니다.

　이렇게 낮에만 하루 종일 끌려 다닌 것이 아니라 밤에도 노인은 내 등에서 내리려 하지 않았습니다. 그뿐이 아닙니다. 대소변까지도 내 어깨와 등에서 보고, 자고 싶으면 다리를 내 목에 감은 채 등에 기대서 졸았던 것입니다. 그러다가 깨기라도 하면 냅다 발길질을 해댔고, 나는 펄쩍 뛰어오르며 또 시키는 대로 할 수밖에 없었지요. 그 노인에게 얻어맞는 고통을 생각하면, 정말 무엇이든 복종하지 않을 수 없었답니다.

　물론 나는 뼈저리게 나 자신을 저주했고, 그 노인에게 친절을 베풀었던 것을 후회했습니다. 이런 상태가 얼마간 계속되다보니 뭐라고 표현할 수도 없을 만큼 진이 빠져서 이렇게 중얼거리곤 했지요.

　'내가 베푼 호의를 이놈은 못된 소행으로 갚는구나. 알라께 맹세코, 나는 이제 죽을 때까지 누구에게도 온정을 베풀지 않으리라!'

　나의 불행과 비참함은 날이 갈수록 더해져서 나는 차

라리 신께서 생명을 거두어 가셨으면 좋겠다는 생각까지 품었더랬습니다. 그러나 이 지긋지긋한 세월을 보내던 중, 하루는 노인을 업은 채 표주박이 잔뜩 열린 곳을 찾아가게 되었지요. 대부분의 표주박은 말라 있었는데, 나는 그 중에서도 크고 잘 마른 표주박 하나를 따서 꼭지는 따내고 속은 모두 긁어 냈습니다. 그리고 나서 그 근처에 무성하게 우거져 있는 포도넝쿨에서 포도를 따서 그 즙을 표주박에 가득 채웠습니다. 표주박 아가리를 잘 닫아서 햇볕에 며칠 두었더니 그대로 독한 포도주가 되더군요.

나는 이 술을 조금씩 마시면서 지친 마음을 달래고, 저 끈질긴 악마의 무게로 혹사당한 육신을 간신히 지탱해 나갔습니다. 술을 마실 때만큼은 고생도 잊고 기분도 조금 새로워졌으니까요. 그런데, 어느 날 노인이 내가 술을 마시는 모습을 보고, 그게 뭐냐는 듯 손짓을 하지 않겠습니까?

"이 음료는 굉장한 강장제입니다. 심장의 기운을 북돋워 주는 것은 물론, 기분을 아주 새롭게 해 준답니다."

나는 이렇게 대답을 하고, 노인을 업은 채 나무 사이를 뛰어다니기도 하고, 노래를 부르며 흥겹게 춤을 추기도 했습니다. 뭐, 나도 어지간히 취해 있었으니까요. 그러다가 술기운을 빙자해서 노인을 업은 채 비틀거리기도 했지요. 그러자 노인은 자기도 술을 마시고 싶다며 손을 내밀었습

니다. 나는 그 노인을 몹시 무서워하고 있었던 터라 즉시 표주박을 내 주었지요.

노인은 표주박을 손에 받아들고 마지막 한 방울까지 모두 들이키더니 텅 빈 표주박을 땅에 내던졌습니다. 그는 완전히 취해서 업힌 채 손뼉을 치기도 하고 몸을 마구 흔들기도 했습니다. 게다가 내 어깨에 오줌을 잔뜩 싸 놓아서 내 옷은 완전히 흠뻑 젖어 버렸지요. 이윽고 그는 취기가 완전히 올라와서 사지를 축 늘어뜨린 채 곯아떨어졌습니다.

나는 노인이 완전히 정신을 잃었다고 판단되자 즉시 목에서 발을 풀어내서 있는 힘껏 바닥에 내동댕이쳤습니다. 이렇게 해서 나는 그 악마같은 놈을 떼어냈지만, 그렇다고 아직 무사하다고 생각하기는 일렀습니다. 노인이 술에서 깨어서 만에 하나 그 전의 상태로 돌아간다면 여간 큰일이 아니니까요.

그래서 나는 수풀 사이에 놓여 있던 커다란 돌 하나를 들고 와서 노인의 머리를 내리쳤습니다. 대번에 노인의 두개골이 박살나고 살과 피가 범벅이 되었습니다. 노인은 그런 벌을 받아 마땅한 인간이었으니까요. 나는 비로소 마음이 놓여 전에 항상 있던 바닷가로 돌아갔습니다.

나는 매일같이 과일과 깨끗한 물을 먹으며, 조금도 쉬지 않고 먼 바다를 바라보며 지나가는 배를 발견하기를

z 날도 나는 그 자리에 앉아 알라께서 내

|고 친지들과 벗들을 만나게 해 주시리라

는 믿음을 버리지 않고 있었지요. 그런데 마침 웬 배 한

척이 파도를 헤치고 섬으로 다가오지 않겠습니까!

마침내 배는 닻을 내리고, 뱃사람들이 섬으로 올라왔습니다. 그들은 내게로 달려와 주위를 빙 둘러싸고 나의 신상에 대해 이것저것 물었습니다. 내가 지금까지 겪은 일을 이야기하자 그들은 몹시 놀라며 이렇게 말해 주었습니다.

"당신 등에 탄 그놈은 바다의 노인이라고 불리지요. 그놈의 다리가 목에 일단 감기면, 그것이 마지막이지요. 당신 외에는 누구 하나 그 자에게서 목숨을 건진 자가 없다오. 놈을 업은 채 지쳐서 쓰러지면, 그는 곧 바다의 노인의 밥이 되고 말지요. 목숨을 보전한 것을 알라께 감사드리시구려!"

그들은 내게 식사를 대접해서 배불리 먹을 수 있게 해 주었습니다. 게다가 벌거벗은 몸을 가릴 수 있게끔 새 옷도 한 벌 내 주더군요. 그리고 그들과 함께 며칠 동안 항해를 계속했습니다. 그러다가 원숭이의 도시라고 하는 곳에 당도했습니다. 그 도시는 높은 건물들이 즐비했는데, 건물 모두가 바다 쪽으로 나 있었습니다. 거기에는 무쇠못을 단 견고한 성문 하나가 달려 있을 뿐이었습니다.

그런데 매일 석양이 질 무렵이면, 온 도시 주민들이 그 문으로 성을 뛰쳐나가 쪽배나 범선에 타고 그곳에서 밤을 보내더군요. 이유인즉슨, 산에서 원숭이들이 쳐내려올까 봐 바다에서 밤을 보낸다는 것이었습니다. 그 이야기를 듣고 나니 나도 몹시 불안해지더군요.

그럼에도 불구하고 나는 이 도시에서 머무르며, 조금 휴식의 시간을 가지려고 결심했습니다. 그런데 운수가 나쁘려니까, 배가 나를 남겨놓은 채 벌써 출항해 버리지 않았겠습니까. 나는 후회막심한 기분으로 바닷가를 거닐었습니다. 그때 그 도시 사람 하나가 내게 다가와 말을 걸더군요.

"이보시오, 이곳에 처음 오신 분 같은데 맞습니까?"

"그렇습니다. 이곳에 닻을 내렸던 배를 타고 온 사람이지요. 나는 이 도시 구경이나 할까 해서 내렸는데, 배를 타려고 되돌아가 보니 벌써 떠나고 없더군요. 가엾게도 나 혼자만 이 도시에 남겨진 셈입니다."

"그럼, 이리 와서 저와 함께 배를 타십시다. 이곳에 머물러 있다간 원숭이 밥이 되고 말 겁니다."

"말씀하신 대로 하지요."

그래서 나는 그 사나이와 함께 배를 타고 육지에서 1마일 정도 떨어진 곳까지 나아갔습니다. 그리고 그곳에서 그날 밤을 보냈지요. 날이 밝자 사람들은 다시 도시로 돌아가 각자의 생업에 종사했습니다. 그러니까 이 도시 사람들은 이런 생활을 매일 밤 되풀이하는 것입니다. 밤에 도시 안에 남아 있는 사람은 반드시 원숭이들의 습격으로 죽음을 당하게 되니까요. 원숭이들은 정원의 과일 따위를 깡그리 먹어치우고 아침이 되자마자 산으로 돌아가서 해가 떨어질 때까지 잠을 자고, 그리고 밤이 되면 또다시 도성으로 내려오는 것이지요.

그런데 이 도시는 흑인들의 나라 중에서 가장 변경지방에 속하고 있었습니다. 내가 이 도시에서 겪었던 신기한 일 중 하나를 말씀드리지요. 나를 배에 태워 주었던 사람의 친구 하나가 나를 보고 이렇게 물었습니다.

"당신은 이 도시에 처음 오신 분 같군요. 무슨 일을 하시는지요?"

"글쎄올시다. 내겐 직업이랄 만한 것도 없고, 특별한 기술도 없습니다. 왜냐하면, 나는 장사치로 내 소유의 배도 있었고, 상품도 있었지만, 지금은 아무 것도 없으니까요. 배는 침몰당했고, 타고 있던 동료들도 다 죽었답니다. 나 혼자 알라께서 내려 주신 나무 판자를 타고 목숨을 건졌습니다."

"그렇다면, 이 자루를 가지고 가서 해변가의 자갈들을 모으십시오. 그 다음 도시 사람들의 무리를 잘 따라가시면 됩니다. 당신 이야기는 내가 미리 그들에게 해 둘 테니까요. 그렇게만 하면, 고향에 돌아갈 방법이 생길 겁니다.”

나는 그 사나이를 따라 바닷가로 가서 자루에 크고 작은 자갈을 가득 담았습니다. 도시에서 각기 자루에 자갈을 담은 사람들이 하나 둘 모여드는 것이 눈에 띄었습니다. 그 사나이는 사람들에게 나를 잘 돌봐주라고 부탁을 했습니다.

“이 분은 외국에서 오신 분입니다. 같이 모시고 가서 줍는 방법을 가르쳐 주시구려. 그래야 이 분도 밥벌이를 할 수 있겠지요. 여러분께는 천국의 상이 기다리고 있을 거요.”

“네, 우리를 믿으십시오.”

모두들 나를 기꺼이 맞아들여서 함께 길을 떠났습니다. 우리는 한참을 걸어 어떤 골짜기에 도착했는데, 그곳은 나무가 빽빽이 들어서 있었습니다. 나무의 줄기는 아무 것도 기어오를 수 없을 만큼 미끈미끈했지요. 그런데 이 나무 밑에는 한 무리의 원숭이들이 자고 있었는데, 우리 일행을 보자마자 재빨리 나무에 올라가지 않겠습니까.

그때 갑자기 나의 동료들은 자루에서 돌을 꺼내 원숭이에게 던지기 시작했습니다. 원숭이들도 질세라 나무열매를 따서 던졌습니다. 원숭이가 던지는 열매를 잘 보니 그것은 코코아 열매였습니다. 나도 얼른 원숭이들이 우글대는 큰 나무 하나를 골라서 자갈을 던지기 시작했지요. 그리고 원숭이들이 던지는 나무 열매를 열심히 모았습니다. 결국 자루 안의 돌을 다 던지기도 전에 코코아 열매를 잔뜩 얻을 수 있었지요. 다른 사람들도 코코아 열매를 한 자루씩 줍기는 마찬가지였습니다. 그후 우리는 다시 도시로 되돌아왔습니다.

나는 열매를 주울 수 있게 해 준 그 친절한 사나이에게 가서 그날 주운 열매를 몽땅 주면서 호의에 감사를 표했습니다. 하지만 사나이는 내 열매를 절대로 받으려 하지 않는 것이었습니다.

"그 열매를 팔아서 이익을 남기세요. 그리고 이것은 우리 집에 있는 벽장 열쇠입니다. 이것을 받으세요. 당신이 줍는 열매는 이 안전한 장소에 모아 두는 게 좋을 테니까요. 그리고 매일 이렇게 코코아 열매를 주우러 나가세요. 제일 나쁜 열매들만 골라서 팔아도 일용할 양식은 충분히 얻을 수 있을 겁니다. 그리고 나머지는 이곳에 모아 두시면, 후일 귀국하실 때 큰 도움이 될 겁니다."

"알라께서 당신에게 상을 내려 주시길 빕니다."

나는 이렇게 말하고 그 사나이가 시키는 대로 매일 코코아 열매를 주우러 다녔습니다. 열매를 줍는 사람들도 내게 좋은 열매가 있는 나무를 가르쳐 주기도 하는 등 여러 가지 도움을 주었습니다. 이렇게 지내다 보니 열매를

팔아서 번 돈도 많았지만, 저장해 놓은 열매도 한 밑천이 되었습니다. 살기도 편해졌고, 원하는 것은 무엇이든 살 수 있게 되었습니다.

그러던 어느 날, 커다란 배 한 척이 이 도시에 들어왔습니다. 상인들은 육지에 올라와서 자기들이 가져온 상품과 코코아 열매를 비롯한 특산품들을 교환하기 시작했습니다. 나는 내게 은혜를 베풀어 준 친구의 집으로 찾아가 고향으로 돌아가고 싶다는 말을 했습니다.

"그건 당신이 결정하실 문제겠지요."

나는 이 대답을 듣고, 그가 보여준 여러 가지 호의에 감사하며 작별 인사를 고했습니다. 그리고 배에 가서 운임을 지불하고, 나무 열매를 비롯한 내 짐들을 배에 실었습니다. 배는 그 날 안으로 돛을 올리고 섬에서 섬으로, 바다에서 바다로 항해를 떠났습니다.

나는 배가 머무는 곳마다 코코아 열매를 팔면서 장사를 했고, 결국 잃었던 재산보다 더 많은 재산을 얻었습니다. 이곳저곳을 다니던 중에 정향과 육계, 후추가 많이 난다는 섬에도 들렀습니다. 섬 사람들이 해 준 이야기인데, 후추 옆에는 반드시 큰 잎 하나가 있다는군요. 그 잎이 햇빛과 비를 막아 주지만, 일단 장마철이 지나면 반대쪽으로 축 늘어져 버린다고 합니다.

나는 이 섬에서 코코아 열매를 주고 많은 향신료를

수중에 넣었습니다. 그 다음에는 코모린 침향으로 유명한 알 우시라드라는 섬에 갔습니다. 또, 건너가는 데만 닷새가 걸린다는 섬에도 갔는데, 그곳에서는 코모린과는 비교도 안 될 만큼 훌륭한 중국 침향이 나고 있었습니다. 그러나 이 섬 사람들은 몹시 천박하고, 종교나 풍습이 다른 섬들에 비해 뒤져 있었습니다. 그들은 간음을 좋아하고, 폭음을 즐기며, 기도는 고사하고 어떻게 기도를 시작하는지조차 모르는 사람들이었으니까요.

우리의 그 다음 행선지는 진주조개 채집장이었습니다. 나는 잠수부 하나에게 코코아 열매를 좀 주고 나의 운수를 점쳐 봐 달라고 부탁했습니다. 그러자 그는 바다에 들어가 깊은 심연 속에서 엄청나게 큰 진주들을 따 가지고 와서 이렇게 외치는 것이었습니다.

"나리, 나리는 엄청나게 좋은 운을 타고 나셨군요!"

이리하여 우리는 그곳에서 커다란 진주들을 많이 얻을 수 있었습니다.

그 이후 우리는 알라의 축복 속에 순조롭게 항해하여 바소라로 돌아왔습니다. 나는 바소라에서 잠시 쉬었다가 바그다드의 내 집으로 돌아왔지요. 정든 가족과 절친한 벗들이 나의 귀국을 기뻐해 주었습니다. 나는 재산을 창고에 집어 넣고 시주와 적선을 베풀었습니다. 과부와 고아들에게는 옷을 주었고, 친구들에게는 좋은 선물을 나누어 주었

지요. 나는 잃은 물건의 네 배나 되는 재산을 벌어왔으니까요.

그 후로는 옛날 그대로의 생활로 되돌아가 부어라 마셔라 하면서 방탕하게 지냈지요. 많은 재산을 얻은 기쁨에 취해서 고생 따위는 싹 잊어 버리고 말입니다. 자, 여기까지가 나의 네번째 여행담입니다. 내일 또 오시면, 나의 마지막 여행담을 들으실 수 있을 겁니다. 앞서 들려 드렸던 이야기보다 훨씬 더 기이하고 재미있는 이야기지요.”

주인은 언제나처럼 술상을 준비하라고 명령했고, 좌중은 즐겁게 먹고 마셨다. 짐꾼은 전날과 마찬가지로 100디나르의 금화를 받았다. 모두 오늘 들은 이야기를 음미하는 기분으로 집에 돌아갔다. 짐꾼 신밧드도 집으로 돌아가 잠자리에 들었다.

다음날 새벽기도를 마친 짐꾼은 뱃사람 신밧드의 집을 찾았다. 주인은 언제나 모이는 사람들이 다 오기를 기다렸다가 또다시 이야기를 시작했다.

뱃사람 신밧드의 마지막 항해

지난번 항해에서 많은 돈을 벌어온 나는 밤낮의 구별도 없는 환락에 깊이 빠져들었습니다. 그러다가 나는 또다시 여행병이 도져서 참을 수 없는 지경에 이르렀습니다. 외국에서 상인들과 어울리며, 진기한 이야기를 듣고 싶어서 견딜 수가 없었던 것입니다. 그래서 나는 귀중품들을 사들여 꾸러미를 만든 후, 바그다드를 떠났습니다. 그리고 바소라에서 유력한 상인들을 싣고 막 떠나려는 배를 잡아타고 뱃길에 올랐습니다.

순풍에 돛을 달고 전진하던 우리 배는 마디나트 알 신이라고 하는 도시에 도착했습니다. 그러나 이 도시를 떠나면서 앞으로 장사를 크게 할 꿈에 부풀어 있는데, 격렬한 폭풍이 비를 몰고 와서 사람은 물론 짐까지 흠뻑 젖고 말았습니다. 그래서 우리 일행은 물건이 비를 맞아 못쓰게 되면 큰일이라고 생각하면서 짐짝 위에 옷이며, 융단, 모포 등을 덮고, 전능하신 알라께서 이 재난에서 구해 주시기만을 기도했습니다.

이때, 선장이 벌떡 일어나 허리띠를 졸라매고는 옷자락을 걷어붙이고 돛대 꼭대기에 올라가 좌우를 살피는 것이었습니다. 그리고 갑자기 자신의 얼굴을 때리고 수염을 쥐어뜯기 시작하는 것이었습니다. 우리는 그에게 큰 소리로 물었습니다.

"선장, 도대체 무슨 일이오?"

"여러분, 우리를 이 궁지에서 구해 주십사고 전능하신 신께 기원을 올리시오. 한껏 슬퍼한 다음 서로에게 고별 인사나 합시다. 우리는 폭풍에 휩쓸려 이 세상 바다 끝까지 오고 말았소."

선장은 돛대에서 내려와 커다란 궤짝을 열고 파란 무명 주머니를 꺼냈습니다. 주머니에는 재처럼 고운 가루가 들어 있었는데, 그는 이 가루를 작은 접시에 덜어서 물에 갠 다음 잠시 기다렸습니다. 그리고는 그 냄새를 맡기도 하고 혀로 핥기도 했습니다. 그는 또 궤짝에서 작은 책자를 꺼내서 읽더니 눈물을 흘리며 이렇게 말했습니다.

"손님들도 이 책에 놀라운 사실이 적혀 있음을 아셔야 합니다. 누구도 이 바다에서 살아 돌아간 자가 없다고 하니, 정말로 무슨 말을 드려야 할지 모르겠군요. 이 지역은 왕의 바다라고 해서, 다윗의 아들 솔로몬 왕의 무덤이 있는 곳이라고 합니다. 더구나 여기에는 흉측하고 거대한 구렁이가 살고, 배가 이곳에 들어오면 거대한 고래가 뭐든지 통째로 삼켜 버린다고 하는군요."

우리는 선장의 말에 심장이 멎을 듯 놀랐습니다. 더구나 그의 말이 끝나자마자 배가 해면에서 갑자기 불쑥 솟았다가 다시 내려앉지 않겠습니까. 우리는 죽음의 기도

를 올리며 알라께 우리의 영혼을 내맡겼습니다.

이때 천둥소리처럼 요란한 소리가 울려퍼져서 우리
는 모두 놀라서 죽는 줄 알았습니다. 놀랍게도 하늘에라도
닿을 듯 거대한 물고기가 바다에서 그 모습을 드러내지
않겠습니까. 우리 일행은 하염없이 눈물을 흘리며 모든 것
을 포기했지요. 그리고 그 믿을 수 없는 몸집과 무서운 생
김새에 바짝 얼어 있었습니다. 그런데 정말 어떤 괴물에도
지지 않을 만큼 크고 무서운 물고기가 또 한 마리 나타났
습니다.

우리는 이제 정말로 삶을 포기하는 심정으로 서로에
게 마지막 인사를 보냈습니다. 이때, 처음 두 마리보다 더
큰 물고기가 또 나타나지 않겠습니까! 우리는 완전히 정
신을 잃고 그저 무서워 벌벌 떠는 것 외에는 아무 도리가
없었습니다. 한편, 이 세 마리 물고기는 배 주위를 빙빙 돌
더니, 마침내 가장 큰 세번째 놈이 입을 쩍 벌리고 우리
배를 삼키려 들었습니다. 그 아가리는 도시의 성문보다 더
넓고, 목구멍은 긴 골짜기 같았습니다.

우리가 전능하신 신께 부르짖고 있을 때, 갑자기 돌풍
이 무서운 기세로 배에 부딪혀 왔습니다. 배는 갑자기 높
은 파도를 타고 솟아올라 거대한 암초에 그대로 부딪혔습
니다. 순식간에 선체는 흔적도 없이 산산조각이 나고, 배
안에 있던 것은 전부 깊은 바다 속에 가라앉고 말았습니다.

한편, 나로 말하자면, 헐거운 옷 한 장만 남기고 옷을 전부 찢어서 몸이 무거워지지 않게 한 다음 앞으로 헤엄쳐 나갔습니다. 그때 널빤지 하나가 눈에 띄었으므로 그것에 매달려 올라탔습니다. 바람과 물결이 판자를 내버려 두지 않았고, 나는 기아와 갈증, 피곤과 공포에 시달려 보기에도 비참한 몰골이었습니다.

물론 나는 나 자신이 선택한 길을 후회하고는 있었지만, 그래도 나 자신에게 이렇게 되뇌었습니다.

"이 봐, 신밧드, 너는 뱃사람이야. 항상 여러 가지 고생을 겪었지. 그래도 너는 저 바다를 단념할 수 없지. 네가 항해를 단념하겠다고 말하는 건 거짓말이야. 그러니 지금의 고통을 참고 견디는 수밖에 없어. 이 모든 게 네가 자초한 일이니까. 이 모든 게 내 욕심을 고쳐 주시려고 알라께서 정하신 일일 테지. 하긴, 난 이미 엄청난 재산을 가지고 있지 않은가."

그래서 나는 정신을 가다듬고 이렇게 다짐했습니다.

"이것을 계기로 삼아 모험과 재물에 눈이 어두워졌던 지난날을 전능하신 알라께 참회하자. 그리고 만약 목숨을 보전하게 된다면, 앞으로는 여행은 생각도 안 하리라. 아니, 여행이란 말은 입밖에도 내지 않으리라."

나는 전능하신 신께 머리를 조아리고 방탕하게 살았던 것을 참회하며 나의 운명을 한탄했습니다. 이런 식으로

이틀 동안이나 널빤지 위에서 바다를 떠다니다가 어느덧 나무가 무성하고 냇물이 흐르는 커다란 섬에 도착하게 되었습니다.

나는 이 섬에서 과일과 물을 섭취하고 원기를 회복했습니다. 그리고 섬을 돌아다니다가 맑은 물이 기세좋게 흐르는 강을 발견했습니다. 나는 예전에 뗏목을 만들어 본 적이 있었기 때문에 이렇게 혼잣말을 했습니다.

"뗏목을 하나 만들어야겠다. 그러면 이 난국에서 빠져 나갈 수 있을지도 모르지. 무사히 빠져 나간다면, 알라께 맹세한 서원을 지켜서 다시는 항해를 떠나지 않으리라. 빠져 나가지 못한대도 이 세상의 불행에서 벗어나 조용히 죽음을 맞기밖에 더하겠는가."

그래서 나는 일어서서 잘 자란 백단목들을 잘라서 다듬어 목재를 만들었습니다. 그리고 가느다란 가지나 덩굴을 잘 꼬아서 밧줄처럼 만든 뒤 목재들을 엮어 맸습니다.

"이걸로 살아 남는다면, 신의 은총 덕분이겠지."

나는 이렇게 중얼거리고 뗏목에 올라타 강이 흐르는 대로 떠내려 갔습니다. 아무 것도 먹거나 마시지 못한 채 가만히 뗏목에 누운 채 사흘이나 흘렀습니다. 나중에는 너무 목이 말라서 강물을 마셨지만, 굶주림과 피곤은 어쩔 수가 없어서 병아리처럼 힘없이 늘어져 있었습니다.

뗏목은 어느덧 높은 산기슭에 이르렀는데, 강물은 그

산 밑으로 통하고 있었습니다. 뗏목을 버리고 산으로 올라갈까 생각도 해 보았지만, 물살이 얼마나 빠른지 그것도 불가능해 보였습니다. 그래서 그냥 무지개 모양의 지하 수로 입구로 하염없이 밀려 들어가게 되었지요. 나는 앞으로의 위험이 두려워 이렇게 외쳤습니다.

"전능하신 알라께 내 생명을 맡깁니다!"

그러나 잠시 후 뗏목은 저편으로 미끄러져 나왔고, 눈앞에는 넓다란 골짜기가 펼쳐졌습니다. 물살은 우레 같은 소리를 냈는데, 알고 보니 그곳은 아주 흐름이 급한 여울목이었던 것입니다. 뗏목은 급류를 타고 하염없이 떠내려 갔기 때문에 세우는 것은 고사하고 강둑에 대는 것조차 불가능했습니다.

뗏목은 그 여울을 지나 지붕들이 옹기종기 붙어 있는 대도시로 나와서야 비로소 멈추었습니다. 주민들은 뗏목을 타고 온 내게 밧줄을 던져 주었습니다. 하지만, 그때의 나는 밧줄을 잡을 기력조차 없었답니다. 그래서 그들은 그물을 뗏목으로 던져 강둑으로 잡아당겨야 했지요. 나는 거의 시체나 다름없는 모습으로 사람들에게 둘러싸인 채 쓰러져 버렸습니다.

그때 위엄있는 노인 한 분이 내게 다가와 깨끗한 옷으로 벗은 몸을 덮어주며, 따뜻하게 맞이해 주셨습니다. 그 노인은 나를 목욕탕으로 데리고 가서 강장제로 쓰이는 셔벗과 향신료를 먹였습니다. 목욕이 끝나자 노인의 집으로 인도되었는데, 그분의 식구들도 모두 따뜻하게 맞아 주었습니다. 좋은 자리에 앉아서 진수성찬을 대접받은 나는 최고의 신께 무한한 감사를 올렸지요.

식사가 끝나자 시동이 더운 물을 갖다 주었고, 그 물로 손을 씻으니 이번에는 시녀가 비단 수건을 갖다 주었습니다. 노인은 자기 집에 나를 위한 별실을 마련해 주고, 시동과 시녀에게 무엇 하나 부족함이 없도록 보살펴 주라고 지시했습니다. 이리하여 마음 편히 좋은 술과 맛있는 음식을 먹고 좋은 향료를 즐기는 가운데 사흘을 보내고 나니, 온몸의 기운이 되살아나고 정신적으로도 안정을 되찾았습니다. 나흘째 되던 날, 주인 노인이 이렇게 말했습니다.

"당신과 가까이 하게 되니 우리 집에 새로운 기운이 넘치는 듯하구려. 당신을 구해 주신 알라께 찬양을 드립시다! 자, 이제 나와 함께 바닷가로 나가서 당신 물건을 팔아보면 어떻겠소? 그러면 당신이 싣고 갈 상품들도 구입할 수 있을 거요. 이미 노예들에게 당신 물건을 바다에서 끌어 올려 해변에 쌓아 두라고 일러 두었소."

나는 잠시 아무 대답도 않고 곰곰이 생각해 보았습니다.

'이 노인께서 무슨 말씀을 하시는 건가? 내게 팔 물

건이 뭐가 있단 말인가?’

　그러자 노인이 재차 이렇게 권유하는 것이었습니다.

　“너무 주저하거나 걱정하지 않아도 괜찮소. 아무튼 함께 시장으로 나가지요. 누군가 당신 마음에 드는 대금을 지불하겠다고 나서면 팔고, 그렇지 않으면 창고에 두었다가 다음 기회에 팔아도 되니까 말이오.”

　그래서 나는 잠시 지금 내가 처한 신세를 생각해 보았습니다. 어쨌든 그 매물이 무엇인지 한 번 보기라도 해야 할 것 같았습니다. 그래서 이렇게 대답했습니다.

　“알았습니다. 어르신의 분부라면, 그 무엇도 거역하지 않겠습니다. 어르신께서 하시는 일에는 알라의 축복이 함께 하시니까요.”

　노인은 나를 장터로 인도했습니다. 가서 보니, 매물이란 다름 아닌 내가 타고 온 백단목 뗏목이었습니다. 거간꾼은 그 뗏목을 풀어서 늘어 놓고 경매에 붙이려고 목청을 돋구고 있었습니다. 장사치들이 몰려와서 서로 가격을 높이다가 결국 1000디나르까지 올라갔습니다. 모두 그 이상의 값은 부르기를 주저하는지라 노인이 내게 이렇게 말했습니다.

　“요즘 경기가 좋지 않은 데도 당신 물건은 이 정도의 시세라오. 이 값으로 파시겠소? 아니면, 값이 더 오를 때까지 내 창고에 넣어 두시겠소?”

“이 흥정은 어르신께 전적으로 맡기겠습니다. 좋으실 대로 하십시오.”

“그럼, 그 백단목을 나에게 파시오. 상인들이 부른 값에서 금화 100닢을 더 얹어 드리리다.”

“좋습니다. 이제 그 물건은 어르신의 소유입니다.”

주인은 곧 노예들에게 백단목을 창고로 나르라고 명령하고, 나와 함께 집으로 돌아와 대금을 치러 주었습니다. 계산이 끝나자 주인은 돈을 자루에 넣어서 눈에 띄지 않는 장소에 치우고, 쇠자물쇠로 잠근 뒤 열쇠를 내게 맡겼습니다. 그후 며칠이 지나서 노인은 내게 이렇게 말하는 것이었습니다.

“젊은이, 그대에게 제안할 것이 있소이다. 당신이 들어 줄 것으로 생각은 합니다만.”

“어떤 일이십니까?”

“보시다시피 나는 아주 나이가 많소. 그런데 아들도 하나 없다오. 하지만 딸이 하나 있는데, 아직 어리고 예쁘다오. 재색을 겸비했다고 할 수 있지요. 그 애를 당신에게 주고 싶구려. 내 딸을 데리고 이 나라에서 오래 살아가기 바라오. 나도 이제 연로하니 재산 일체를 그대에게 맡기고 그대를 후계자로 삼고 싶구려.”

나는 부끄러워서 뭐라고 대꾸도 하지 못한 채 가만히 있었습니다. 그러나 노인은 계속 말을 이었습니다.

“내 청을 들어 주시오. 내 소원은 그대에게도 유익한 것이오. 내 말대로만 해 준다면, 당장 이 자리에서 딸을 주어 그대를 내 사위로 삼으리다. 내가 지금 가진 것은 물론이고 앞으로 들어올 것까지 모두 그대의 소유가 될 것이오. 그대가 고국에 돌아가 장사를 한대도 막지 않을 것이오. 그대 재산은 무엇이든 그대의 재량에 맡기겠소. 그러니 무엇이든 그대 뜻대로 하시구려.”

“어르신은 마치 제 친아버님 같으시군요. 하지만 저는 거친 일만 하며 살아 온 이방인입니다. 하도 고생을 해서 이제는 판단력이나 사고력이 엉망입니다. 아무쪼록 어르신께서 제가 어떻게 처신하는 것이 옳을까 결정해 주십시오.”

주인은 이 말을 듣고 당장 판관과 증인을 불러 결혼 증서를 작성하고, 호화로운 피로연을 베풀었습니다. 아내를 만나러 들어가 보니, 과연 완벽한 미모에 사랑스러움과 우아함이 비길 데가 없는 여인이었습니다. 그녀는 아름다운 몸에 사치를 다한 옷을 입고, 값을 헤아릴 수 없는 금은보석으로 치장을 하고 있었습니다.

아내는 나를 너무나 만족하게 했고, 우리는 아내의 아버님이 알라의 부르심을 받는 그날까지 서로를 아끼며 살아갔습니다. 나는 장인의 시신을 수의로 싸서 매장하고, 그의 전재산은 물론 하인과 노예까지 모두 물려받았습니다. 더구나 상인들이 내게 장인의 뒤를 이어 그들의 우두머리가 되어 줄 것을 부탁했습니다. 이리하여 나는 사회적 지위까지 얻게 되었던 것입니다.

그런데 이 도시 사람들과 친숙해지면서 알게 된 사실이 하나 있었습니다. 그것은 매달 초에 남자들이 새로 변해서 날개를 펴고 날아간다는 사실이었습니다. 그래서 매달 초하루에는 도시에 여자와 아이들밖에 남아 있지 않았습니다. 그래서 나는 이렇게 생각했습니다.

'초하루가 되면, 나도 누군가에게 부탁해서 그들이 어디로 날아가는지 알아내야겠군.'

마침내 초하루가 되어 남자들의 모습이 변했습니다. 나는 그들 중 한 사람에게 다가가 이렇게 부탁했습니다.

"알라께서 당신을 축복하시기를! 나도 당신들과 함께 데려가 주십시오. 당신들과 바람이라도 쐰 뒤에 돌아오면 안 되겠습니까?"

"그건 안 될 말씀입니다."

하지만 나는 끈질기게 졸라서 결국 승낙을 얻어내고 말았습니다. 그래서 아내에게도, 친구에게도, 수하의 하인에게도 말하지 않고 그와 동행했습니다. 그는 나를 등에 업고 하늘 높이 날아갔습니다. 그런데 천국의 천사들이 찬양을 드리는 소리가 들리지 않겠습니까. 나는 깜짝 놀라서 외쳤습니다.

"알라를 찬양하라! 알라의 완전하심을 송축할지어다!"

하지만 내가 이 기도를 미처 끝맺기도 전에 천상의 한 구석에서 불꽃이 떨어져 일행의 대부분을 태워 죽이고 말았습니다. 간신히 살아 남은 사람들은 내게 저주를 퍼부으며, 높다란 산꼭대기에 나 혼자만 내려놓고 날아가 버렸습니다. 이런 곤궁에 빠지고 보니, 나 자신이 저지른 일과 주제넘은 짓을 꾀했던 것을 후회하지 않을 수 없었습니다.

"위대하신 알라여! 나란 놈은 곤경 하나를 벗어났다 싶으면 곧바로 다음 곤경을 만나고 마는 운명입니까?"

이렇게 해서 갈 바를 알지 못하고 우물쭈물하는데, 갑자기 달처럼 훤한 얼굴을 한 젊은이 둘이 내게로 걸어 오지 않겠습니까. 그들은 둘 다 황금 막대를 지팡이처럼 짚고 있었습니다. 그래서 나는 그들에게 다가가 인사를 건넸습니다.

"알라께서 당신들에게 은총을 내려 주시기 바랍니다. 댁들은 누구시며, 무슨 일을 하십니까?"

"우리들은 이 산에 살고 있는, 알라의 종들입니다."

두 젊은이는 이렇게 대답하고, 들고 있던 황금 지팡이를 내게 건네 주더니 가던 길로 그냥 가 버렸습니다. 나는 그 두 젊은이들에 대해 의아해하며 계속 산모퉁이까지 걸어갔습니다. 그때, 갑자기 인간을 허리까지 집어삼킨 거대한 구렁이가 나타나 내 앞길을 가로막았습니다. 뱀에게 완전히 삼켜지기 일보 직전의 사나이가 미친 듯이 고함을 지르더군요.

"나를 구해 주시는 분은 어떤 곤경에서도 알라의 구원을 받으실 겁니다!"

내가 구렁이의 대가리를 황금 지팡이로 내리치자, 구렁이는 곧 그 사내를 내뱉었습니다. 그래서 한 번 더 내리쳤더니 죽어라고 도망을 가더군요. 목숨을 건진 사나이가 나에게 다가와서 이렇게 말했습니다.

"당신이 나를 저 뱀으로부터 구해 주었으니, 절대로 당신을 떠나지 않겠소. 이 산에서 진정한 동료가 되리다."

"좋소. 반갑소이다."

그래서 우리는 함께 산길을 걸어갔습니다. 그러던 중에 사람들이 무리를 지어 걸어오는 것을 발견했는데, 그 중에는 나를 등에다 업고 날아가다가 이 산에 버렸던 그 남자도 있었습니다. 그래서 나는 그에게 다가가 정중하게 내 잘못을 사과하고 이렇게 덧붙였습니다.

"하지만, 당신이 한 일도 결코 친구의 도리라고는 할 수 없는 것이었소."

"당신이 내 등에서 신을 칭송했기 때문에 우리 일행은 모두 목숨을 잃을 뻔했었소."

"용서해 주시구려. 그런 일이 잘못인 줄은 꿈에도 몰

랐었소. 하지만 한 번만 더 나를 태워 준다면, 맹세코 아무 말도 않겠소이다."

그는 고집을 꺾고 나를 다시 태워주기로 했습니다. 하지만 그 전에 나는 신을 칭송하는 말도, 기도문도 입 밖에 내지 않는다는 맹세를 해야만 했습니다. 나는 뱀에게 잡아 먹힐 뻔했던 사나이에게 황금 지팡이를 주고 작별 인사를 했습니다. 사나이는 나를 업자마자 하늘 높이 날아올라 도시에 있는 나의 집에 내려 주었습니다. 아내는 내가 무사히 살아 돌아온 것을 기뻐하며 말했습니다.

"저 치들과 다시는 나가지 마세요. 절대로 사귀지도 마시구요. 저들은 마귀들과 한 통속이어서 알라의 이름을 부르는 법도 모른답니다. 알라께 예배를 드리지 않는 것은 말할 것도 없지요."

"그럼, 당신의 아버님은 저들과 어떻게 지내셨소?"

"아버님은 저 치들과 어울리지 않으셨고, 저들의 악습을 쫓지도 않으셨어요. 이제 아버님도 돌아가셨으니 우리 소유를 전부 다 팔아서 상품을 사서 고국으로 돌아가시는 편이 좋을 것 같아요. 물론 저도 당신을 따르겠어요. 부모님도 안 계신 마당에 이 도시에 머물 이유가 어디 있겠어요."

그래서 나는 장인의 재산을 모두 처분했습니다. 그리고 바소라로 떠나는 사람이 없는지, 있다면 길동무로 삼으려고 수소문했습니다. 마침 항해를 떠나고 싶어하는 사람을 몇 명 구했기 때문에, 다음으로는 배편을 알아 보았습니다. 그러나 배를 구할 수가 없어서 사람들이 배를 한 척 만들었습니다. 나는 운임을 지불하고, 집과 토지를 뒤로 한 채 물건들만 가지고 아내와 함께 배에 몸을 실었습니다.

우리 배는 순조롭게 항해를 거듭하여 섬에서 섬으로, 바다에서 바다로 나아갔습니다. 마침내 배는 바소라에 도착했지만, 나는 단 하루도 그곳에서 머물지 않고 곧장 다른 배를 빌어 바그다드로 향했습니다. 그리고 무사히 도시에 들어서자마자 그리운 내 집으로 들어갔습니다. 가족과 친척들, 친구들과 해후를 한 나는 가지고 온 짐을 전부 창고에 넣었습니다.

내가 마지막 항해 동안 바그다드를 떠나 있었던 시기는 자그만치 27년이나 되었습니다. 그래서 우리 집 식구들은 모두 나를 다시 볼 수 없으리라 생각하고 있었던 게지요. 그런 와중에 내가 귀국을 했으니 얼마나 기쁘고 감격스러워 했는지는 두말할 필요도 없을 겁니다. 그들은 모두 나의 여행담에 혀를 내두르며 놀라워 했답니다.

그후 나는 땅이든 바다든 간에 절대로 여행을 떠나지 않겠다고 맹세했습니다. 나의 마지막 항해는 나의 여행벽을 충족시키고도 남았으니까요. 그리고 무사히 고향에 돌

아와 혈족과 친구들을 만나게 해 주신 신의 은혜에 감사
를 드렸습니다.

　　뱃사람 신밧드는 이야기를 매듭지으며 이렇게 말했다.
　　"그러니 잘 생각해 보시구려, 짐꾼 신밧드 씨. 내가
지금의 내가 되기까지 얼마나 고생을 했고, 얼마나 끔찍한
일을 겪었는지 헤아려 보시구려."
　　그러자 짐꾼이 이렇게 대답했다.
　　"알라께서 나리를 축복해 주시기를! 제가 잘못했습니
다. 아무것도 모르고 나리의 부유함만 시기했습니다."
　　두 신밧드는 그후에도 친하게 지내며 이 세상의 평안
과 쾌락을 누렸다. 그리고 기쁨을 멸하고 사귐을 끊으며
무덤으로 이끄는 죽음을 맞았다. 죽음 없이 영원히 사시는
유일한 신 알라에게 영광 있을지어다!

염색장이 아브 키르와 이발사 아브 시르

아브 키르와 아브 시르

옛날, 알렉산드리아 시에 아브 키르라는 염색장이와 아브 시르라는 이발사가 살고 있었다. 이 두 사람은 같은 시장 거리에 나란히 가게를 열고 있었다.

염색장이 아브 키르는 사기꾼에다 거짓말쟁이로, 지나치게 교활한 위인이었다. 그는 손님이 염색을 맡기러 오면 염료를 살 돈이 없으니 선금을 달라고 요구하기 일쑤였다. 그렇게 해서 받은 선금을 금방 술값으로 날려

버리는 것은 약과였고, 손님이 맡긴 옷감까지 팔아서 그
돈으로 먹고 마시는 데 써 버렸다. 그런 주제에 좋은 음
식과 귀한 술이 아니면 거들떠 보지도 않는 인물이 바
로 아브 키르였던 것이다.

이 염색장이는 손님이 물건을 찾으러 오면, 꼭 내일
다시 와 달라고 말하곤 했다. 하지만 손님이 그 이튿날
에 찾아가도, 또 그 다음날에 찾아가도 염색은 되어 있
지 않았다. 손님이 찾아올 때마다 내일은 틀림없이 염색
한 물건을 주겠다고 장담하는지라, 손님은 헛걸음을 계
속할 수밖에 없는 것이었다. 그러다가 마침내 손님이 더
이상 참지 못하고, 염색을 안 해도 좋으니 옷감만이라도
돌려 달라고 하면, 아브 키르는 이렇게 말하곤 했다.

"손님, 죄송해서 어떡허지요? 진상을 말씀드릴 수밖
에 없군요. 알라께 맹세코, 남의 물건에 손을 대는 놈에
게 화 있을지어다!"

"무슨 일이 있었단 말이오?"

"손님 옷감은 비할 데 없이 훌륭하게 염색이 되었
습니다. 그런데 누가 훔쳐 가 버렸어요. 누가 그런 짓을
했는지는 모르겠습니다."

옷감 주인이 마음씨 좋은 사람 같으면 그저 알라의
뜻이려니 하고 넘어갔지만, 성격이 고약한 사람의 경우
에는 욕설을 퍼붓고 한바탕 싸우기 마련이었다. 그러나

비록 고소를 한다 해도 옷감 주인에게 돌아오는 소득은 없었다. 이 모양이니 염색가게 주인의 악명은 사람들 입에 자주 오르내렸고, 그를 경계하거나 비웃는 사람들이 생기는 것도 당연한 일이었다. 그래도 아브 키르는 여전히 장사도 잘 안 되는 염색가게를 열어 놓고 있었다.

손님이 찾아오지 않으니 아브 키르는 옆집 이발사의 가게에 앉아서 자기 가게를 살펴보는 일이 잦았다. 그러다가 어수룩한 손님이 피륙을 들고 지나가면 냉큼 뛰어나가 염색 일을 받아오곤 했다. 비록 이 염색장이가 불한당 같은 사람이긴 했지만, 그는 모든 색깔의 염색을 솜씨 좋게 할 수 있었다. 하지만, 일단 물건과 선금을 받으면 고기나 야채, 담배나 과일 따위를 사는 데 다 써 버리는 것이었다. 그리고 손님이 물건을 찾으러 오면, 이발사 아브 시르의 가게에 버티고 앉아서 손님을 그냥 돌려보냈다.

이런 식으로 염색장이는 몇 해를 보냈다. 그러던 중 아주 난폭한 손님의 옷감을 받아서 팔아 치운 사건이 일어났다. 손님이 염색이 된 물건을 찾으러 왔지만, 이미 아브 키르는 이발사네 가게에 몸을 숨기고 없었다. 손님은 노발대발하면서 관청에 찾아가 염색장이를 고소했다. 관리들이 출두하여 염색가게의 문을 닫고 못으로 박아 버렸다. 물건을 압류하려고 해도 가게 안에 돈이 될 만한 것이라곤 아무 것도 없었다.

"염색가게 주인이 오면, 이 손님의 피륙을 가지고 와서 가게 열쇠를 받아 가라고 이르시오."

관리는 이 말을 남기고, 가게 열쇠를 가지고 옷감 주인과 함께 돌아갔다. 이 소동을 지켜본 이발사 아브 시르가 염색장이에게 말했다.

"도대체 어찌된 일인가? 손님의 피륙은 어떻게 했나?"

"이웃 친구, 사실은 도둑을 맞았어."

"아니, 그게 정말인가? 손님이 물건을 가져올 때마다 도둑을 맞다니, 그럴 수가 있나? 거짓말이겠지. 사실대로 말해 보게."

"그래, 사실은 도둑맞은 게 아니야. 손님이 옷감을 맡길 때마다 난 그걸 팔아서 써 버렸다네."

"그게 알라께서 기뻐하실 일일 것 같은가?"

"난 가난하기 때문에 그런 일을 한 거야. 도무지 장사가 되질 않으니 어떻게 하겠나?"

아브 키르가 돈벌이가 잘 안 된다고 푸념을 늘어놓자, 이 말에는 이발사 아브 시르도 동의했다.

"나는 머리 깎는 데는 선수라네. 온 도시 안에서 나에게 필적할 만한 인물은 없을 걸세. 그런데 이렇게 손님이 없어서야! 나도 이제 이런 장사 따위에는 신물이 난다네."

"그래. 나도 장사에 싫증이 났어. 도대체 우리가 이

도시에 붙어 있는 이유가 뭔가? 우리, 다른 고장으로 가
서 한 번 잘 살아 보세. 솜씨도 있겠다, 여기보다 못살기
야 하겠나?”

여행길에 오른 아브 키르와 아브 시르

이발사 아브 시르도 이 말에 귀가 솔깃했다. 결국
둘이 함께 여행을 떠나기로 결정되자, 염색장이 아브 키
르는 아브 시르에게 이렇게 말했다.

“이보게, 이제 우리는 형제가 됐어. 그러니 앞으로는
네 것 내 것 없이 나눠 쓰고, 어느 한 편이 돈을 벌면
벌이가 없는 편을 먹여 주도록 하세. 그리고 알렉산드리
아로 돌아오거든 그 동안 두 사람이 번 재산을 똑같이
나누는 거야.”

“그렇게 하세.”

두 친구는 이렇게 마음을 합하고, 코란의 첫장을 한
목소리로 외우면서 맹세를 했다. 그리고 이발사 아브 시
르는 곧 가게문을 닫고 열쇠를 점포 주인에게 돌려 주
었다. 아브 키르도 관리가 가져간 열쇠를 찾아 오지 않
은 채 곧바로 여행짐을 꾸렸다. 이튿날, 두 사람은 마침
바다에 떠 있던 배에 몸을 실었다.

여행을 시작하자마자 이발사 아브 시르에게 뜻하지 않은 행운이 찾아 왔다. 이 배에는 백 이십 명 가량의 승객이 있었지만, 이발을 할 줄 아는 사람은 아브 시르 말고는 하나도 없었던 것이다. 아브 시르는 아브 키르에 게 이렇게 말했다.

"이보게, 친구! 배는 이미 출항했고, 우리는 앞으로 물과 양식이 필요하다네. 그러니 나는 지금부터 이발 도 구를 가지고 승객들 중에서 손님을 찾아 보겠네. 그 삯 으로 보리 빵 한 조각이나 은화 한 닢, 아니면 물 한 그 릇이라도 얻어 볼 참이야. 그렇게 해서 우리 둘이 먹고 살아 보세."

"나야, 좋구말구."

이리하여 이발사는 누더기를 걸치고 손에는 이발기 구와 물그릇을 든 채 승객들 사이를 돌아다녔다. 곧 손 님 하나가 면도를 부탁했다. 그 손님은 이발 삯으로 반 디르함을 주었으나, 이발사는 동행이 있으니 돈보다는 먹을 것을 달라고 했다. 그러자 그 손님은 빵과 치즈를 주고, 냉수를 한 그릇 가득 담아 주었다.

이발사는 그것을 모두 아브 키르에게 가지고 갔다. 그는 친구에게 자신이 가져온 음식을 먹게 하고, 또 다 시 손님을 받으러 돌아다녔다. 아브 시르 외에는 이발과 면도의 기술을 지닌 자가 없었으므로, 그는 꽤 많은 양식을 모았을 뿐 아니라, 은화도 서른 닢 가량 모을 수 있었다. 특히, 선장을 면도해 주고 나서 양식 걱정을 내비쳤더니, 뜻밖에도 이런 제의까지 하는 것이었다.

"저녁마다 동행인을 데리고 와서 나와 함께 식사를 하십시다. 이 배를 타고 있는 한, 먹을 것 걱정은 하지 않아도 될 거요."

이발사가 염색장이에게 와 보니 그는 깊은 잠에 빠져 있었다. 그가 흔들어 깨우니 염색장이가 눈을 떴다. 그의 머리맡에는 이발사가 벌어온 양식들이 잔뜩 쌓여 있었다. 염색장이가 손을 내밀어 그것들을 먹어 치우려니까 이발사가 만류하며 이렇게 말했다.

"여보게, 이건 먹지 말게. 모아 두었다가 다른 데 쓸 수 있을 거야. 내가 선장의 면도를 해 주면서 식량 걱정을 했더니, 그분이 나와 자네를 저녁식사 때마다 초대해 주시겠다고 했네. 그러니 오늘 저녁부터 식사를 대접받게 될 걸세."

"아니, 난 배멀미 때문에 꼼짝도 못하겠네. 나는 이걸로 요기를 할 테니 자네만 그 선장에게 가서 식사를 하게."

염색장이는 이렇게 말하고, 마치 걸신이라도 들린 듯 탐욕스럽게 빵을 물어뜯었다. 잠시 후 선원 하나가 와서 저녁을 먹으러 오라고 했다. 이발사는 친구에게 같이 갈 것을 권했지만, 염색장이는 걸을 수가 없다느니

어쩌니 하면서 핑계만 대고 가려 들지 않았다. 할 수 없이 이발사 아브 시르만 선장에게로 갔다.

선장은 훌륭한 음식을 잔뜩 차려 놓고 이발사와 그 친구를 기다리는 중이었다. 그는 이발사의 친구가 배멀미로 식사를 하러 오지 못했다는 말을 듣고는 커다란 접시에 열 사람도 족히 먹을 만큼 많은 양의 음식을 덜어 주었다.

"자, 이걸 친구분께 갖다 드리고 오시오."

아브 시르가 그 요리를 갖다 주자 염색장이는 그것도 죄다 먹어치우기 시작했다. 그는 엄청난 대식가로, 마치 굶어 죽기 일보 직전의 사람처럼 음식을 탐하는 것이었다. 이발사는 염색장이를 남겨 두고 선장에게로 가서 즐겁게 식사를 하고, 함께 커피를 마셨다. 그리고 염색장이에게 돌아와 보니 음식이나 요리는 자취도 없고, 텅 빈 접시만 나뒹굴고 있었다. 이발사는 접시를 선장실에서 일하는 심부름꾼에게 돌려 주고, 염색장이 옆에서 아침까지 잠을 잤다.

이튿날도 이발사는 손님들의 면도를 해주고 받은 음식을 모두 염색장이에게 주었다. 그러나 염색장이 아브 키르는 가끔 화장실에 가는 것 외엔 꼼짝도 않고 게으름만 피웠다. 그래도 아브 시르는 친구에게 저녁마다 선장이 준 요리를 덜어서 갖다 주는 것을 잊지 않았다.

이런 식으로 이십 여 일이 지나자 그들은 어떤 도시의 항구에 도착했다. 아브 시르는 숙소를 잡자마자 음식을 만들었다. 그러나 염색장이 아브 키르는 음식이 다 될때까지 잠만 퍼질러 잘 뿐이었다. 그는 어지럼증이 있다고 하면서 밥 먹는 시간 외에는 노상 누워 있기만 했다. 그러나 아브 시르는 이발 기구를 둘러메고 온 시내를 돌아다니며 돈을 벌었다. 이런 식으로 사십 일이 지났다.

그러나 사십 일일째 되던 날, 이발사가 병이 나고 말았다. 그래서 이발사는 문지기에게 음식과 물 시중을 부탁했다. 그러나 염색장이 아브 키르는 친구가 병석에 누웠는데도 아무 일도 하지 않은 채 먹고 자기만 했다. 나흘이 지났지만, 이발사의 병세는 점점 심해지기만 했다. 염색장이는 마침내 시장기를 참지 못하고 이발사의 옷을 뒤져서 은화 천 닢을 꺼내 갔다. 그리고 이발사에게는 아무 말도 하지 않은 채 그대로 시장에 나갔다.

국왕, 아브 키르에게 염색가게를 차려주다

염색장이 아브 키르는 친구의 돈으로 오백 디르함짜리 새 옷을 사 입었다. 그리고 바람도 쐬고 시장 구경도 하면서 돌아다녔다. 그러다 염색장이가 문득 깨달은

것이 있었는데, 그것은 사람들이 입고 있는 옷이 온통
흰색과 청색뿐이라는 사실이었다. 그밖의 다른 색깔의
옷을 입은 사람은 하나도 없었다.

염색장이는 어느 염색가게 앞으로 가 보았다. 가게
에는 온통 푸른색 천만 걸려 있었다. 그는 흰 손수건 하
나를 꺼내 주인에게 내밀며 이렇게 말했다.

"이보시오, 이 수건에 물을 좀 들여 주시오. 삯은 얼
마입니까?"

"은화 스무 닢입니다."

"우리 나라에선 두 닢이면 해 주는데요."

"그럼, 댁의 나라에서 하시구려! 여기선 이십 닢 이
하로는 어림도 없소이다."

"무슨 색으로 물들여 주실 수 있습니까?"

"그야 물론 파란색이지."

"저는 빨간색으로 하고 싶은데요."

"나는 빨간색으로 물들일 줄은 모르오."

"그럼, 초록색이나 노란색으로는 됩니까?"

"그것도 모르오. 이 도시에는 염색업자가 딱 사십
명 있다오. 그리고 염색 기술은 자기 아들에게만 가르치
지요. 그러니 만약 염색업자에게 후사가 없으면, 염색업
자가 하나씩 줄게 되지요. 만약 염색업자에게 아들이 둘
있으면, 하나에게만 가르치지요. 그러다 혹시 그 아들이

죽게 되면, 그제서야 다른 형제에게 가르친다오. 우리 직업은 이렇게 엄격한 규율에 따라 운영되지요. 그런데, 우리는 파란색으로 염색하는 기술 외에는 아무 것도 모른다오."

"실은 나도 염색업자입니다. 나는 어떤 빛깔로도 천에 물을 들일 수 있어요. 나를 써 보지 않겠소? 내 기술 전부를 가르쳐 드리리다. 그러면 당신은 이 도시 최고의 염색업자가 될 것이오."

"하지만, 우리가 하는 장사는 외국인을 배제하고 있소."

"그럼, 내가 혼자서 가게를 연다면 어쩔 거요?"

"당신은 그렇게 할 수 없을 거요."

이리하여 아브 키르는 시내의 염색가게들을 모두 순회하며, 사십 명의 염색업자를 모두 만나 보았다. 그러나 아무도 그를 고용하려 들지 않았다. 그는 염색업자들의 우두머리까지 만나 보았지만, 외국인에게 영업을 허용하지 않는다는 그들의 입장은 확고부동했다. 아브 키르는 대단히 화가 나서, 급기야 이 도시의 왕을 찾아갔다.

"오, 현세의 임금님이시여, 저는 외국인으로 염색 일을 하는 자이옵니다. 저는 빨간색이라면 어떤 종류의 색상으로도 염색을 할 수 있고, 검정색이나 노란색, 초록색

으로도 할 수 있습니다. 그런데 이 도시의 염색장이들은 지금 말씀드린 색깔 중 어느 하나도 제대로 내지 못합니다. 그런 주제에 저를 스승으로도, 도제로도 써 주지 않습니다."

"그 일에 대해서는 그대의 말이 옳은 듯하다. 그렇다면 내가 그대에게 가게를 차려 주고 자본도 대 주겠다. 그리고 그대의 영업을 방해하는 자가 있으면, 그 목을 쳐서 가게 앞에 매달아 놓겠다."

왕은 이렇게 말하고, 당장 목수를 불러서 아브 키르가 원하는 장소에 점포를 지으라고 명령했다. 뿐만 아니라 훌륭한 어의를 하사하고, 백인 노예 두 사람과 말 한 필을 주었다. 그리고 가게 문을 열 때까지 쓸 돈으로 금화 천 닢까지 내려 주고, 따로 살 집도 마련해 주었다. 이제 염색장이 아브 키르는 태수도 부럽지 않은 신분의 사람이 된 것이다.

목수들의 솜씨로 세상에 둘도 없을 훌륭한 염색가게가 완성되자, 아브 키르는 어전에 나아가 피륙과 염료 따위를 살 자본이 필요하다고 아뢰었다. 왕은 밑천으로 사천 디나르를 주면서, 염색이 완성되면 제일 먼저 자신에게 선보일 것을 명령했다.

아브 키르가 돈을 받아서 시장에 나가 보니 염색의 재료가 몹시 풍부하게 나와 있는 데다가 값도 믿을 수 없을 만큼 쌌다. 그래서 필요한 원료를 모두 갖출 수 있었다. 또, 왕은 따로이 옷감 오백 필을 아브 키르에게 보내 주었으므로, 그는 이 옷감을 각양각색으로 물들여서 가게 앞에 널어 놓았다. 사람들은 생전 처음 보는 빛깔의 화려함에 눈을 제대로 뜨지도 못했다. 그들은 앞다투어 아브 키르에게 달려가 색깔의 이름을 물었고, 그는 색깔의 이름을 하나 하나 가르쳐 주었다.

곧, 손님들이 피륙을 들고 몰려와 돈은 얼마든지 줄 테니 이러저러한 빛깔로 물들여 달라고 주문을 했다. 아브 키르는 우선 왕이 보내온 옷감을 훌륭하게 물들여서 왕궁으로 보냈다. 왕은 그 물건에 몹시 만족해하며 막대한 상금을 내렸다. 왕궁을 드나드는 대신들도 저마다 아브 키르에게 염색을 주문했고, 금은보화로 후하게 삯을 쳐 주었다.

아브 키르의 소문은 삽시간에 퍼져 나갔고, 그의 가게는 임금님의 단골 염색집으로 불리게 되었다. 얼마 안 가 그는 막대한 재물을 모았고, 옛날에 그를 홀대했던 염색업자들도 그를 헐뜯기는 커녕 비위를 맞추며 기술을 배우려고 매달렸다. 그러나 아브 키르가 그들을 도제로 쓸 리가 없었다. 그는 이미 흑인 노예와 시녀들을 부리고 있는 데다가 엄청난 부자가 되어 있었던 것이다.

건강을 회복한 아브 시르, 아브 키르를 찾아가다

아브 키르가 이렇게 승승장구하는 동안, 이발사 아브 시르는 어떻게 되었을까? 그는 전재산을 도둑맞은 것도 모르고, 그후로 사흘 동안은 꼼짝도 하지 못했다. 숙소의 문지기가 사흘째 되는 날 보니, 문에 자물쇠가 채워져 있지 않겠는가. 문지기는 두 손님이 방값을 떼어먹고 도망을 쳤거나 무슨 사고가 난 게 틀림없다고 생각하며 문 앞에서 기웃거리고 있었다. 그런데 갑자기 안에서 인기척이 들리는 것이었다. 문지기가 문을 열고 들어가 보니, 가엾은 아브 시르는 아직도 끙끙대며 앓고 있었다.

"이런, 아직도 병이 낫지 않았군요! 친구분은 어디 가셨소?"

"나도 오늘에야 정신을 조금 차렸는데, 아무리 소리를 질러도 대답을 안 하는군요. 미안하지만, 내 머리맡에 있는 지갑에서 다섯 디르함만 꺼내서 먹을 걸 좀 사다 주시오. 배가 고파 죽을 지경이오."

문지기는 시키는 대로 했지만, 돈이 있을 리 만무했다.

"지갑은 텅 비어 있습니다. 동전 한 닢 없어요."

"내 친구를 본 적은 없습니까?"

"한 사흘 동안은 통 보지 못했습니다. 그래서 저는
두 분이 다 이 숙소를 떠나신 줄 알았지요."

"우린 떠나지 않았습니다. 그놈이 내 돈을 훔쳐서
도망갔군요. 내가 앓아 누운 틈을 타서 말이오!"

이발사는 이렇게 소리치더니 눈물을 뚝뚝 흘렸다.
문지기는, 악인은 언젠가는 벌을 받게 마련이라며 이발
사를 위로했다. 그리고 고기 수프를 끓여 가지고 와서
이발사에게 주었다. 그는 무려 두 달 동안이나 이발사를
간호해 주었다. 마침내 이발사도 전능하신 알라의 은총
으로 병석에서 일어나게 되었다.

"알라의 뜻에만 합당하다면, 기필코 당신 은혜는 갚으
리다. 하지만 진짜 보답은 우리 알라께서 해 주실 것이오."

"병을 고쳐 주신 신께나 감사드리시오. 저는 그저 인
자하신 알라의 뜻을 받들어 당신을 간호했을 뿐이니까요."

이발사는 숙소를 떠나 시장 거리를 이리저리 돌아
다녔다. 우연히 그는 아브 키르의 염색가게 앞까지 오게
되었다. 멀리서 바라보니, 온갖 빛깔의 옷감이 휘날리는
가운데 사람들이 잔뜩 몰려 있었다. 그래서 아브 시르는
지나가는 행인 한 사람을 붙잡고 물어 보았다.

"저 가게는 무얼 하는 곳입니까?"

"임금님의 단골 염색집 말씀이군요. 외국에서 온 아
브 키르라는 염색업자를 위해 임금님이 일부러 저 가게

를 열어 주셨지요. 그 사람이 새로운 옷감을 선보일 때마다 구경꾼이 이렇게 몰려들지요. 우리 나라엔 이런 기술을 가진 사람이 없으니, 얼마나 잘 된 일입니까!"

그 행인은 아브 키르가 어떻게 이 도시에서 염색업자로 성공했는지 자세히 말해 주었다. 이발사는 이 말을 듣고 쾌재를 올렸다.

'아브 키르에게 성공을 안겨 주신 알라를 찬양하라! 그럼 그렇지, 저 친구가 나쁜 인간은 아니야. 단지 너무 바빠서 나를 돌볼 짬이 없었던 게지. 저 친구가 벌이도 없이 빈둥댈 때 내게 많은 신세를 지지 않았나. 그러니 나를 보면 신세를 갚을 생각으로 반가워하겠지.'

아브 시르는 염색가게로 들어갔다. 과연 아브 키르는 호화로운 옷을 입고 두툼한 방석 위에 앉아 있었다. 노예들이 그의 시중을 들고 있었음은 물론이요, 염색 일도 모두 직공들이 하고 있었다. 아브 키르는 노예들을 사서 기술을 가르치고, 자신은 손가락 하나 까딱하지 않고 있었던 것이다. 이발사는 아브 키르의 환대를 기대하면서 얼른 그 앞으로 다가갔다. 그런데 놀랍게도 친구인 염색장이가 이렇게 호통을 치지 않겠는가.

"이 멍청한 놈아! 가게 입구를 막아 서지 말라고 몇 번을 말해야 알아 듣겠느냐? 세상 사람들 앞에서 내 명예에 흠집을 내고 싶어서 안달을 하느냐? 여봐라, 저놈

을 냉큼 잡아다가 내던져 버려라!"

그러자 힘센 노예들이 달려나와 아브 시르를 땅바닥에 내동댕이쳤다. 아브 키르는 몽둥이를 쥐고 이발사의 등과 배를 인정사정 없이 매질했다. 그리고 이렇게 내뱉는 것이었다.

"못된 놈, 또 한 번 가게 앞에 알짱대기만 해 봐라. 당장에 임금님에게 끌고 갈 테다! 경비대장에게 걸리면, 네놈은 뼈도 못추릴 거다!"

아브 시르는 이처럼 매만 잔뜩 맞고 망신만 당한 채 염색가게에서 쫓겨났다. 지나가던 사람들이 염색장이에게 무슨 일이냐고 묻자, 그는 한 술 더 떠서 이렇게 말하는 것이었다.

"저놈은 도둑놈이오. 내가 저놈에게 몇 번이나 도둑을 맞았는지 모르오. 그래도 나는 알라께서 저 녀석을 용서해 주시기만 빌었지요. 가난한 녀석이니 어쩔 수 없다고 생각하고 훔친 물건을 대신 변상해 준 것도 몇 번인지 모른다오. 하지만 좀처럼 도둑질을 그만두지 않는구려. 그래서 이번에 단단히 혼을 내 주고, 한 번 더 그런 짓을 하면 임금님께 끌고 갈까 생각하고 있소."

이 말에 구경꾼들도 이발사가 도망간 쪽을 향해 욕설을 퍼부었다.

국왕, 아브 시르에게 목욕탕을 지어주다

한편, 숙소로 돌아온 아브 시르는 친구의 배은망덕한 소행을 곰곰이 생각하며, 매맞은 데가 빨리 가라앉기만 기다렸다. 그럭저럭 아픔이 가라앉자, 그는 오랜만에 목욕이나 해야겠다고 생각하고 다시 거리로 나섰다. 그는 행인 한 사람을 붙잡고 목욕탕 가는 길을 물었다.

"이보시오, 목욕탕으로 가는 길을 좀 가르쳐 주시오."

"아니, 목욕탕이란 게 뭡니까?"

"목욕탕을 모르신단 말씀이오? 더러움을 닦고 몸도 깨끗이 하는 곳인데, 세상에서 제일 좋은 게 목욕탕이라오."

"몸이라면, 바다에서 씻으면 되지 않소?"

"무슨 말씀, 난 목욕탕에 가고 싶단 말이오."

"우린 목욕탕이 뭔지도 몰라요. 임금님도 몸을 씻으려면 바다로 가신다오."

그래서 아브 시르는 이 도시에는 목욕탕이라곤 하나도 없으며, 그들은 목욕탕이 뭔지도 모른다는 걸 알게 되었다. 그는 당장 왕궁으로 찾아가 왕의 축복을 빌고 이렇게 아뢰었다.

"저는 외국인으로서, 직업은 목욕탕지기입니다. 그런데 이곳에 와서 아무리 찾아 보아도 목욕탕을 찾을 수가 없군요. 이렇게 발달된 도시에 목욕탕이 없다니 될 법이나 한 얘기입니까? 목욕이란 세상에서 제일 신나는 일인데요. 목욕탕만 갖추어진다면, 전하의 도시는 가히 세계 제일이라 할 것입니다."

"음, 좋은 의견이다!"

왕은 이렇게 말하고, 곧 목수에게 명령을 내려 아브 시르의 마음에 드는 곳에 목욕탕을 짓도록 했다. 또한 호화로운 어의와 말 한 필, 흑인 노예들과 백인 노예들, 시녀들을 하사하고, 멋진 자택과 가구를 주어 염색장이 보다 더 후하게 대우했다. 아브 시르는 목수들을 데리고 시내를 돌아다녀 본 뒤, 목욕탕을 세우기에 적합한 장소를 찾아내어 바로 공사에 들어갔다. 곧 아무도 보지 못했을 법한 훌륭한 목욕탕이 지어지고, 화공들의 솜씨로 벽화도 그려졌다.

"폐하, 이제 가구만 갖추어지면 되나이다."

아브 시르가 이렇게 말하자, 왕은 만 디나르의 돈을 내놓았다. 아브 시르는 그 돈으로 가구 및 집기류를 사들이고, 빨랫줄을 매달아 수건들을 널었다. 그 앞을 지나가던 사람들은 널린 수건들이나 목욕탕의 화려한 외관에 넋을 잃고, 도대체 이 건물이 무엇에 쓰이는지 물었다.

"이건 공중 목욕탕이라오."

아브 시르는 더운 물이 나오는 장치를 설치하고, 커다란 욕조에서 분수처럼 물이 뿜어져 나오게 했다. 사람들

이 그 광경을 보고 더욱 혀를 내두른 것은 두말할 나위도 없다. 그는 또 왕에게 아직 성년이 되지 않은 남자 노예를 열 명만 달라고 부탁해서, 달처럼 훤한 용모의 미소년 열 명을 받았다. 아브 시르는 손수 그들에게 때 미는 법을 가르치며, 손님들의 시중을 들 만반의 준비를 갖추었다.

드디어 개업 날이 되었다. 아브 시르는 향을 피우고, 전령에게 이렇게 외치며 거리를 돌아다니라고 했다.

"자, 여러분! 임금님의 목욕탕에 와 보시오!"

그러자 서민들이 잔뜩 몰려들었다. 손님들이 욕조에서 몸을 불렸다가 나오면, 소년 노예들은 배운 대로 손님의 몸을 씻어 주기도 하고 안마를 해 주기도 했다. 아브 시르의 목욕탕은 이렇게 사흘 동안 무료로 손님들을 받았다. 나흘째 되는 날에는 왕을 초대해서 자신이 직접 때를 밀어 주었다. 목욕을 끝내자 왕의 피부가 어찌나 매끈해졌는지, 손바닥을 대면 찰싹 하고 기분좋은 소리가 날 정도였다.

그후 아브 시르는 욕조에 장미수를 뿌리고 왕의 몸을 담그게 했다. 왕은 욕조 안에서 지금까지 경험해 보지 못한 상쾌함을 맛보았다. 그 다음에는 미소년들이 왕의 몸을 안마해 주었다. 향로에서는 그동안에도 향기로운 침향이 피어올랐다.

"이것이 바로 목욕탕의 즐거움이로구나! 이 목욕탕

덕분에 우리 도시는 한층 좋은 도시가 되었도다! 그런데, 요금은 한 사람 앞에 얼마씩 받느냐?"

"임금님께서 정해 주시는 대로 받겠나이다."

"그러면 한 사람 앞에 천 디나르씩 받도록 하라."

"오, 현세의 임금이시여, 삼가 말씀드리오나 모든 이에게 그렇게 받을 수는 없나이다. 시민 중에는 가난한 사람도 있고 부유한 사람도 있으니까요. 그렇게 많이 받으면, 가난한 사람은 목욕탕을 이용할 수 없게 됩니다."

"그러면 어찌하고 싶으냐?"

"손님들에 따라서 받겠습니다. 부유한 사람에게는 넉넉히 받고, 가난한 사람은 능력껏 낼 수 있는 만큼 받고 싶습니다. 그렇게 해야만 장사도 제대로 될 것입니다. 요금을 천 디나르나 받으면, 임금님 외에는 이곳을 이용할 자가 없을 것입니다."

대신들도 아브 시르의 의견에 모두 찬성했다. 사람들이 모두 임금님처럼 많은 돈을 낼 수는 없는 것이라고 입을 모아 말했다. 그러자 왕은 이렇게 말했다.

"그대들의 말도 옳다. 그러나 이 목욕탕 주인은 아무 밑천이 없는 외국인이니 우리로선 후하게 대접을 해야만 한다. 더구나 이 도시에 최초로 목욕탕을 지어 준 사람이며, 이로써 우리 도시에 명물이 생기지 않았느냐? 우리 도시의 위상을 높여 준 사람이니, 조금 많은 돈을

받더라도 상관 없으리라."

"그렇다면 폐하께서 상금을 듬뿍 내리십시오. 그 대신 요금을 싸게 하시어 가난한 자들에게까지 폐하의 은혜가 미치게 하십시오. 그러면 백성들도 폐하를 축복할 것입니다. 천 디나르는 저희 같은 대신들에게도 벅찬 금액이니까요."

"좋다. 그러나 오늘만큼은 각자 백 디나르에 백인 노예 하나, 흑인 노예 하나, 시녀 하나를 내도록 하라."

"그렇게 하겠습니다. 그러나 내일부터는 각자 형편에 따라 요금을 내도록 해 주십시오."

"좋다."

이리하여 그날 사백 명이나 되는 대신들이 백 디나르와 노예 세 명을 아브 시르에게 주고, 왕과 더불어 목욕을 즐겼다. 아브 시르는 사만 디나르와 천 이백 명의 노예를 소유하게 된 것이다. 그러나 왕은 이것으로도 부족하다고 생각했던지, 상금 일만 디나르와 삼십 명의 노예를 따로 아브 시르에게 선사했다. 아브 시르가 포상이 너무 과하다고 아뢰었더니, 왕은 웃으면서 그 모든 재산을 본국으로 돌아갈 때 가져가라고 말했다.

"오, 현세의 임금님께 알라의 무한한 영광이 있으시길 빕니다! 그러나 이렇게 많은 노예를 거느리는 것은 임금님께나 적합한 일이지 저같은 평민은 감당할 수 없

는 일입니다. 제 수입으로는 그 많은 노예들을 먹이고 입히는 것도 힘에 부칠 것입니다.”

“그대의 말도 일리가 있구나. 워낙 노예의 수가 많으니 그들을 거느리는 것도 큰 일이 되겠지. 그렇다면 한 명에 백 디나르를 쳐 줄 테니 과인에게 넘기는 것은 어떨꼬?”

“그렇게만 해 주신다면 감사하겠습니다.”

그래서 왕은 재무대신을 불러다가 정확한 가격을 계산하여 아브 시르에게 주었다. 왕은 이렇게 해서 사들인 노예들을 모두 원래의 소유주에게 되돌려 주었다. 이렇게 해서 모두가 만족한 채 각자의 집으로 돌아갔다. 왕과 대신들이 돌아간 후 이발사는 엄청난 양의 금화를 헤아려 보기도 하고 자루에 넣어 챙기기도 하면서 시간을 보냈다. 아직도 스무 명의 흑인 노예와 같은 수의 백인 노예, 그리고 네 명의 시녀들이 남아서 그의 시중을 들게 되었다.

다음날 아침, 이발사의 명을 받은 전령이 온 도시에 이렇게 외치고 다녔다.

“목욕탕으로 오십시오! 요금은 형편 닿는 대로 내시면 됩니다!”

이발사 아브 시르는 목욕탕 입구에 돈궤짝을 놓고 앉아서 손님을 맞았다. 손님들이 물밀 듯이 몰려와서 자기 형편대로 그 궤짝에 돈을 넣었다. 알라의 은혜로 그

날 해가 저물기도 전에 궤짝은 꽉 차 버렸다.

　얼마 후에는 왕비도 목욕탕에 행차하게 되었다. 이 것은 아브 시르가 오전에는 남자 손님만 받고, 오후에는 여자 손님만 받게 배려했기 때문이다. 여자 손님을 받을 때는 요금을 시녀가 대신 받도록 하고, 목욕 시중을 드 는 법도 네 명의 노예 소녀들에게 가르쳐 주었다. 왕비 가 행차했을 때 이 소녀들은 정성껏 시중을 들었다. 기 분이 아주 좋아진 왕비가 선뜻 천 디나르를 돈궤짝에 넣어 주었을 정도였다.

　이렇듯 아브 시르의 목욕탕은 나날이 그 명성이 더 해만 갔다. 주인은 빈부 귀천에 상관없이 손님들에게 깍 듯했고, 왕궁이나 여러 방면에서 일하는 친구들도 사귀 게 되었다. 일주일에 하루, 왕이 천 디나르를 내고 목욕 하는 날을 제외하면, 그의 목욕탕은 누구에게나 개방된 장소였다.

　하루는 왕가의 직속 선장이 아브 시르의 목욕탕을 찾아왔다. 아브 시르도 함께 옷을 벗고 목욕탕에 들어가 때를 밀어 주기도 하고, 재미있게 이야기를 나누기도 했 다. 아브 시르는 선장이 목욕을 마치자 셔벳과 커피를 대접했고, 선장이 요금을 넉넉히 내려고 해도 받으려 하 지 않았다. 결국, 이 선장은 목욕탕 주인의 정성과 친절 에 몹시 감복하고 말았다.

목욕탕에 찾아 간 아브 키르, 음모를 꾸미다

한편, 이 희한한 목욕탕에 대한 소문은 염색장이 아브 키르의 귀에도 들어갔다. 손님들이 그 목욕탕이야말로 지상낙원이니 같이 가 보자고 권유하자, 아브 키르도 마음이 동했다. 그는 제일 좋은 옷을 입고, 노예들을 앞뒤로 네 명씩 대동한 채 노새를 타고 목욕탕으로 갔다. 과연, 목욕탕에 도착하니 침향 냄새가 코를 찌르고, 각계각층의 손님들이 끊임없이 드나들고 있었다. 그런데 입구에 들어서 보니 이 목욕탕 주인이란 자가 다름아닌 아브 시르가 아닌가!

아브 키르는 이렇게 말했다.

"자네가 나한테 이럴 수 있나? 나도 이곳에서 최고의 염색업자로 자리를 잡았고, 임금님과도 친분이 있다네. 그런데 자네는 나를 한 번 찾아 오지도 않고, 무슨 부탁을 하러 오지도 않았지. 우리처럼 막역한 친구 사이가 이래서야 되겠는가? 내가 자네를 얼마나 찾아다녔는지 모를 걸세. 사방에 사람을 풀어 자네를 찾았지만, 헛수고였어."

"내가 자네에게 찾아가지 않았다고? 천만에! 나는 자네를 찾아갔다가 도둑 취급을 받고 몰매만 실컷 맞지 않았던가? 사람들 앞에서 나를 망신 준 사람은 바로 자네가 아니었어?”

“아니, 그게 무슨 소린가? 내가 자네를 때렸다고?”

“아무렴, 때렸고 말고.”

“사실 매일 우리 가게에서 물건을 훔쳐간 놈이 자네하고 똑같이 생겼다네. 그러니 내가 잘못 알았을지도 모르지. 아, 알라 외에는 권력도 없고, 주권도 없도다! 내가 잘못했네. 하지만, 나한테 이름을 대고 아는 척 했더라면 좋았을 것을. 그러니 자네도 잘못이 없는 건 아니야. 나는 워낙 일 때문에 바쁘게 지내고 있었으니 말일세.”

“알라께서 자네를 용서해 주시기를! 일이 그렇게 되었던 것도 다 신의 뜻이었겠지. 인력으로 어떻게 되는 게 아니지. 아무튼 안으로 들어가서 편히 목욕이나 하고 가게.”

“여보게, 친구. 정말 미안하네. 아무쪼록 너그러이 용서해 주게.”

“알라께서 용서하시면 되지. 모든 건 다 그분의 뜻에 따라 이루어지는 법이니!”

“그런데, 자네는 어떻게 해서 이런 성공을 거두었나?”

“자네가 신의 은총으로 성공한 것과 마찬가지라네. 임금님을 찾아 뵙고 목욕탕을 운영하고 싶다고 여쭈었지. 나도 자네처럼 임금님과 잘 알고 지내는 사이가 되었다네. 사람의 마음을 움직이시는 신께서 임금님과 신하들의 마음을 움직여 주신 게지. 그분들은 내게 참으로 여러 가지를 주셨다네.”

아브 시르는 자신이 겪은 일을 자세히 얘기해 주었다. 그리고 염색장이와 더불어 옷을 벗고 목욕탕으로 들어갔다. 그는 친구의 몸을 비누로 깨끗이 씻어 주고 자질구레한 시중까지 손수 들어 주었다. 염색장이가 목욕을 마치자 저녁식사와 셔벳까지 대접해 주었으므로, 주위 사람들은 어째서 염색장이를 저토록 귀하게 대접하는지 의아해했다. 아브 키르가 요금을 내려 해도 아브 시르는 절대로 받으려 하지 않고, 이렇게 말하는 것이었다.

“왜 이러나. 친구 사이에 이게 무슨 짓이야.”

“자네 목욕탕은 정말 기가 막히게 좋구먼. 그런데 한 가지 부족한 것이 있네.”

“그게 뭔가?”

“탈모제가 없어. 비소와 석회를 혼합해서 만든 약인데, 몸의 털을 제거해 주지. 한 번 만들어서 임금님께서 목욕하러 오실 때 드려 보게. 아마 자네에 대한 총애가 더 지극해지실 걸.”

“자네 말이 옳아. 그럼, 한 번 만들어 봐야지.”

아브 키르의 모함에 걸려든 아브 시르

그러나 아브 키르는 목욕탕에서 나오자마자 왕궁으로 갔다. 그는 왕에게 알현을 청하고, 이렇게 말했다.

"현세의 임금이시여, 드릴 말씀이 있습니다. 소문에 듣자니 폐하께서 최근에 목욕탕을 세우셨다고요?"

"그렇다. 어떤 외국인의 건의로 세우게 되었지. 정말 기가 막히게 좋은 곳으로, 그 덕분에 우리 도시도 위상이 달라졌다."

"그렇다면 폐하께서도 벌써 목욕을 하셨습니까?"

"물론이지."

"알라를 찬양할지어다! 오, 폐하는 그 못된 놈의 흉계에 아직 말려들지 않으셨군요! 정말 다행입니다. 그 목욕탕 주인은 악당입니다. 이제 두 번 다시 그곳에 가지 마십시오."

"그게 무슨 말이냐?"

"그 목욕탕 주인은 폐하의 적이요, 신앙의 적입니다! 목욕탕을 짓게 한 것도 폐하를 시해하기 위함입니다! 그놈이 무엇인가 만들고 있는 걸 보았습니다. 그놈은 아마 그것을 탈모제라고 속이려 할 것입니다. 하지만, 탈모제라니요, 새빨간 거짓말입니다!

사실 기독교도의 왕이 그놈의 처자를 인질로 잡아

놓고, 폐하를 죽이고 오면 풀어 주겠다고 약속했다고 하더군요. 그 약은 독약입니다. 사실 저와 그 자는 그 기독교 국가에서 함께 포로생활을 했었더랬습니다. 하지만, 저는 염색 솜씨가 있어서 여러 가지 일을 해 주고 그 보상으로 자유의 몸이 되었던 겁니다. 그런데, 목욕탕에서 그 자를 다시 만날 줄이야 누가 알았겠습니까?

그 자는 아내와 자식의 석방을 위해 폐하를 죽이려 하고 있습니다. 그는 독을 섞은 고약을 만들었다고 저한테 말해 주었습니다. 음부의 털을 깨끗하게 없애 주는 탈모제라고 속일 작정이라고 말하더군요. 폐하께서 그 약을 바르면 24시간 내에 독이 온몸에 퍼져 죽게 됩니다. 그러면 놈은 재빨리 도망을 칠 생각인 게지요. 저는 제게 은혜를 베풀어 주신 임금님의 옥체가 염려되어 말씀드리는 것입니다."

"이 일에 대해서는 절대 비밀로 해 두어라. 우선 증거부터 잡아야겠다."

왕은 이렇게 말하고, 목욕탕 행차 준비를 했다. 아브 시르는 여느 때처럼 임금님의 목욕 시중을 들었다. 목욕이 끝나자 왕에게 이렇게 말했다.

"현세의 임금이시여, 저는 이번에 음부의 털을 없애 주는 약을 만들었나이다."

"가져와 보라."

왕은 약병 뚜껑을 열고 냄새를 맡아 보았다. 역한 냄새가 진동하는 것이 독약이 틀림없어 보였다.

"이놈을 당장 잡아라!"

호위병들은 명령이 떨어지기가 무섭게 아브 시르를 붙잡았다. 왕은 역정을 내며 왕궁으로 돌아갔다. 어찌나 불같이 화를 냈던지, 아무도 감히 그 이유를 묻지 못할 정도였다. 왕은 직속 선장을 불러서 이렇게 명령했다.

"이 악당을 생석회 스무 관이 든 자루에 쳐넣고 주둥이를 단단히 묶어라! 그리고 작은 배에 싣고서 내 궁전 앞까지 저어 오라. 내가 격자 창 앞에 서 있다가 던지라고 명령을 하면 그 놈을 통째로 바다에 넣어 버려라. 그럼 생석회가 타면서 놈도 같이 타 죽고 말겠지!"

"분부대로 이행하겠나이다."

선장은 아브 시르를 궁전에서 마주 보이는 조그만 섬으로 데리고 갔다.

"이보시오, 목욕탕 주인 양반! 언젠가 당신에게 후한 대접을 받았던 그 선장이 바로 나요. 그때 나는 참으로 큰 즐거움을 맛보았었소. 더구나 당신은 내게 단 한 푼의 돈도 받지 않았지요. 나는 그래서 당신에게 몹시 호의를 느꼈었소. 도대체 임금님과 무슨 일이 있었기에 이렇게 끔찍한 방법으로 처형을 당하게 된 거요?"

"선장님, 저는 정말 억울합니다. 이런 일을 당할 만

한 죄를 저지른 기억이 없습니다!"

"당신은 일찍이 유례를 찾아 보지 못할 만큼 폐하의 사랑을 받았었소. 그러나 성공을 하면 남의 시기를 사고야 마는 법, 분명 누군가가 고약한 흉계를 꾸민 게 틀림없소. 내게 베풀어 준 친절을 생각해서 이번에는 내가 당신의 목숨을 구해 드리리다. 그러나 당신은 나와 함께 이 섬에 머물러 있지 않으면 안 되오. 당신의 고국으로 가는 배가 있을 때, 기회를 보아 보내 드리겠소."

아브 시르는 선장의 손에 입을 맞추고 그의 친절에 감사를 표했다.

얼마 후, 선장은 생석회를 자루에 채우고 아브 시르 대신 사람 크기만한 돌을 집어 넣었다. 그리고 아브 시르에겐 그물을 주면서 이렇게 말했다.

"이제는 오직 알라만을 의지할지어다! 이 그물을 바다에 던져 보시오. 사실 나는 임금님의 수랏상에 올릴 생선 공급을 담당하고 있는데, 지금은 당신 일로 고기를 잡을 틈이 없구려. 주방 아이가 왔을 때 고기가 한 마리도 없으면 곤란하니, 당신이 조금이라도 고기를 잡거든 그 아이에게 주어 보내시오. 그 동안에 나는 당신을 처형하는 척 연극을 벌여야 할 거요."

"그럼 고기를 잡으러 가겠습니다. 아무쪼록 신께서 당신을 도와 주시기만 빕니다!"

왕의 요술 반지를 손에 넣은 아브 시르

선장은 자루를 배에 싣고 왕의 궁전 쪽으로 노를 저어 나갔다. 왕은 섬 쪽으로 난 격자 창가에 앉아 처형 신호를 보낼 태세였다.

"오, 폐하! 처넣을까요?"

"처넣어라!"

왕은 이렇게 외치며 한 손을 번쩍 들어 보였다. 그 순간, 왕의 손가락에 끼워져 있던 요술 반지가 물 속에 퐁당 소리를 내며 빠지고 말았다. 그런데 이 반지는 마법이 깃든 반지로서, 만약 왕이 누군가를 죽이고 싶을 만큼 화가 나면, 단지 이 반지를 낀 오른손만 들어 올려도 불길이 뿜어져 나와 그 상대를 태워 죽일 수 있었다.

따라서 위대한 장군과 권력자들이 왕에게 절대적인 복종을 바치는 것도 이 반지 때문이라고 해도 과언이 아니었다. 이런 이유로, 왕은 반지가 물에 빠진 것을 보고도 그 사실을 입 밖에 내지 않았다. 이 사실이 알려지면, 누군가 자기에게 반역을 도모할지도 모른다고 생각했던 것이다.

한편, 아브 시르는 열심히 그물을 던져 고기를 잡고 있었다. 그물을 여러 차례 던졌더니 산더미같은 고기가 걸려들었다. 아브 시르는 오랜만에 생선 요리를 먹게 되

었다는 생각에 기분이 좋아졌다. 그는 제일 큰 물고기를 집어들고 이렇게 중얼거렸다.

"선장이 오면 이놈을 튀겨 달라고 해야겠다. 저녁 식사로 충분하겠어."

그리고 나서 가지고 있던 칼로 생선 대가리를 쳐내려 했지만, 아가미 근처에서 뭔가 걸리는 것이 있었다. 아브 시르가 칼을 치우고 살펴보니 그것은 보석 반지였다. 이 물고기는 왕의 요술 반지를 삼킨 채 아브 시르의 그물에 걸려들었던 것이다. 그는 반지의 위력에 대해 아무 것도 모른 채 그것을 새끼손가락에 끼었다. 이때, 주방에서 일하는 소년 두 명이 나타났다.

"아저씨, 선장님은 어디 가셨습니까?"

"난 모르겠는데."

아브 시르는 오른손을 흔들어 모른다는 몸짓을 해 보였다. 순간, 두 소년의 목이 바닥에 굴러떨어졌다. 아브 시르는 깜짝 놀라서 나자빠졌다. 그는 누가, 무슨 이유로 이 두 소년의 목숨을 앗아갔는지 짐작조차 할 수 없었다. 아브 시르가 이렇게 소년들의 죽음을 슬퍼하고 있을 때 선장이 임무를 마치고 돌아왔다. 그는 두 소년의 시체와 아브 시르의 손가락에 끼워진 반지를 보고 사태를 파악했다.

"형제여, 반지를 낀 손을 움직이지 마시오. 움직이면

내가 죽게 되오."

아브 시르는 선장의 말이 무슨 뜻인지 몰랐으나 시키는 대로 가만히 있었다. 선장은 그의 옆으로 조심스럽게 다가와서 물었다.

"누가 이 소년들을 죽였습니까?"

"알라께 맹세하지만, 저는 정말로 모릅니다."

"그렇군요. 그럼 그 반지는 어디서 났소?"

"내가 낚은 고기의 아가미에 걸려 있던 것입니다."

"당신 말이 아마 사실일 거요. 왜냐하면, 아까 임금님이 당신을 처형하라고 손을 들어 올렸을 때 뭐가 반짝 하더니 바다에 빠지는 걸 보았다오. 내가 자루를 바다에 처넣는 그 순간, 임금님의 요술 반지가 바다에 떨어졌던 거요. 그걸 당신이 얻게 되다니, 과연 알라의 보호하심을 받은 사람은 다르구먼! 그런데, 그 반지의 위력에 대해 알고는 있소?"

"이 반지에 무슨 위력이 있는지, 저는 정말 모릅니다."

"그럼 잘 들어 보시구려. 폐하께서 아무 반발 없이 실력자들을 거느릴 수 있는 건 모두 그 반지 덕분이라오. 그 반지는 마법의 반지로, 단지 손을 까딱하는 것만으로도 맘에 들지 않는 놈을 죽일 수 있소. 반지에서 이는 불꽃이 닿기만 하면, 모가지가 대번에 날아간단 말이오."

"그렇습니까? 그럼, 날 이제 도시로 돌려보내 주십시오."

"그럽시다. 이제 그 반지를 당신이 지니고 있는 이상 임금님도 두려워할 필요가 없소. 당신의 손짓 한 번이면 임금님이나 이 나라 최고의 장군도 살아 남을 수 없을 거요."

선장은 아브 시르를 배에 태워서 다시 도성 안으로 데려가 주었다. 아브 시르는 곧장 왕궁으로 달려가 왕을 알현했다. 왕은 반지를 잃어 버린 근심 때문에 어두운 얼굴을 하고 있었다. 그렇다고 해서 반지가 더이상 자신에게 없다는 말을 누구에게도 할 수 없는 형편이었다. 왕은 다시 나타난 아브 시르의 모습에 깜짝 놀랐다.

"아니, 나는 너를 바다에 처넣었는데, 어떻게 살아서 돌아왔는가?"

"오, 현세의 임금님이시여, 저는 임금님께 불충한 죄를 저지르지 않았나이다. 선장은 저의 이러한 말을 믿고, 누군가가 저의 놀라운 출세를 시기하는 것 같다고 생각했습니다. 더구나 저는 그 선장을 목욕탕에서 극진히 대접한 적이 있었습니다. 이런 이유로 그분은 저의 목숨을 살려 주었던 것입니다.

그런데, 선장이 저 대신에 큰 돌을 자루에 넣어 바다에 빠뜨릴 때, 임금님의 보석 반지가 떨어지지 않았겠습니까? 그 반지를 어떤 물고기가 삼켰는데, 저는 마침 섬에서 그물을 쳐놓고 고기를 잡는 중이었습니다. 그리고 반지를 삼킨 고기도 제 그물에 걸렸던 게지요. 그래서 저는 단지 그 고기를 튀겨 먹으려고 칼로 아가미를 쳤었는데, 그때 보석 반지를 찾게 된 것입니다.

저는 영문도 모르고 그 반지를 끼고 있었습니다. 그러다 마침 섬에 생선을 가지러 왔던 주방 소년들을 향해 손짓하는 바람에, 애꿎은 주방 소년들만 목숨을 잃었지요. 선장이 돌아와서 반지의 위력을 설명해 주기까지는 저는 정말 아무것도 몰랐습니다. 보십시오, 저는 폐하께 이 반지를 돌려 드리러 왔습니다. 폐하께서는 제게 많은 은총을 내려 주셨고, 그 은혜는 죽는 날까지 잊지 못할 것입니다.

자, 반지를 돌려드리오니 받아 주십시오. 그러나 제가 사형을 받을 만한 죄를 저질렀다면, 우선 그 죄가 무엇인지 알려 주십시오. 저의 죄를 알려 주신 뒤에 저를 처벌하신다면, 저는 기꺼이 그것을 받아들이겠나이다.”

아브 시르는 이 말을 마치고 반지를 왕의 손에 넘겨 주었다. 왕은 이 기특한 행위에 완전히 감동했다. 그는 벌떡 일어나 아브 시르를 껴안았다.

“오, 그대는 진정 세상에서 가장 충직한 인간이로다! 과인의 불찰을 용서하라. 그대가 아닌 다른 사람 손

에 이 반지가 들어갔더라면, 그는 어떻게 했을까!"

"폐하, 저를 용서해 주신다면, 도대체 무슨 연유에서 저를 죽이라고 명하셨는지 가르쳐 주십시오."

"과인에게 이렇듯 고마운 일을 해 준 그대에게 무슨 죄가 있겠는가. 다만 염색업자 아브 키르가 그대의 죄를 꾸며서 일러바친 것이리라."

아브 시르, 아브 키르의 음모를 알게 되다

왕은 이렇게 말하고, 아브 키르가 일러바친 이야기의 전모를 말해 주었다. 아브 시르는 사건의 내막을 그제서야 알게 되었다.

"오, 현세의 임금님, 저는 기독교도들이 사는 나라에는 여행을 가 본 적도 없거니와, 그들의 왕에게 사주를 받은 일은 더더욱 없습니다. 그 염색업자는 저의 친구로서, 알렉산드리아에서부터 이웃에 살았습니다. 저희는 그곳에서 벌이가 신통치 않아 외국으로 나가는 데 합의를 보았지요. 코란의 첫장을 함께 암송하면서 서로 돕는 친구로 살아갈 것을 맹세했었더랬습니다."

아브 시르는 아브 키르와의 우여곡절을 처음부터 끝까지 왕에게 아뢰었다. 아브 키르가 병든 자기를 버리고 돈을 훔쳐 달아났던 일, 문지기의 정성어린 보살핌으로 건강을 되찾은 일, 염색가게에 찾아갔다가 호되게 봉변을 당했던 일, 그리고 마지막으로 탈모제를 왕에게 바치라고 자기에게 권유했던 일까지 털어놓았다.

"폐하, 탈모제란 독약이 아니옵고, 저희 나라 목욕탕에서는 반드시 비치해 놓는 필수품입니다. 그래서 아브 키르의 권유를 듣고는 탈모제를 꼭 준비해야겠다고 생각했습니다. 지금까지의 이야기는 저희가 묵었던 숙소의 문지기나 염색가게 직공들이 사실임을 증명해 줄 것입니다."

그래서 왕은 증인들을 불러다가 자초지종을 물어보았다. 과연 아브 시르의 말은 한 점 거짓이 없는 사실이었다. 왕은 노여워하며, 즉시 염색업자를 잡아들이라고 명했다.

한편, 염색장이 아브 키르는 친구의 죽음을 즐거워하며 자기 집에서 편하게 쉬고 있었다. 그런데, 별안간 군사들이 들이닥쳐 따귀를 갈기고 왕궁으로 끌고 가는 게 아닌가? 놀랍게도 왕의 옆 자리에는 이미 송장이 되어 있어야 할 아브 시르가 앉아 있었다. 더구나 숙소의 문지기며, 자기 가게의 직공들까지 와 있는 것이었다.

모든 사람들이 보건대, 아브 키르의 비열한 행위는 명백한 것이었다. 왕은 그에게 저주와 욕설을 퍼붓고, 거

리에 조리를 돌린 뒤 바다에 처넣으라고 명령했다. 그러
나 아브 시르는 이렇게 말했다.

　"오, 현세의 임금님, 제 말씀을 들어 보십시오. 저는
이미 이 친구의 잘못을 모두 용서했습니다."

　"그대에게 저지른 죄는 그대의 용서를 받을 수 있
겠지. 그러나 나는 이놈이 내게 대해 저지른 죄를 용서
할 수 없느니라. 이놈을 당장 끌어내거라!"

　호위병들은 염색장이를 온 시내로 끌고 다니며 조
리를 돌렸다. 그후 생석회가 든 자루 속에 처넣은 채 바
다에 던져졌다. 이렇게 해서 아브 키르는 물 속에서 타
죽는 무서운 형벌을 받았다. 왕은 아브 시르에게 말했다.

　"무엇이건 원하는 대로 고하라. 과인이 들어 주리라."

　"저를 고국으로 보내 주십시오. 이젠 더이상 이곳에
있고 싶지 않습니다."

　왕은 많은 선물을 주어 이발사 아브 시르를 고국으
로 보내 주었다. 아브 시르가 재상이 되어 달라는 권유
도 거절했기 때문에, 그 대신에 백인 노예들이 가득찬
배 한 척을 하사했다. 아브 시르는 왕의 친절에 감사를
드리고 알렉산드리아로 돌아갔다. 항해를 끝내고 아브
시르 일행이 상륙할 때, 선원들 중 하나가 큰 자루를
발견했다.

　"주인 나리, 물가에 몹시 크고 무거운 자루 하나가

떠내려 왔습니다. 주둥이가 꽉 묶여 있어서 안에 뭐가 들어 있는지 모르겠군요."

자루를 풀어보니, 그 속에 든 것은 아브 키르의 시체였다. 파도를 타고 이곳까지 떠내려 왔던 것이다. 아브 시르는 친구의 시신을 고향인 알렉산드리아 근교에 매장하고, 그 무덤 옆에 참배소를 세웠다. 참배소의 문에는 사람들에게 교훈을 주는 시구를 새겨 넣었다.

"사람은 자신이 한 행위로 세상에 알려지고
그 행위로 인하여 천성의 착함이 나타나는 법,
남의 욕을 하지 말지어다.
남을 저주하면 자신도 저주받는 법,
욕은 다시 자신에게 돌아가나니
음탕한 말과 천한 말을 삼갈지어다."

그후 아브 시르는 안락한 여생을 보내다가 알라의 부르심을 받고 세상을 떠났다. 사람들은 그를 아브 키르와 나란히 묻어 주었다. 그래서 그 지역은 아브 키르 아브 시르라고 불리기도 했다. 그러나 지금은 그냥 아브 키르라고만 부른다고 한다. 이것이 두 친구의 생애에 얽힌 사연이다. 영원히 계시는 불멸의 주를 찬양할지어다!

비봉의 고전다이제스트에 대하여

우리에게 고전은 어떤 의미를 가질까요? 왜 수많은 사람들의 글 속에서 고전은 끊임없이 인용되는 것일까요? 이 질문에 대한 대답은 간단치 않습니다. 그러나 확실한 것은, 동·서양의 선인들이 고통과 싸우며 이루어 낸 결정체가 고전이며, 그 안에는 인간과 사회에 대한 깊이 있고 날카로운 통찰이 실려 있다는 것입니다.

일반 독자들 중에는 왠지 고전을 부담스럽게 생각하는 이들이 의외로 많습니다. '고전'이라는 이름이 주는 무거운 느낌 탓도 있겠지요. 하지만 매끄러운 번역과 흥미를 끄는 삽화가 곁들여진 고전이라면 이런 느낌을 일소할 수도 있지 않을까요?

비봉출판사는 일반 독자들, 특히 청소년들이 고전을 가까이 하여 그 속에 담긴 지혜와 통찰력을 배울 수 있기를 바라면서 계속하여 동·서양 고전다이제스트를 발간할 것입니다.

소설로 고쳐 쓴
셰익스피어 스토리 Ⅰ ~ Ⅴ

> 66
>
> 우리들은 거의 예외없이 인생의 어느 갈피에선가
> 셰익스피어와 만나게 됩니다.
> 어렸을 적에 누가 썼는지도 모르고 읽었던 이야기가
> 나중에 알고 보니 그의 작품일 수도 있고,
> 어느날 우연히 오빠나 누나의 책꽂이에서
> 그의 책을 발견할 수도 있습니다.
> "죽느냐, 사느냐, 그것이 문제로다",
> "약한 자여, 그대 이름은 여자이니라" 등과 같이
> 그가 여러 희곡에서 창조한 짧고 오묘한 구절들,
> 우리는 살아가는 동안 가끔씩 자기도 모르는 사이에
> 이런 구절을 읊조리게 됩니다.
>
> 99

　　이전의 셰익스피어는 희곡이라는 장르가 주는 낯설음, 원전의 부피에서 오는 장대함 등으로 어려운 느낌을 벗어날 수 없었습니다. 하지만 이 책을 통해 만나는 셰익스피어의 작품들은 재미있고 흥미롭게 각색되어 있습니다.

　　저자인 레온 가필드는 국내 TV에 소개되어 젊은층에게도 폭넓은 호응을 받았던 '만화 셰익스피어'의 각본자로, 그의 재치 넘치는 문장은 독자들의 관심을 유발하고 있습니다.

　　이 책에는 셰익스피어의 대표적인 작품 21편이 모두 다섯 권에 나뉘어 실려 있습니다.

⋮

1권 : 12야 / 리어 왕 / 폭풍 / 베니스의 상인 /
　　　말괄량이 길들이기
2권 : 리처드 2세 / 리처드 3세 / 헨리 4세 /
　　　로미오와 줄리엣 / 한여름 밤의 꿈
3권 : 오셀로 / 멕베스 / 헛소동 / 줄리어스 시저
4권 : 되는 되로, 뜻대로 하세요 / 실수 연발 / 겨울 이야기
5권 : 안토니와 클레오파트라 / 햄릿 / 심벨린

레온 가필드 지음 / 강분석 옮김
1998년 / 4 · 6판 / 각권 250면 / 각권 6,000원

올림포스 산에 사는 신들의 이야기

66

서양 신화의 원형인 그리스 신화,
이것은 사람의 모든 감정이 녹아 끓는 용광로입니다.
신화 속의 신들은 인간을 표현합니다.
뛸 듯이 기뻐하고, 미친 듯이 사랑하고, 땅으로 꺼질 듯 절망하고,
하늘을 찌를 듯 분노하고, 가슴이 타들어 가듯 슬퍼하고,
영원히 타오를 듯한 정열을 품고…
사랑의 감정, 그 오묘한 신비를 알 수 있는 신화의 세계,
이것은 서양 지혜의 샘물입니다.

99

서양 문학의 곳곳에는 신화의 이야기가
많이 등장합니다. 이 중에서도 서양 신화의
원형인 그리스 신화는 서양의 뛰어난 고전
을 이해하는 토대라고 할 수 있습니다. 올
림포스 산을 주 무대로, 여러 신과 영웅들
을 비롯한 인간들 사이에서 펼쳐지는 사랑과 증오의 숨가쁜
사건들의 세계가 책 속에 펼쳐져 있습니다.

원문의 묘미를 그대로 살린 번역과 아름다운 원색의 삽화
는 그동안 고전을 부담스럽게 여겨 왔던 독자들에게 새로움을
줄 것입니다.

앨리스 로 지음 / 이희주 옮김
1998년 / 4·6판 / 264면 / 6,000원

『일리아드』, 『오디세이』

> 위대한 그리스의 방랑시인 호머,
> 그가 창조해낸 아름다운 대서사시 '일리아드'와 '오디세이'는
> 수세기가 지난 오늘날에도 그만의 독특한 고전의 향기를 내뿜습니다.
> 꿈꾸는 음유시인 호머의 상상력 속에 녹아드는 신과 영웅들,
> 미움과 질투, 그리고 사랑과 용서와 방랑의 이야기들은
> 결코 과거 상상 속의 이야기만은 아닐 것입니다.

서양 예술과 철학은 정도의 차이는 있을지언정 대부분 고대 그리스 문화에 기반을 두고 있습니다. 일리아드, 오디세이는 그리스의 천재 시인 호머의 영감을 빌어 탄생된 아름다운 고전입니다.

불후의 고전 일리아드, 오디세이를 읽는 일은 몇 천년이라는 시간을 거슬러 올라가 전혀 알지 못하는 시대적 공간 속으로 초대되는 진기한 경험입니다. 책장을 덮는 순간 독자 여러분은 고전의 독서를 통해 얻는 지혜는 결코 퇴색되지 않음을 다시 한 번 경험하게 될 것입니다.

호머 지음 / 이세진 편역
1999년 / 4 · 6판 / 각권 296면, 288면 / 각권 6,000원

아라비안 나이트 1

초판 인쇄   1999년 4월 26일
초판 발행   1999년 5월 12일

편역자   이세진
펴낸이   박기봉
펴낸곳   비봉출판사

주소   서울 마포구 서교동 464-41 미진빌딩 2층
대표전화   3142-6555
팩시밀리   3142-6556
등록번호   2-301(1980. 5. 23)

값   6,000원

ISBN   89-376-0245-8 82800
        89-376-0244-X (세트)